HEYNE <

LAURA DAVE

TIEFE SCHULD

ROMAN

Aus dem Amerikanischen
von Stefan Lux

WILHELM HEYNE VERLAG
MÜNCHEN

Die Originalausgabe *The Night We Lost Him* erschien erstmals 2024
bei Marysue Rucci Books, an imprint of Simon & Schuster, LLC.

MIX
Papier | Fördert
gute Waldnutzung
FSC® C014496

Penguin Random House Verlagsgruppe FSC® N001967

Deutsche Erstausgabe 12/2025

Neumarkter Straße 28, 81673 München
produktsicherheit@penguinrandomhouse.de
(Vorstehende Angaben sind zugleich
Pflichtinformationen nach GPSR.)

Redaktion: Kerstin Kubitz
Umschlaggestaltung: nach einer Idee von Penguin Random House UK:
www.buerosued.de
unter Verwendung von Bildmaterial von Adobe Stock/jonbilous und
Trevllion/Evelina Kremsdorf
Satz: Uhl + Massopust, Aalen
Druck und Bindung: GGP Media GmbH, Pößneck
Printed in Germany
ISBN: 978-3-453-44326-6

www.heyne.de

Für Josh und Jacob.
Sie sind alle für euch.

So wie die Hochseilartistin
eine Stange tragen muss
um ihre Arme zu verlängern
Hast du mich getragen hab ich dich getragen
durch diese Welt

Jane Hirshfield

PROLOG

Ihm war klar, dass jeder Biograf der Welt seine Lebensgeschichte so zusammenfassen würde: Als Liam Samuel Noone begann, sein Vermögen aufzubauen, kaufte er als Erstes ein Stück Land, das so weit wie nur möglich von seiner Heimatstadt entfernt war.

Natürlich gab es streng genommen Orte, die noch weiter von Midwood, Brooklyn, entfernt waren als die zentralkalifornische Küste. Aber als Liam zum ersten Mal nach Carpinteria kam, fühlte er sich wie neugeboren. Sein Puls verlangsamte sich, seine Brust schien sich zu weiten – eine kleine, aber umwälzende Veränderung. Wie durch einen Schleier fuhr er in die abgelegene Küstenstadt. Die Welt um ihn herum war windig und beseelt, Zypressen wiegten sich hin und her und bildeten ein wirr anmutendes Dach aus Laub.

Liam war gerade dabei, die Firma zu übernehmen. Er hatte sich auf die Reise an die Westküste begeben, um sich mit einem potenziellen Investor zu treffen. Sie führten Gespräche über den gemeinsamen Bau eines Boutiquehotels acht Meilen die Küstenstraße hinauf in Santa Barbara. Ein Refugium in den Hügeln, abgelegen und luxuriös, mit achtundvierzig frei stehenden Häuschen, gewundenen Bergpfaden, Außenkaminen und gepflasterten Gehwegen. Dazu ein Restaurant mit steinernen Mauern.

Er traf sich mit seinem Investmentpartner, einem früheren Klassenkameraden namens Ben, in dessen am Ozean gelegenen Ferienhaus in der Padaro Lane. Sie setzten sich nach draußen auf die rückwärtige Terrasse, aßen verlorene Eier und studierten Entwürfe. Liams Anzug bot kaum Schutz gegen die vom Ozean kommende Kühle. Er trank eine Menge Kaffee und schlug Bens Angebot aus, ihm eine Jacke zu leihen.

Irgendwann warf Liam einen Blick Richtung Osten und entdeckte ein Cottage dicht an der Klippe von Loon Point. Es wurde von der Morgensonne angestrahlt – das glühende Gelb wurde von der schroffen Wand zurückgeworfen und fiel auf weiße Felsen und die Zitrussträucher. Auf die Rosengärten.

Zum Anwesen gehörte ein großes Stück Land, zwei exquisite Hektar mit endlosen Ozeanblicken und den Ausläufern der Santa Ynez Mountains in der Ferne.

Eine alte Frau wohnte in einem der Gebäude auf dem Grundstück, einem Craftsman-Haus. Neben der Haustür war ein weißes Holzschild mit dem Namen des Cottages angebracht: WINDBREAK. Liam klopfte an die Haustür und fragte, wie viel sie für ihr Haus haben wolle. Sie sagte, sie wolle dort in Frieden wohnen, ohne dass Leute an ihre Tür klopften und fragten, wie viel sie für ihr Zuhause haben wolle. Er lächelte und entschuldigte sich. *Ich könnte es mir sowieso nicht leisten*, sagte er.

Daraufhin ließ sie ihn ein.

Jetzt, mehr als dreißig Jahre später – wie kann so viel Zeit einfach *vergehen*? –, schlendert er hinüber zum nordöstlichen Rand, seinem bevorzugten Aussichtspunkt, unter ihm der sich weit erstreckende Ozean, ringsum die uralten Olivenbäume und der Wind und die scharfe Brise.

Er atmet tief durch und schluckt die Tränen hinunter, die ihm bei der Erinnerung an jenen Tag kommen.

Nostalgie ist ihm normalerweise fremd, er verliert sich selten in Fantasien. Aber jetzt erwischt er sich dabei, wie er – einmal mehr – so tut, als wäre er noch dieser aufgeregte junge Mann, der an die Tür der alten Frau klopfte und ein neues Leben beginnen wollte. Statt des alten Mannes, der er heute ist, mit einem leeren Haus im

Rücken und niemandem, der ihm sagen könnte, an welcher Stelle er etwas falsch verstanden hatte. Wie er hier gelandet ist, erschöpft und aufgewühlt, aber bereit, laut auszusprechen (endlich laut auszusprechen), was alles er am liebsten ungeschehen machen würde. Es geht weniger um Reue. Es ist nichts so Abgedroschenes und Passives wie Bedauern. Nein. Es ist Buße.

Deswegen laufen die Momente in einer gnadenlosen Endlosschleife vor seinem inneren Auge ab: die Momente, zu denen er zurückkehren, die er noch einmal durchleben möchte. Der erste Moment mit achtzehn, dann mit zwanzig und 26, 58, 61, 68. Im Hinblick auf das, was wirklich zählt, könnte man von einem einzigen Augenblick sprechen, oder?

Diese Wahl. Sich seiner Bestimmung zu nähern oder ihr den Rücken zu kehren.

Er krallt die Zehen in den weißen Fels, leichter Regen setzt ein. Wann genau ist dieser Ort zu einem Referendum über das geworden, was er versäumt hat? Es wäre leicht (und wahrscheinlich auch falsch), von dieser Veränderung als etwas kürzlich Geschehenem zu sprechen. Aber wie immer es geschehen ist, langsam oder plötzlich: Windbreak ist heute der Ort, der ihn am stärksten an sich selbst erinnert. Welche Ironie! Statt des Entkommens, das er sich von diesem Ort erhofft hatte, der Atempause von dem Elternhaus, dem er entflohen war, hat es sich ins Gegenteil verwandelt. Es ist seine Zeitkapsel.

Er dreht sich um und betrachtet Windbreak, das kleine Craftsman-Haus, in dem sämtliche Lichter eingeschaltet sind: zwei Schlafzimmer, zwei Bäder, eine lange, schmale Küche. Ein Haus, ein Cottage, kleiner als jedes Gästehaus auf den benachbarten Grundstücken und erst recht als die 750-Quadratmeter-Haupthäuser. Alle rechneten damit, dass er das kleine Haus früher oder später abreißen und ein neues bauen würde. Das ebenso perfekte wie deplatzierte Cottage war nicht annähernd geräumig genug für eine große Familie. Ganz sicher nicht groß genug für seine Familien.

Aber es ging nicht einfach darum, ein größeres Haus zu bauen. Es hatte ihn immer nervös gemacht, seine Tochter mit hierherzubringen, als sie noch klein war, und später war es mit den Jungen genauso gewesen. Die steinerne Palisade bot keine Sicherheit vor den bedrohlichen Klippen, die zu steil waren. Es ging dreißig Meter hinunter zum Ozean, zu den Klippen, der kalifornischen Küste. Wenn sie nun hinunterstürzten? Wenn eins der Kinder mit seinen kleinen, flinken Beinen und munteren Ellbogen über die Kante fiel, ehe er es auffangen konnte?

Zumindest sagte er sich das selbst. Aber ist es überhaupt wahr? Oder ist die Wahrheit viel simpler? Er war immer gern allein hier. Allein oder mit ihr.

Er späht über die Kante, dreißig Meter tiefer brechen sich die Wellen, die Felsen sind zerklüftet und wunderschön und stark. Und ihm wird klar, dass – nein! – nicht nur Egoismus dahintersteckt. Da ist er sich sicher. Er ist sich sicher, dass er auf seine Weise versucht hat, seine Kinder zu beschützen. Auch dort, wo er gescheitert ist (und er macht sich nichts vor, die Gelegenheiten, bei denen er als Vater gescheitert ist, waren zahlreicher als seine Erfolge), wollte er sie immer beschützen.

Als Liam Samuel Noone wenige Augenblicke später über diese Kante gestoßen wird, als er durch die Luft wirbelt, ist dies sein letzter Gedanke. Trotz aller Fehler sein letzter Gedanke.

Besser ich als sie.

TEIL I

Der Architekt arbeitet auf dem Gebiet
der Erinnerung.

Mario Botta

OFFENE HÄUSER

»Was meinen Sie? Ist es überhaupt zu retten?«, fragt sie.

Ich stehe in der Tür eines vierstöckigen Brownstone-Hauses in Brooklyn, ganz am Rand von Cobble Hill. Nach meiner professionellen Einschätzung ist das Haus in seiner Art bemerkenswert: eine extrabreite Fassade mit stählernen Fensterrahmen, eigenwilligen Geländern und holzverkleideten, vier Meter hohen Decken. Und einem 170 Quadratmeter großen Dachgarten mit Blick auf eine üppig bewachsene, wunderschöne Ecke der Henry Street.

Ich drehe mich zu Morgan, meiner Kundin, um. »Was genau meinen Sie mit *zu retten*?«

»Nun, Sie sind die Expertin, aber das Gebäude muss offensichtlich kernsaniert werden. Es ist irgendwie plump.«

Morgan schüttelt den Kopf, anscheinend wartet sie darauf, dass ich ihren Gedanken endlich folgen kann. Sie ist wunderschön und jung (25, vielleicht 26) und trägt dieselben blauen, kniehohen Stiefel, die sie bei unseren wenigen bisherigen Begegnungen auch getragen hat. Von Mal zu Mal hat sie unglücklicher gewirkt bei der Aussicht, nach Brooklyn zu ziehen. Ich weiß nicht, ob es dieses Brownstone ist, das sie nicht mag, oder die allgemeine Vorstellung, Manhattan zu verlassen. Jedenfalls freut sie sich offenbar nicht auf diesen Schritt.

Sie erklärt mir immer wieder, dass sie nach Brooklyn zieht, weil ihr Verlobter, irgendein Businesstyp, darauf drängt. Er hat beschlossen, Tribeca und ihren Loft an der North Moore Street zu verlassen und in den weiter außerhalb gelegenen Stadtbezirk zu ziehen.

Morgans Verlobten habe ich noch nicht kennengelernt, obwohl anscheinend er es war, der darauf bestanden hat, dass Morgan mich beauftragt. Er will hier auf dem Dach heiraten. Und, wo sie schon dabei sind, sämtliche darunterliegenden Stockwerke renovieren.

»Was glauben Sie, bis wann das alles erledigt sein kann?«, fragt Morgan.

»Was genau meinen Sie?«

»Sie wissen schon … alles.«

Sie macht eine Handbewegung, die das ganze Gebäude umfasst. Dabei geht sie klappernd die Stufen zum tiefer liegenden Wohnzimmer hinunter.

»Lassen Sie uns damit anfangen, über Ihre Vorstellungen zu sprechen«, sage ich. »Dann können wir detaillierter reden und sichergehen, dass wir am gleichen Strang ziehen, was den Zeitplan und die Abläufe angeht. Klingt das gut?«

»Klar …«

Sie scheint meinen Vorschlag zu akzeptieren und nimmt auf dem Sofa Platz. Dann aber zieht sie ihr Handy aus der Tasche. Die Details langweilen sie schon, bevor wir überhaupt ein Wort darüber verloren haben. Sie ruft Instagram auf, 500 000 Follower warten auf sie. An mir hat sie jedes Interesse verloren.

Ich packe die Originalpläne des Brownstones trotzdem aus. Der vorherige Besitzer ist ein Architekt, den ich seit der Graduate School kenne. Er hat fast drei Jahre damit zugebracht, das Haus den Bedürfnissen seiner eigenen Familie anzupassen. Dass der Job seiner Frau kurz nach dem Umzug dazu führte, dass sie nach Colorado ziehen mussten, war nicht Teil des Plans gewesen. Natürlich gibt es verschiedene Arten, wie man einen Raum gestalten kann, aber ich spüre die Aufmerksamkeit, die er jedem Detail gewidmet hat. Das entspannt und geräumig wirkende Wohnzimmer, die abgerundeten Ecken, der Olivenbaum, der ein Gegenwicht zum Kamin bildet, das natürliche, von drei Seiten einfallende Licht.

Man könnte denken, dass bemerkenswerte Architektur darin besteht, möglichst neuartige, wie eigenständige Skulpturen wirkende Häuser zu entwerfen. Aber mir geht es vor allem um die Frage, wie die Umgebung sich positiv auf die Lebensqualität der dort lebenden Menschen auswirken kann. Ich bin auf Neuroarchitektur spezialisiert. Die meisten meiner Kunden sind an dieser speziellen architektonischen Herangehensweise interessiert, bei der es in erster Linie darum geht, Räume so zu konzipieren, dass sie dem allgemeinen Wohlbefinden dienen.

Was immer Morgan mit *plump* meinen mag, ich zweifele an ihrem Interesse für derartige Differenzierungen.

»Kommt Ihr Verlobter noch dazu, oder bleiben wir beide unter uns?«, frage ich.

Statt zu antworten, hält sie das Handy in Selfieposition von sich weg und zieht einen Schmollmund. So schnell ich kann, trete ich aus dem Blickfeld der Kamera.

»Er müsste noch kommen.«

In diesem Moment marschiert ihr Verlobter zur Tür herein, den winterlichen Wind im Gefolge. Er sieht gut aus – groß und breitschultrig, kräftiger Kiefer, intensiver Blick. Er ist älter als Morgan, knapp dreißig, und trägt eine Sportjacke, unter der ein Hoodie hervorschaut, was ihn jünger wirken lässt.

Außerdem ist er, wie sich herausstellt, mein Bruder.

Sam nickt in meine Richtung. »Wie geht's, Nora?«

»Du willst mich auf den Arm nehmen«, sage ich.

Morgan hebt den Kopf und schaut zwischen uns hin und der. »Kennt ihr euch?«, fragt sie.

»Nora ist meine Schwester«, erklärt er.

»Deine *Schwester*?«

Ich lächele und mache eine Handbewegung, die sie beide umfasst. »Kennt *ihr* euch?«

Ein bisschen unfair ist es schon. Die Gelegenheiten, bei denen ich mich mit Sam im selben Raum aufgehalten habe, kann ich locker zählen. Als Heranwachsende haben wir uns kaum gesehen und jetzt, als Erwachsene, noch seltener. Ich bin das einzige Kind aus der ersten Ehe meines Vaters, Sam eins von zwei Kindern aus der zweiten. Man könnte behaupten, dass Sam und sein Zwillingsbruder Tommy der Grund sind, dass es eine zweite Hochzeit gab – die überraschende Schwangerschaft ihrer Mutter war ein kleiner Wink, dass die Beziehung meiner Eltern nicht so richtig funktionierte.

»*Sam.* Was soll das?«, fragt Morgan. »Meinst du nicht, dass du es hättest erwähnen sollen?«

Ich weiß nicht, ob »es« sich darauf bezieht, dass mein Bruder mich engagiert hat, ohne ihr zu sagen, wer ich bin – oder ob es darum geht, dass Sam überhaupt eine Schwester hat. Ich tendiere zur zweiten Möglichkeit, aber bevor Sam antworten kann, summt Morgans Telefon und kündigt einen eingehenden Anruf an. Sie murmelt etwas von ihrer Hochzeitplanerin und verschwindet in den Flur, um mit ihr zu reden.

Ich wende mich wieder Sam zu, der mich angrinst. »Schön, dich zu sehen«, sagt er. »Wie geht's dir?«

»Warum tust du so geheimnisvoll?«, frage ich.

Sein Grinsen verschwindet.

»Ich habe mehr als einen Monat versucht, dich zu erreichen. Du hast keinen meiner Anrufe beantwortet. Und jetzt bin ich der Geheimnisvolle?«

Er hat mich angerufen, so weit hat er recht. Seit unser Vater gestorben ist, habe ich auf seine Anrufe und mehrere kryptische E-Mails nicht reagiert. Unser Vater hatte keine Beerdigung gewollt, sodass ich auch keinen Grund hatte, meinen Bruder persönlich sehen zu wollen.

In Wahrheit aber will ich um Sam am liebsten einen Bogen machen. Die Vergangenheit hat mir gezeigt, dass es besser ist, nicht viel mit ihm – oder irgendwem aus der zweiten Familie meines Vaters – zu tun zu haben.

»Ich muss mit dir reden«, sagt er.

»Hast du ein Acht-Millionen-Dollar-Haus bloß um eines Gesprächs willen gekauft?«

»Es geht um ein ziemlich wichtiges Gespräch.«

Ich greife nach den Bauplänen und stecke sie zurück in ihre Rollen. »Ich bin schon spät dran für meinen nächsten Kunden.«

»Morgan hat dich gebeten, dir den ganzen Nachmittag Zeit zu nehmen, also ...«

Wohnprojekte wie dieses Brownstone-Haus übernehme ich nur noch selten. Aber Morgan hat einen saftigen Vorschuss bezahlt – die Art Vorschuss, die mir die Möglichkeit gibt, mehr von der Arbeit zu tun, die ich am meisten liebe; die Art Vorschuss, die ihr erlaubt, zusätzliche Stunden meiner Zeit in Anspruch zu nehmen.

»Ich kann den Scheck gern zerreißen«, sage ich.

»Können wir uns einfach hinsetzen und ein paar Minuten reden?«

»Ich dachte, ich hätte meine Position klargemacht«, sage ich. »Ich will Dads Geld nicht. Ich wollte es nicht, als er noch gelebt hat. Da will ich es ganz sicher nicht jetzt.«

»Deswegen bin ich nicht gekommen«, sagt er.

Ich blicke auf und sehe ihm in die Augen. In das vertraut wirkende diffuse Grün. Das Grün meines Vaters. Sie haben die gleichen Augen, das gleiche helle Haar, die gleiche Haut. Es versetzt mir einen Stich, aber ich zwinge mich, das Gefühl zu unterdrücken.

Es ist leichter, wenn ich mich daran erinnere, dass mein Bruder ganz sicher nur wegen des Geldes da ist. Auch nach unserem gemeinsamen Verlust verspürt er sicher nicht das plötzliche Bedürfnis nach einer echten Beziehung. Was das betrifft, habe ich kein Problem. An einer Beziehung zu Sam habe ich kein Interesse. Und noch weniger an der Firma meines Vaters.

Wie ich schon geschrieben habe, als ich Sams letzte E-Mail (Betreff: **Wir müssen reden**) an die Anwälte meines Vaters weitergeleitet habe: Sam kann aus dem Nachlass unseres Vaters alles haben, was er will. Und das gilt auch für den Rest der Familie.

»Pass auf dich auf, Sam«, sage ich.

Ich gehe zur Tür. Der Tür, die mich nach draußen, die Stufen hinunter zum Bürgersteig und weg von hier bringen wird.

»Wartest du bitte einen Moment?«

Ich gehe weiter und bin fast frei. Frei von ihm, frei von seiner Familie, frei von deren Welt.

Dann, als ich die Hand schon am Türknauf habe, sagt mein Bruder noch etwas. Das Einzige, das mich in diesem Moment stoppen könnte.

»Nora. Dads Tod?«, ruft Sam laut. »Sein Sturz …«

Ich halte inne. Ich lasse den Türknauf nicht los. Aber ich bewege mich nicht von der Stelle.

»Es war kein Unfall.«

MAN KANN SICH SEINE FAMILIE(N) NICHT AUSSUCHEN

Das letzte Mal, dass ich meinen Bruder persönlich gesehen habe, ist mehr als fünf Jahre her.

Wir waren bei einer Dinnerparty zum Geburtstag unseres Onkels Joe. Genau genommen ist Joe der Vetter unseres Vaters, aber die beiden wuchsen wie Brüder auf. Sie wurden gemeinsam aufgezogen, gingen gemeinsam zur Highschool, wohnten zusammen, nachdem sie das College hinter sich hatten, und arbeiteten später jahrzehntelang zusammen. Aber während Brüder häufig streiten – vor allem Brüder, die einander so nahe waren wie sie –, schafften die beiden es, ihre Beziehung weitgehend konfliktfrei zu halten. Sie waren nicht nur Brüder, sondern auch beste Freunde.

Mein Vater richtete Joes Geburtstagsessen im Perry St aus, einem Restaurant in einer Seitenstraße des West Side Highway, das schon lange zu seinen und Joes Lieblingslokalen gehörte. Sam saß neben mir am anderen Ende des Tischs. Er arbeitete seit Kurzem für unseren Vater und beaufsichtigte die Eröffnung einer neuen Immobilie auf Hawaii: einer kleinen, gleich am Meer gelegenen Enklave am North Shore von Kauai.

Sam war wegen des Essens nach New York geflogen. Anscheinend war er nicht ganz glücklich, dass mein Vater auf seinem Kommen bestanden hatte, zumal Tommy während des eigentlichen Essens kaum am Tisch saß, sondern auf dem Bürgersteig auf und ab marschierte, um ein dienstliches Gespräch zu führen.

Sam betrachtete Tommy immer wieder durchs Fenster hindurch. Auch Tommy arbeitete für unseren Vater, und zwar schon länger als Sam. Ich konnte Sam nicht ansehen, ob er eifersüchtig war, weil Tommy einen Grund hatte, nicht mit am Tisch zu sitzen. Oder eifersüchtig, weil Tommy einen Grund hatte, nicht am Tisch zu sitzen, der nichts mit ihm, Sam, zu tun hatte.

So oder so unterhielt ich mich lieber mit Grace, die an meiner anderen Seite saß.

»Dein Vater hat mir erzählt, dass du gerade deinen eigenen Betrieb eröffnet hast«, sagte sie. »Das klingt wirklich aufregend.«

Ich mochte Grace schon immer. Sie war still und blitzgescheit und arbeitete schon für meinen Vater, als ich noch ein kleines Mädchen war. Fast so lange wie Joe – sie und Joe waren die beiden Berater, denen mein Vater am meisten vertraute. Mein Vater beschrieb Joe gern als denjenigen, der dafür sorgte, dass der Fahrplan eingehalten wurde, während Grace eine Art kreative Partnerin war. Vielleicht hatte ich deshalb das Gefühl, dass sie sich wirklich freute, dass ich einen Kundenstamm hatte, dank dem ich meine Studiendarlehen abbezahlen (ein BA in Neurowissenschaften, gefolgt von einem Master in Architektur), meinen Job in einem Architekturbüro kündigen, eine Autowerkstatt in Cobble Hill zu einem Atelier umbauen und Chefin meiner eigenen Firma werden konnte.

Ich war stolz darauf, das alles ohne finanzielle Hilfestellung meines Vaters bewerkstelligt zu haben. Natürlich hatte er in meiner Jugend zu meinem Unterhalt beigetragen, aber sobald ich zu Hause auszog, verstand sich von selbst, dass ich allein zurechtkommen würde. Nicht weil ich die Märtyrerin spielen wollte, sondern weil es mir – und meiner Mutter – wichtig war, dass ich auf eigenen Füßen stand. So hatte sie mich erzogen. *Zu viel Geld bringt Ärger*, hatte sie immer gesagt. Mein Vater respektierte, dass sie und später ich es so wollten.

»Wir haben einen Standort auf der Nayarit-Halbinsel ausgekundschaftet«, sagte Grace. »Hat dein Vater dir davon erzählt?«

»Ich glaube nicht, nein.«

»Es gibt ein paar geologische Komplikationen, aber es ist etwas Besonderes. Wir wollen die Landschaft integrieren und wirklich auf Nachhaltigkeit und Gesundheit Wert legen. Nicht nur oberflächlich, sondern an einem Resort in Asien orientiert, das dein Vater gerade besucht hat. Mit einer Wellnessklinik und einem medizinischen Leiter. Das alles geht natürlich mit dem Design der Anlage los …«

Ich musste lächeln. Sicher war es kein Zufall, dass Grace dieses Thema ausgerechnet jetzt aufbrachte, wenige Wochen nachdem mein Vater einen Vortrag besucht hatte, den ich über die Auswirkungen der Bebauung auf Gesundheit und Lebenserwartung gehalten hatte. So war mein Vater – er sah eine Chance, mich einzubeziehen, und wollte sie ergreifen.

»Jedenfalls«, fuhr Grace fort, »hat er gehofft, das könnte interessant für dich klingen.«

Ich spürte die Veränderung in der Atmosphäre, als Sam sich plötzlich einklinkte. »Grace, du weißt doch, dass Nora keinen Wert auf unsere kleine Firma legt …«

Ich sah zu Sam hinüber. »Stimmt. Aber ich lege Wert darauf, für mich selbst zu sprechen.«

Dann wandte ich mich wieder Grace zu. Unterhaltungen wie diese hatte ich mit meinem Vater häufig geführt. Immer war die Antwort ein klares und schnelles Nein gewesen. Und trotzdem wusste ich diese Angebote zu schätzen. Ich war dankbar, dass mein Vater stolz auf den Weg war, den ich eingeschlagen hatte. Auch wenn ich mit seiner Arbeit nichts zu tun haben wollte.

»Ich bin im Moment komplett ausgelastet«, sagte ich.

»Sicher? Wir alle würden uns freuen, bei diesem Projekt mit dir zusammenzuarbeiten.«

»Ganz sicher. Aber danke, dass du fragst.«

Grace nickte und schien froh, das Thema abhaken zu können. Mich einzubeziehen, war die Mission meines Vaters, nicht ihre. Außerdem forderte er sie gerade gestikulierend auf, sich zu ihm und Onkel Joe am anderen Ende des Tischs zu gesellen.

»Ich komme wieder«, sagte sie.

Dann drückte sie meine Schulter, stand auf und ließ mich mit Sam allein.

»Dein eigener Betrieb, hm?«, sagte er. »Glückwunsch.«

Die Art, wie er das *Glückwunsch* in die Länge zog, ließ es klingen, als meine er das Gegenteil.

Ich zwang mich zu einem Lächeln und strich mein Kleid glatt. Unmittelbar vor dem Essen hatte ich ein Kundengespräch geführt und trug noch meine Arbeitskleidung: ein Kleid mit Knopfleiste und Loafer, ein Cordblazer. Meine langen Haare waren zu einem lockeren Knoten hochgesteckt. Ich fühlte mich von Sam (in seinem Wildledersakko und den Chelsea-Boots) abschätzig gemustert, als finde er mich gleichzeitig zu elegant und nicht elegant genug.

Ungerührt begegnete ich seinem Blick. Meine Mutter hatte mich früh gelehrt, der kürzeste Weg ins Unglück bestehe darin, sich zu sehr von der Missbilligung anderer Menschen beeindrucken zu lassen.

»Danke«, sagte ich.

»Dad sagt, dir steht ein fettes Honorar für einen Auftrag in Red Hook ins Haus?«, sagte Sam. »Eine Kunstgalerie oder so etwas?«

Es ging um eine Grundschule. Ich hatte fast zweieinhalb Jahre daran gearbeitet – zusammen mit einem Team von Ingenieuren, Pädagogen und Neurowissenschaftlern. Die Schule lag direkt am Wasser, hatte riesige Fenster und offene Klassenräume, alles drehte sich um natürliches Licht und frische Luft, um Platz zum Laufen und ungehinderte Bewegungsmöglichkeiten. *The Record* hatte das Projekt kürzlich in einer Titelgeschichte über Gebäude vorgestellt, die als Pionierleistungen im Zusammenspiel von Neuroarchitektur und Bildung gelten konnten. Die Resonanz auf meine Mitarbeit – die positive Aufnahme – war der Hauptgrund dafür, dass ich die Freiheit hatte, meine eigene Firma zu gründen.

»So ungefähr«, sagte ich.

»Wie viel Geld bringt dir das pro Jahr?«

»Wie bitte?«

Sam wandte den Blick nicht ab. »Ich frage mich nur. Rein aus geschäftlicher Perspektive.«

»Nun, aus geschäftlicher Perspektive würde ich sagen, dass dich das wahrhaftig nichts angeht.«

»Bis du Dads Angebot annimmst ...«

Ich schaute durch das Fenster hinaus zu Tommy – als könnte er mich irgendwie retten. Aber er drehte mir den Rücken zu und bekam von meinem Blick nichts mit. Und selbst wenn, würde er mir sicher nicht spontan zu Hilfe eilen.

Ich konzentrierte mich wieder auf Sam und wollte ihn schon fragen, wie um alles in der Welt er auf die Idee kam, dass ich seinen Weg einschlagen wollte. Was den Job anging. Sein Leben. Irgendetwas. Aber dann machte ich mir klar, dass es hier nicht um mich ging. Wie immer, wenn Sam sich um etwas zu sorgen schien, ging es letztlich um ihn selbst.

»Für mich ist es cool, wenn du nicht einsteigen willst«, sagte er. »Auch wenn du das vielleicht nicht glaubst: Ich hab *nichts* gegen dich.«

»Warum solltest du auch etwas gegen mich haben? Du kennst mich kaum.«

Er nahm sein Bourbonglas und neigte es in meine Richtung. »Genau das könnte der erste Grund sein.«

* * *

»Ausgeschlossen, er ist nicht einfach *gestürzt*«, sagt Sam gerade.

Wir sind in die Küche umgezogen. Die Küche, die Morgan komplett ausräumen will – trotz der bodentiefen Fenster, die einen Blick in den Garten bieten, trotz der neu eingezogenen Decken, trotz des verspielten jägergrünen Bertazzoni-Herds.

Wir sind durch die zentrale Kücheninsel getrennt. Wie durch eine einvernehmliche Pufferzone. Oder einen unüberwindlichen Graben.

Sam steht am einen Ende der Kücheninsel, ich lehne am anderen. Wir beide vermeiden es, uns auf die Hocker zu setzen, und ziehen die Möglichkeit einer schnellen Flucht vor. Morgan ist schon gegangen. Sie ist auf dem Weg zurück nach Manhattan, um in der Gramercy Tavern einen Cocktail mit ihrer Hochzeitsplanerin zu trinken. Aus vielen Gründen beneide ich sie in diesem Augenblick.

»Was glaubst du denn, was genau passiert ist?«

»Dass ihm jemand geholfen hat«, sagt er. »Über die Klippe.«

»Gestoßen, meinst du? Mit Absicht?«

»Das ist beim Stoßen normalerweise der Fall.«

Ich wende mich von ihm ab. Das Cottage meines Vaters, Windbreak, war sein Refugium, sein ganz privater Ort. Dass er an jenem Abend allein dort gewesen war, erstaunte mich nicht. Er war oft allein dort. Außerdem hatte es eine gemeinsame Untersuchung der örtlichen Polizei und des internen Sicherheitspersonals von Noone Properties gegeben. Ihre Erkenntnisse deckten sich: Der Abend war regnerisch gewesen, der Klippenrand glatt. Es waren keinerlei Hinweise auf Fremdverschulden oder Suizid gefunden worden. Er war einfach ausgerutscht.

»Ich habe gehört, es gab eine Untersuchung«, sage ich.

»Ja, gab es.« Sam zuckt die Achseln. Er wirkt unbeeindruckt von meinem Einwand. Von der Untersuchung. Von den Schlüssen, die gezogen worden sind. Ich fahre fort: »Und sie muss wirklich gründlich gewesen sein, wenn sie einen knappen Monat später schon zu den Akten gelegt wurde.«

Ich mustere meinen Bruder aufmerksam. Den verkrampften Kiefer, die starren Schultern. Als Jugendlicher hat er Baseball gespielt und war ein erstklassiger Pitcher. Wenn ich ihn derart konzentriert sehe, fokussiert und entschlossen, muss ich an diese Phase zurückdenken. An das Foto von ihm auf dem Pitcher's Mound, das auf dem Schreibtisch meines Vaters stand. An Sams Gesicht, wenn er auf dem Spielfeld war. Seine Hingabe. Sein Talent.

Sam war der startende Pitcher für Vanderbilt im Jahr, als sie die D1-Meisterschaft gewannen. Kurz nach dem Studienabschluss wurde er in der zweiten Runde von den Minnesota Twins gedraftet. Aber schon in der zweiten Woche wurde er auf dem Weg zum Training von einem Gewitterregen überrascht, genau wie ein Fahrschüler, dessen Wagen mitten in Sams Jeep hineinraste. Sams Faust brach durch die Windschutzscheibe und wurde an zwei Stellen durchbohrt. Seine MLB-Karriere war zu Ende, bevor sie überhaupt begonnen hatte.

»Sam, ich verstehe, dass dich das beschäftigt …«

»So klingt es aber nicht.«

»Hast du denn irgendwelche Beweise, dass an dem Abend jemand bei ihm war?«

»Nein«, sagt er. »Aber das hat nichts zu bedeuten. Du weißt, wie viel Wert Dad auf seine Privatsphäre gelegt hat. An dem Abend gab es weniger Sicherheitspersonal, außer am Haupttor. Und dass niemand durch das Haupttor gekommen ist, bedeutet nicht, dass er nicht auf einem anderen Weg hineingelangt ist. Mir würden mehrere einfallen.«

»Klar. Aber … wer sollte einen Grund dazu haben?«

»Kannst du dich überhaupt an unseren Vater erinnern?«, fragt er.

Das soll ein Witz sein und auch wieder nicht. Auch wenn ich

mich von den Geschäften meines Vaters immer ferngehalten habe, weiß ich sehr wohl, dass er seine eigene Art hatte, Dinge anzugehen. Einige respektierten ihn dafür, andere lehnten ihn ab. Professionell wie persönlich. Seine Befürworter nannten ihn anspruchsvoll, seine Kritiker anstrengend. In einer berühmten Geschichte heißt es, dass er am Tag vor der Eröffnung eines Hotels im Napa Valley, gleich bei St. Helena, eine letzte Runde übers Gelände drehte und unzufrieden war. Ein Bauprojekt am Highway 29 war bis zum zentralen Pool zu hören. Also verschob er die Eröffnung um sechs Monate (bis dahin sollte besagtes Bauprojekt fertig sein), entließ sämtliche Mitarbeiter und buchte alle Gäste, die fürs Eröffnungswochenende reserviert hatten, auf andere Luxushotels im Napa Valley um – auf eigene Rechnung. Natürlich bot er ihnen außerdem ein Gratiswochenende im Hotel an, sobald es tatsächlich eröffnete, wenn man am Pool erst mal seine Ruhe hatte.

Sam geht um die Kücheninsel herum und greift in seine Kuriertasche. Er nimmt einen blauen Ordner heraus und legt ihn vor mich auf die Arbeitsfläche. Der Ordner enthält einen dicken Stapel Papier. Sam fordert mich mit einer Geste auf, ihn zu öffnen.

»Was ist das?«

»Die aktuellste Version von Dads Testament, unter anderem. Wusstest du, dass er es dieses Jahr noch geändert hat?«

Ich schüttele den Kopf. Das wusste ich nicht.

»Ich weiß nicht, was vor seinen Änderungen drinstand und was ihn dazu veranlasst hat. Natürlich will mir keiner der Anwälte etwas sagen.«

Ich schaue ihn an und frage mich, worauf er hinauswill.

»Bist du auf irgendetwas Seltsames gestoßen?«

»Auf den ersten Blick nicht, nein.«

»Dann kann ich dir nicht folgen.«

»Meine Arbeitshypothese lautet, dass vielleicht etwas Seltsames drinstand, *bevor* er sich entscheid, es zu ändern.«

»Eine gewagte Hypothese. Wie denkt Tommy darüber?«

»Im Moment interessiert mich nicht besonders, wie Tommy über irgendetwas denkt.«

Die Anspannung in seiner Stimme entgeht mir nicht. »Was soll das heißen?«

Er schüttelt den Kopf und ignoriert meine Frage. »Du musst zugeben, dass das Timing auffällig ist«, sagt er. »Zum ersten Mal seit Jahrzehnten ändert Dad sein Testament, und wenig später stirbt er …«

Ich schaue auf den blauen Ordner hinunter. Etwas in mir sträubt sich, ihn jetzt zu öffnen, als würde ich Sam damit signalisieren, dass ich ihm zustimme. Ich will nichts Unüberlegtes tun, wodurch wir plötzlich auf derselben Seite stehen könnten, einer Seite, an die er sich mit aller Gewalt klammern will.

»Woher weißt du das überhaupt?«, frage ich stattdessen »Über die Anwälte, meine ich.«

»Ich kann auf seinen Kalender zugreifen. Dad und Onkel Joe hatten in den vergangenen Wochen acht Meetings mit dem Team, das fürs Testament und den Grundbesitz zuständig ist. So viel Zeit? Sie müssen etwas … gründlich überdacht haben.«

Er schaut mich an, als würde das irgendetwas beweisen. Ich dagegen denke, dass eine Reihe von Treffen mit Anwälten und eine Testamentsänderung (die aus allen möglichen Gründen erfolgt sein kann) nicht nach einem Mordkomplott, sondern nach einem trauernden Sohn klingen, der verzweifelt nach Antworten sucht. Einem trauernden Sohn, der gleichzeitig eine Firma erbt.

»Nora, bevor du jetzt glaubst, ich wollte irgendwelchen Ärger schüren oder eine persönliche Rechnung begleichen …«

Ich hebe abwehrend die Hände, obwohl ich genau das gedacht habe.

»Das denke ich nicht.«

»Klar tust du das«, sagt er. »Aber nur, damit du Bescheid weißt:

Es gibt keine zu begleichenden Rechnungen. Wenn überhaupt, dann entsteht der Ärger dadurch, dass ich das ganze Thema auf den Tisch bringe.«

»Wie meinst du das?«

»Dad hat seine Pläne mit uns durchgesprochen. Alles war prima. Nichts, was die gute Laune verdirbt. Wir haben gleiche Anteile bekommen. Tommy und ich …«

Tommy, der zwei Minuten älter als Sam ist, aber immer so getan hat, als wären es zehn Jahre. Er hat seine Abschlüsse in Jura und Wirtschaft gemacht, seine langjährige Freundin geheiratet und es in die Top-Positionen bei Noone Properties geschafft. All das vor seinem dreißigsten Geburtstag. Tommy, der, wie mein Vater immer scherzhaft behauptete, bei der Geburt eher wie mein Zwilling und nicht wieder der von Sam aussah. Wir beide haben die gleichen dunklen Haare und Augen, die gleichen langen Beine und die athletische Statur. Irgendwie müssen diese Merkmale von der väterlichen Seite stammen, obwohl man auf den ersten Blick denken könnte, wir kämen auf unsere jeweilige Mutter. Aber die Ähnlichkeit, gerade in unseren Gesichtszügen, lässt sich nicht leugnen – die leicht hochgezogenen Mundwinkel, unsere Wangenknochen. Obwohl die Übereinstimmungen, jedenfalls die offensichtlichen, damit auch enden.

Nicht dass Sam und ich uns ähnlicher wären. Sam, der jetzt vor mir steht. Sam, der seit dem Autounfall (wie hat mein Vater es noch ausgedrückt?) *auf der Suche* ist. Er hat an einem Internat in Connecticut Baseballunterricht gegeben, ist wegen eines Assistentenjobs bei ESPN nach Bristol gezogen und später zurück nach New York City und in die Firma unseres Vaters gekommen, wo er neben Tommy arbeitet.

Aus Gründen, die ich nachempfinden kann, erinnert mich seine Miene – misstrauisch und unglücklich – an unsere anderen Begegnungen seit dem Ende seiner Baseballkarriere.

Bisher begreife ich allerdings nicht, warum er derart neben sich steht. Liegt es wirklich daran, dass er glaubt, unserem Vater sei etwas zugestoßen? Oder sucht er nach etwas anderem?

»Der Punkt ist der«, sagt Sam. »Er hat Tommy und mir die Leitung übertragen.«

Er zuckt die Achseln. Ich kann sehen, wie überrascht er ist, dass unser Vater die Firma auch in seine Hände gelegt hat. Teils überrascht, teils stolz. Das wäre nicht nötig. Mein Vater hätte niemals einen der Söhne bevorzugt. So war er nicht. Hätte ich auch nur das geringste Interesse gezeigt, wäre ihm eine Idee gekommen, wie er uns alle hätte einbeziehen können.

»Das ist toll, Sam«, sage ich.

»Klar. Ich meine, er hat Onkel Joe wegen der Kontinuität an der Spitze belassen«, sagt er. »Eine logische Entscheidung, aber Onkel Joe bleibt nur für begrenzte Zeit. Vierzehn Monate. Genug, um die Investoren zu beruhigen und die Abläufe stabil zu halten. Das hat Dad genau festgelegt. Danach leiten Tommy und ich die Firma.«

»Wo ist das Problem? Ist es nicht das, was du willst?«

»Frag mich mal, wann Dad das alles mit uns besprochen hat. Seine Pläne für die Firma, die Einzelheiten …«

»Wann?«

»Acht Tage vor seinem Tod.«

Die Überraschung muss mir anzusehen sein, denn Sam legt nach. »Seltsam, findest du nicht?«, fragt er.

»Oder ein Zufall.«

»Ein ziemlich seltsamer Zufall.«

Ich schaue ihm in die Augen. »Sam, ich denke nur …«

»Du denkst was?«

»Ich verstehe, wie hart das alles ist. Auch für mich ist es hart. Aber nur auf ein Gefühl hin …«

»Es ist mehr als ein Gefühl«, beharrt er. »Wenn du ein Problem damit hast, dass es nur um das Timing des Testaments geht, dann schieb es von mir aus auf den Zufall. Ich kann das Gegenteil nicht beweisen. Aber das ändert nichts daran, dass Dad sich ziemlich komisch verhalten hat.«

»Definier mir ›komisch‹.«

»Zerfahren, abwesend. Er war seltener im Büro. Du weißt selbst, dass er sich nie in die Karten sehen lassen wollte, aber er war nicht er selbst.«

Er sieht mich an, als wäre damit alles gesagt. Aber für mich sagt es nur, dass mein Bruder sich in den Kopf gesetzt hat, dass mit unserem Vater etwas nicht stimmte. Etwas, wovon ich, wenn er recht hat, nichts wusste. Die Vorstellung, dass ich es nicht mitbekommen habe, lässt etwas in mir aufbrechen. Der Gedanke daran, *warum* ich es nicht mitbekommen habe. Ich spüre eine körperliche Reaktion: ein Trommeln und Pulsieren im Kopf, eine Spannung in der Haut, eine Hitze hinter meinen Augen.

»Du hast noch nichts gesagt, was dagegenspricht, dass er an dem Abend von der Klippe gestürzt ist.«

Er nickt. »Außer dem einen Punkt, den ich dir nicht sagen muss.«

Ich schaue weg. Das Trommeln wird lauter. Windbreak war der Lieblingsort meines Vaters. Sein privates Refugium. Er kannte es wie seine Westentasche. Regnerischer Abend hin oder her, zu viel Bourbon oder nicht, mondloser oder bewölkter Himmel: Hätte er wirklich vergessen, wo die Felsen begannen? Wo sie endeten?

»Könntest du mir einfach einen Gefallen tun?«, fragt Sam. »Ich fliege morgen hin und schaue mich in Windbreak um. Dann treffe ich mich mit dem Hausverwalter und der Polizei. Mal sehen, ob ich herausfinde, was an dem Abend wirklich passiert ist.«

»Und der Gefallen?«

»Komm mit.«

Ich lache laut auf, dann reiße ich mich zusammen. »Nach Kalifornien? Nein. Das meinst du nicht ernst.«

»Doch.«

Das meint er ernst. Ich will noch einmal bekräftigen, dass ich seinen Plan ablehne, als ich in seinen Augen, diesen vertrauten Augen, sehe, wie unangenehm es ihm ist, hier vor mir zu stehen und mich zu bitten, für ihn da zu sein. Es bremst mich komplett aus, zum Teil, weil ich diesen Zug zum ersten Mal an ihm wahrnehme – es ist das erste Mal, dass er sich mir gegenüber verletzlich zeigt. Gleichzeitig wirkt sein Gesicht völlig verändert: die Falten um seine Augen herum sind tiefer, die Stirn gerunzelt. Wie durch einen Zaubertrick habe ich das Gefühl, vor meinem Vater zu stehen.

Ich öffne den Ordner und blättere den dicken, mit Büroklammern vorsortierten und beschrifteten Papierstapel durch. Sam hat sogar mit farbigen Codes gearbeitet.

»Das Testament ist vor zwei Wochen eröffnet worden«, sagt er. »Hättest du mal zurückgerufen, wüsstest du jetzt, dass er es dir vermacht hat.«

Ich hebe den Blick. »Was hat er mir vermacht?«

»Windbreak.«

Ich versuche, keine Reaktion zu zeigen, dabei spüre ich, wie mein Gesicht heiß wird und rot anläuft. Plötzlich fällt mir eins der letzten Gespräche mit meinem Vater wieder ein. Er rief mich an und bat mich, ihn in Windbreak zu besuchen. Ich war nicht oft mit ihm dort gewesen, nur einige Male während meiner Jugend und ganz gelegentlich als Erwachsene.

Windbreak war der Ort, an dem er auftankte und den er oft allein besuchte. Entsprechend überrascht reagierte ich auf den Anruf. Diese Überraschung ließ ein wenig nach, als er sagte: *Ich könnte ein paar Tipps zur Renovierung brauchen. Ich möchte das ein oder andere verändern.* Aber ich vertröstete ihn. Ich sagte, ich hätte zu viel Arbeit. Was auch stimmte. Aber wenn ich ehrlich bin, ging es nicht nur um die Arbeit. Ich war wütend. Ich wollte ihm den Gefallen nicht tun.

Ich spüre eine Enge in der Brust.

»Sam …«

»Wenn du recht hast und ich totalen Unsinn rede, können wir morgen mit dem Nachtflug zurückkommen.«

Er nimmt den Ordner, schlägt die erste Seite auf und deutet auf ein einzelnes Blatt mit dem Flugplan.

»Würdest du einfach darüber nachdenken?«

Ich starre auf die Informationen: Flughafen, Flugnummer und in Fettdruck die Abflugzeit. 10:08 Uhr. Morgen.

Ich klappe den Ordner zu und will Nein sagen.

Aber als ich wieder aufblicke, ist mein Bruder schon weg.

SHEET MUSIC

Ich steige in die Subway und mache mich auf den Heimweg.

Als ich mich auf die Sitzbank quetsche, nehme ich sofort den blauen Ordner zur Hand und gehe die Dokumente durch: eine Kopie des Testaments meines Vaters, die Besitzurkunde für Windbreak, den ganzseitigen Nachruf aus der *New York Times.* Weil es keine Beerdigung gab, musste ich mich um nichts davon kümmern. Mein Vater hatte verbrannt werden wollen, seine Asche sollte auf dem Gelände von Windbreak und dem darunterliegenden Ozean verstreut werden. Für die praktische Ausführung war mein Onkel Joe verantwortlich.

Ich nehme den Nachruf (ihn habe ich als Einziges schon gelesen) und konzentriere mich auf das Foto meines Vaters. Er steht mit verschränkten Armen auf der Kuppe eines üppig bewachsenen Hügels, im Hintergrund sind die San Ysidro Mountains zu erkennen. Die Bildunterschrift lautet: **Liam Samuel Noone, Gründer von *Noone Properties & Resorts*, fotografiert vor seinem Vorzeigehotel *The Ranch.***

Ein Sternchen neben dem Namen meines Vaters erklärt, dass Noone wie *noon,* die Mittagszeit, ausgesprochen wird, nicht wie *no one*, niemand. Wobei ich weiß, dass mein Vater sich manchmal über die falsche Aussprache amüsierte. »No one Properties«, sagte er dann, wäre doch der perfekte Ort für jemanden, der auf der Flucht ist.

Ich konzentriere mich auf die Aufnahme. Mein Vater wirkt vor der bergigen Kulisse stark, ernsthaft und männlich. Es überrascht mich nicht, dass die Zeitung sich für dieses Motiv entschieden hat.

The Ranch war die erste Immobilie, die mein Vater hat bauen lassen, nachdem er bei *Hayes* die Leitung übernommen hat. Das Foto unterstreicht den oft beschriebenen legendären Aspekt der Vom-Tellerwäscher-zum-Millionär-Karriere meines Vaters. Liam Noone, in Brooklyn als einziges Kind irischer und russischer Immigranten geboren, der Vater Klempner, die Mutter seine Buchhalterin. Er war der Erste in der Familie, der das College besuchte, von der Yale University ganz zu schweigen. Dort schloss er als Jahrgangsbester ab, erwarb an der Columbia seinen betriebswirtschaftlichen Abschluss, und das als einer der drei Besten. Anschließend übernahm er die Stelle als Betriebsleiter bei *Hayes Hotels*, einer Hotelkette in Familienbesitz, die an der Ostküste fünf Immobilien besaß. Die Entscheidung für einen derart kleinen Betrieb mochte nach gängigen Maßstäben verwunderlich gewesen sein, zumal die Stelle deutlich weniger lukrativ war als das Einstiegsgehalt bei einer der großen Consultingfirmen oder Investmentbanken, die um Top-Studenten wie ihn warben.

Aber als Walter Hayes starb, vermachte er die Firma meinem Vater (»dem anspruchsvollsten jungen leitenden Angestellten, der mir je begegnet ist«), der die kleine Hotelkette in das führende Imperium luxuriöser Boutiquehotels und Resorts in Nordamerika verwandelte: dreißig Fünfsternehotels, achtzehn weitere waren in Planung. Ein Milliardenimperium. Auf dem Weg dorthin wurde er selbst zu einem extrem wohlhabenden Mann. Einem weitgehend anonym bleibenden wohlhabenden Mann, der nie zum Gesicht einer Marke werden, sondern die Immobilien für sich sprechen lassen wollte. Jede einzelne hatte ihre eigene besondere Geschichte – ihren eigenen Mythos, der den Wunsch weckte, dort zu wohnen. Bucketlist-Hotels, die, wie Liam Noone unermüdlich versicherte, regelmäßig die Erwartungen übertrafen.

Ich wende mich dem ersten Absatz zu, der sich aufs Privatleben konzentriert und hervorhebt, dass mein Vater drei Kinder hinterlässt: eine Tochter aus erster Ehe, zwei Söhne aus der zweiten. Von seinen Ehefrauen oder dem Umstand, dass sie alle zu Ex-Ehefrauen wurden, ist nicht die Rede. Genau so hätte mein Vater es gewollt.

Er war dreimal verheiratet, aber wirkliche Trennungen fanden nie statt. Auch nach dem Ende der Ehe mit meiner Mutter blieb er ein Bestandteil unseres Zuhauses. Er steckte viel Engagement in eine gute Beziehung zu mir und legte Wert darauf, dass mein Leben durch die Trennung der Eltern so wenig wie möglich belastet wurde. Aber es ging nicht nur um mich. Mein Vater wollte auch sein eigenes Leben – all seine Leben – so wenig wie möglich belasten. Das mit mir und meiner Mutter, das er zu erhalten versuchte; das Leben mit seiner neuen Familie; und schließlich das mit seiner noch neueren Familie. Es schien, als gelänge ihm das nur, weil seine Welten sich nie überschnitten; dann konnte er so tun, als würde er ausschließlich in der jeweils aktuellen leben.

Als Heranwachsende spürte ich keine Wut auf ihn, vor allem, weil ich mit meiner Mutter in Croton-on-Hudson eine tolle Kindheit hatte. Ich liebte unser Bauernhaus und meine Schulfreunde – und die Geschichte unserer kleinen, schnuckligen Stadt. Das galt auch für den verbreiteten Stolz auf das »Idiotenlicht« im Stadtzentrum, die erste Verkehrsampel Amerikas. Ich hatte einfach keine Lust, ins Penthouse meines Vaters in New York City zu pendeln, zu einer Stiefmutter, die an meiner Anwesenheit kein Interesse hatte.

Aber auch wenn ich meinen Vater von Herzen liebte, kann man mit einem Menschen, der sein Leben so konsequent aufspaltet, nur eine gewisse Zeit verbringen. Wir hatten unsere gemeinsamen Freitagabende. Und wenn ich bei einer Aufführung des Schülertheaters oder einer Kunstausstellung dabei war, verpasste er sie nur selten. Aber den Rest seiner Zeit verbrachte er mit den anderen Familien und in den anderen Welten, die er bewohnte. Welten, um die er sich ebenfalls kümmerte und von denen ich praktisch nichts wusste.

Das ist einer der Gründe, weshalb es mich verblüfft, wie schwer ich mich jetzt nach seinem Tod tue. Dass es wehtut, kommt natürlich nicht überraschend, aber es erschüttert mich, wie tief diese Schmerzen gehen.

Daran ändert auch die Tatsache nichts, dass mein Vater und ich uns nach dem Tod meiner Mutter im letzten Jahr ein Stück entfremdet haben. Nachdem ich sie verloren hatte, zog ich mich langsam von ihm zurück. Vielleicht lag es zum Teil daran, dass ihr Tod so plötzlich kam – ein schockierender Fahrradunfall auf dem täglichen Nachhauseweg. Ein Lkw-Fahrer hatte vergessen, das Licht einzuschalten. Und schon stand ich ohne sie da.

Die wichtigste Person in meinem Leben. Meine Mutter hatte immer gesagt, dass das, was man morgens als Erstes tut, einem auch am meisten bedeutet. In meiner Jugend verbrachten wir jeden Morgen als Erstes ein bisschen Zeit zusammen. Qualitätszeit, ohne Unterbrechungen. Wir standen schon bei Sonnenaufgang auf, machten einen Spaziergang in die Stadt, holten uns in der Bäckerei, sobald sie öffnete, frisches Brot und Kakao, setzten uns an den Fluss und redeten. Dieses Ritual behielten wir sogar bei, als ich auszog und aufs College ging. Jeden Morgen um acht klingelte mein Telefon, egal wo wir jeweils gerade waren. Dann redeten wir auf dem Weg zu meinem Unterricht und später auf dem Weg zur Arbeit und tranken einen, wenn auch virtuellen, Kaffee zusammen. Und sie erinnerte mich täglich daran, dass nichts anderes ihr mehr bedeutete als ich.

Wie soll ich in Worten ausdrücken, wie ihr Verlust mich getroffen hat? Seit vierzehn Monaten schaue ich jeden Morgen um acht auf mein Handy und warte darauf, dass es wieder klingelt.

Nach ihrem Tod habe ich eine seltsame, lange überfällige Loyalität ihr gegenüber empfunden – vor allem im Hinblick auf meinen Vater. Ich konnte nichts dagegen tun, obwohl ich wusste, dass meine Mutter selbst keinen Groll gegen ihn gehegt hatte.

Mein eigener Groll schien nicht viel Sinn zu ergeben. Zum Teil machte er sich daran fest, dass mein Vater versuchte, eine alltäglichere Rolle in meinem Leben einzunehmen, was er bis dahin nie getan hatte. Bei mir bewirkte das nur das Gefühl, dass die falsche Person sich um diese Rolle bemühte. Der andere Aspekt war eine seltsame Nebenwirkung meiner Trauer – der tiefen Trauer, in die der Verlust meiner Mutter mich gestürzt hatte.

Plötzlich war es mir falsch vorgekommen, meinem Vater in ihrer Abwesenheit irgendwelchen emotionalen Raum zuzugestehen. Lieber ließ ich den Raum unausgefüllt und vergrub mich in dieser Leere. Verschrieb mich der schlichten, aber unmöglichen Mission, sie so nah bei mir zu spüren wie zu ihren Lebzeiten.

Jetzt, wo auch mein Vater tot ist, kann ich nicht abstreiten, dass es die falsche Mission war. Der Abstand, den ich zu ihm gehalten habe, hat sie weder zurückgebracht noch den Schmerz darüber gemildert, dass ich auch ihn verloren habe.

Aber was bedeutet das für mich? Was hilft es, zu wissen, dass man etwas falsch gemacht hat, wenn niemand mehr da ist, bei dem man sich entschuldigen kann?

Die Subway macht einen Ruck nach vorn, bleibt dann komplett stehen, die Lichter gehen aus.

Irritiertes Gemurmel erfüllt den Waggon, aber ich bin erleichtert, dass niemand sieht, wie mir die Tränen in die Augen steigen.

* * *

Als ich aus der Subway steige, hat es zu schneien angefangen.

Ich wohne so weit draußen in Brooklyn, dass meine Haltestelle oberirdisch liegt. Sobald ich den Waggon verlasse, legen sich Flocken auf meinen Mantel und meine Haut.

Ich liebe mein Viertel rundum, sogar die lange Fahrt hierher. Es gehört zu Flatbush und nennt sich Ditmas Park. Ein alter Teil von Brooklyn, mehr Kleinstadt als Teil einer Metropole: ruhige Straßen, kleine Hartriegel-Bäume, alte viktorianische Häuser. Eine meiner Architektur-Professorinnen wohnte in einem dieser Häuser und vermietete mir ein Zimmer mit Staffelmiete. Als ihr Mann eine Stelle in Nordkalifornien annahm und sie zu ihm nach Westen zog, vermietete sie mir das ganze Haus so lange, bis ich das Geld beisammenhatte, um es ihr abzukaufen.

Es ist ein mintgrünes viktorianisches Gebäude mit dem ursprünglichen Treppenhaus, Buntglasfenstern, Parkettböden und Schiebetüren. Sowie mit holzeingefassten Gemüsebeeten hinter dem Haus.

Ich bin erleichtert, als mein Block an der Marlborough Road in Sicht kommt.

Aber heute Abend gehe ich nicht direkt nach Hause, ich folge der Weihnachtsbeleuchtung an der Cortelyou Road hinein ins gastronomische Zentrum von Ditmas Park. Dort liegt mein hiesiges Lieblingsrestaurant. Der Name, Sheet Music, und das kleine Holzschild über der Tür erinnern daran, dass hier einmal ein Gitarrenladen war.

Jetzt serviert der Küchenchef Holzofenpizza und gehobene Hausmannskost mit Zutaten direkt vom Bauern. Er und ich haben den großen Gastraum neu gestaltet, indem wir zeitgenössische Elemente – verputzte Wände, eine Haube aus rostfreiem Stahl über einer zentralen Theke mit Essplätzen, alte Stühle – integriert und gleichzeitig die frühere Nutzung als Musikgeschäft berücksichtigt haben, indem die Weißblechdecken und der braune Stutzflügel in der hintersten Ecke der Restaurants hervorgehoben werden.

Das Restaurant war (und ist) ein Herzensprojekt für mich.

Was noch weniger verwundert, wenn man weiß, dass der Küchenchef mein Verlobter Jack ist.

Ich nehme das seitliche Tor und gehe zum Lieferanteneingang. Im Vorbeigehen werfe ich einen kurzen Blick in den Gastraum. Er ist voll und trubelig, durch die Fenster dringt Musik, die gedämpfte Beleuchtung wirkt einladend.

Es ist Freitagabend und damit – zumindest in unserer kleinen Ecke der Welt – der betriebsamste Abend der Woche: erste Dates (und letzte Dates), After-Work-Cocktails, Eltern, die vor dem Aufbruch ins Familienwochenende noch einen Absacker brauchen.

Ich öffne die Hintertür, trete in die dampfige Küche und sehe Jack an seinem Arbeitsplatz. Er trägt seine weiße Kochmontur und eine Baseballkappe der San Francisco Giants, sein attraktives Gesicht (mein Lieblingsgesicht) ist verschwitzt und konzentriert.

Bei seinem Anblick wird das Atmen leichter, mein Herzschlag beschleunigt sich. Ich spüre dieselbe schräge Kombination aus Euphorie und Ruhe, die mich jedes Mal überkommt, wenn ich ihn am Ende eines langen Tages sehe und seine Haut, seine Hände und dieses Gesicht betrachte. Bis heute, noch immer.

Jack und ich sind seit einem guten Jahr verlobt, aber anfangs, vor mehr als fünfundzwanzig Jahren, war er mein Freund, obwohl die Bezeichnung »Freund« für die erste Zeit wahrscheinlich übertrieben ist. In der achten Klasse saß er im Werkunterricht vor mir. Ich kann mich nicht erinnern, ihn bewusst als süß wahrgenommen zu haben, obwohl er das tatsächlich war: groß und schlank, lockige Haare und dunkle Augen.

Aber woran ich mich genau erinnere, ist seine Körperhaltung. Auch wenn ich es nicht hätte benennen können, spürte ich, wie wohl er sich in seiner Haut fühlte. Er war auf eine Weise selbstsicher, wie es die wenigsten Achtklässler waren. Auf eine Art, wie es, das lernte ich später, viele erwachsene Männer nicht sind.

Das wurde schon deutlich, wenn er sprach. Seine Stimme war sanft und freundlich und voll, als gehöre er ins Radio, statt in der letzten Unterrichtsstunde auf einer Holzbank zu sitzen. Als wolle er nur dann den Mund aufmachen, wenn er sicher war, dass das, was er sagte, auch zutraf.

Deshalb war ich gern in seiner Nähe. Deshalb wollte ich öfter in seiner Nähe sein.

Auch wenn ich nicht sicher bin, ob wir jemals genau wissen, warum wir etwas tun, vermute ich, dass ich deswegen etwas unternahm, was für mich zur damaligen Zeit völlig untypisch war. Ich klopfte ihm auf die Schulter und fragte ihn, ob er Lust habe, nach der Stunde mit mir ein Eis essen zu gehen. Zählt das als Aufforderung zu einem Date? Jedenfalls war ich in meinen dreizehn Jahren auf diesem Planeten noch nie so weit gegangen.

Man muss es Jack hoch anrechnen, dass er es mir kein bisschen schwer machte, obwohl er in seinen dreizehn Jahren noch nie gefragt worden war.

Klar … sagte er, obwohl er deutlich errötete. *Eis mag ich.*

Am Nachmittag fuhren wir mit den Rädern zu A & P und aßen unsere Cookies-and-Cream-Eiswaffeln direkt am Fluss. Es war eine von nur wenigen gemeinsamen Unternehmungen, bevor seine Familie nach Mill Valley zog, eine Kleinstadt nördlich von San Francisco.

Wir sahen uns erst als Erwachsene wieder. In einem vielgerühmten Restaurant am Madison Square Park hatte ich mein erstes Date mit einem Patentanwalt, der außerdem zu den Investoren des Restaurants gehörte. Nach dem Essen versuchte er, mich zu beeindrucken, indem er mich in die Küche mitnahm, um den Chefkoch zu treffen.

Der Chefkoch war Jack.

»Hey, Nora«, sagte er, als hätten wir uns vor zwanzig Minuten zuletzt gesehen und nicht vor mehr als zwanzig Jahren. Am nächsten Tag fand er mich online und schickte eine kurze Nachricht. *Schön, dich wiederzusehen. Gib mir Bescheid, wenn du Lust auf ein Eis hast.*

Jetzt stehe ich da und sehe Jack bei der Arbeit zu. Er tröpfelt etwas Saba-Öl auf die Kruste seiner Spezialpizza, die er mit dieser unbeschreiblichen Erdbeer-Soffritto-Soße macht: eine schmackhafte Mischung aus selbst gezogenen Erdbeeren und San-Marzano-Tomaten, Balsamico, Zwiebeln und Pinienkernen. Er lässt die Soße stundenlang einkochen, bis daraus die aromatischste, reichhaltigste, würzigste Tomatensoße wird, die man sich nur vorstellen kann.

Sie hat Sheet Music vor knapp zwei Jahren nach dem Soft Opening des Restaurants auf die kulinarische Landkarte gebracht. Auf den Empfehlungslisten mehrerer namhafter Restaurantkritiker stand die Pizza ganz oben.

Jack schickt die Erdbeerpizza zum Servieren hinaus. Dann sieht er auf, entdeckt mich und lächelt mich an. Mit dem Lächeln, das er nur für mich reserviert: intim und sinnlich und konzentriert. Wie soll ich es erklären? Ich bekomme jedes Mal das Gefühl, dass er nicht glauben kann, dass ich ihm gehöre, seit zweieinhalb Jahren, seit fünfundzwanzig Jahren. So wie ich nicht glauben kann, dass er mir gehört.

Ich gehe zu ihm hinüber, er küsst mich zur Begrüßung, seine warme Hand legt sich auf meinen Nacken, sein Atem berührt meine Lippen. Macht mich ruhig. Auf die Art, auf die nur er mich ruhig macht.

»Ich wusste nicht, dass du noch reinkommst«, sagt er.

Ich schließe die Augen, lasse mich in seine Haut sinken, nehme ihn in mich auf.

»Alles okay?«, fragt er.

»Geht so.«

Er lacht. »Geht so klingt nicht toll.«

»Sam Noone hat mich heute besucht.«

Er zieht sich zurück und schaut mich verwirrt an. »Dein Bruder?«, fragt er. »Was wollte er?«

»Nur ein bisschen quatschen, einen Kaffee trinken … Du weißt schon, mir erzählen, dass er glaubt, jemand könnte unseren Vater ermordet haben.«

»Was?«

Ich nicke.

»Komm mit«, sagt er.

Sanft führt er mich zu seinem Büro und gibt seiner Stellvertreterin Kayla ein Zeichen, dass er zurückkommt. Ich suche Augenkontakt, als wir an ihr vorbeikommen, und bemühe mich um ein entschuldigendes Lächeln. Dass ich ihn in der Stoßzeit von der Arbeit abhalte, ist das Letzte, was sie braucht. Sie macht sich wieder an die Arbeit und täuscht ein Lächeln nicht mal vor. Sie ist sauer auf mich, seit Becker, Jacks gute Freundin von der Kochschule, ihn gebeten hat, ihr Lokal – ein Zweisternerestaurant in Nordkalifornien – während ihres Mutterschaftsurlaubs zu leiten. Hätte er zugesagt, wäre Kayla während seiner Abwesenheit für Sheet Music verantwortlich gewesen.

Obwohl ich Jack damals ermuntert habe, das Angebot anzunehmen, nimmt Kayla mir übel, dass er hiergeblieben ist.

Ich muss daran denken, wie abwesend ich in letzter Zeit gewesen bin. Und ich frage mich, ob sie vielleicht recht hat.

»Was hat er genau gesagt?«

»Er ist überzeugt, dass jemand unseren Dad über die Klippe gestoßen hat …«

Er sieht mich an, als komme ihm die Idee wahnsinnig vor. Wahrscheinlich habe ich Sam vor wenigen Stunden denselben Blick zugeworfen. Ich warte darauf, dass seine Reaktion mir ein besseres Gefühl gibt, dass ich mich damit trösten kann, dass die Idee ziemlich weit hergeholt ist.

»Gibt es irgendwelche Gründe, das zu glauben?«, fragt er.

»Eigentlich nicht«, sage ich. »Ich meine, selbst wenn es ein paar mögliche Anhaltspunkte gibt, sagt mir mein Gefühl, dass Sam einen anderen Plan hat. Dass es für ihn auf irgendeine Weise um Geld geht. Oder ein Machtspiel. Oder was weiß ich.«

»Warum siehst du dann so aus?«

Ich schüttele den Kopf. »Mir stellt sich noch eine andere Frage.«

»Nämlich?«

»Warum er es ausgerechnet mir erzählt hat.«

Jack denkt nach. Und ich sehe, dass er die Frage so gut beantworten kann wie ich. Mein Bruder mag mich nicht gut kennen, aber doch so gut, dass er weiß, wie schwer es mir fallen würde, seine These einfach zu ignorieren. Vielleicht war ich bis zu einem gewissen Grad immer schon so, aber die technische Seite meines Berufs zwingt mich dazu, so sexy Details wie Sicherheit, Energieeffizienz und Fluchtwegen größte Beachtung zu schenken. Inzwischen hat diese Haltung auch auf mein Privatleben übergegriffen. Wenn sich etwas seltsam anfühlt, kann ich mein Misstrauen nicht einfach abschütteln.

»Er will, dass ich morgen mitkomme«, sage ich.

»Wohin?«

»Nach Windbreak.«

»Ernsthaft?«

»Er meint, wir sollten uns umsehen, ob es irgendwelche Anhaltspunkte für seine Sorgen gibt.«

»In Kalifornien?«, fragt er.

Sein Ton spiegelt meine Gefühlslage: Irgendwie ist es ein bisschen übertrieben, wegen einer bloßen Ahnung quer durchs Land zu fliegen. Wegen der bloßen Ahnung eines anderen quer durchs Land zu fliegen, den ich kaum kenne und dessen Motive noch unklar sind.

»Ich weiß, dass es verrückt ist …«

Nach einer kurzen Pause entgegnet er: »Das habe ich nicht gesagt.«

Dann schaut er mich mit diesem besonderen Blick an, den er

mir schenkt, wenn er darauf wartet, dass ich etwas begreife, von dem er längst weiß, dass es richtig für mich ist. Der einzige andere Mensch in meinem Leben, der das konnte, der beinahe wusste, was ich brauchte, bevor ich es selbst wusste, war meine Mutter. Bei ihr hat es mir Sicherheit gegeben, auf diese Weise gesehen und verstanden zu werden. Auch mit Jack hat es sich immer so angefühlt. Bis vor Kurzem jedenfalls. Aber seit dem Tod meines Vaters fühlt sich die Verbindung zu Jack – ihre Zärtlichkeit, ihre Tiefe – anders an. Eher wie etwas Bedrohliches.

»Ich komme mit«, sagt er. »Wenn du das tun musst, komme ich mit.«

»Darum würde ich dich niemals bitten.«

Jacks Augen verraten seine Gefühle. Den Stich, den meine Reaktion ihm gegeben hat, die Überraschung. »Du brauchst mich auch nicht zu bitten«, sagt er.

Wortlos senke ich den Blick. Was kann ich sagen? Mir ist klar, dass er spürt, worüber ich nicht mit ihm habe reden wollen: über den Abstand, den ich seit dem Tod meines Vaters zu ihm gehalten habe. Ich habe fast alle auf Abstand gehalten. Nähe, vor allem die Nähe zu Jack, schmerzt zu sehr. Sie ist die lebendigste Erinnerung daran, was ich verloren habe. Was ich möglicherweise noch verliere.

Auch wenn Jack das versteht, tut die Distanz für sich genommen weh – ihm und mir –, vor allem, wenn man bedenkt, dass er der Mensch ist, den ich am meisten brauche.

Bis jetzt hat er es sich versagt, mich dafür abzustrafen. Er hat versucht, mir viel Raum für das zu geben, was ich tue. Trauern.

Er nimmt meine Hand und küsst mich sanft und schnell auf die Handfläche. Die Sicherheit, die seine Berührung gibt, die seine Person gibt, tröstet mich trotz allem.

»Ich komme später nach Hause«, sagt er. »Ruh dich ein bisschen aus.«

Dann öffnet er seine Bürotür und geht wieder an die Arbeit. Ich rufe ihm nach.

»Jack«, sage ich. »Warte.«

Er ist gleich hinter der Bürotür. Er muss mich hören. Ich weiß, dass er mich hört.

Aber er dreht sich nicht um. Wahrscheinlich weiß er, dass ich, wenn er es tut, nichts mehr zu sagen hätte.

* * *

Um Mitternacht liege ich immer noch wach.

Jack ist noch im Restaurant. Ich steige aus dem Bett, gehe nach unten in mein kleines Büro und schiebe das Fenster auf. Die kalte Luft von draußen macht mich wieder hellwach.

Ich setze mich an meinen Zeichentisch und bereite mich innerlich auf die Arbeit vor. Ich muss ein Angebot für ein Projekt in West Chelsea abgeben – ein Kinderbuchladen, den zwei Lektoren im Ruhestand in der Nähe der Highline eröffnen.

Ich hoffe, dass die Stille des Hauses mir bei der Konzentration hilft, entdecke aber am Rand des Tischs den blauen Ordner und kehre innerlich zu meinem Gespräch mit Sam zurück. In der Hoffnung, dass die Puzzleteile doch noch ein Bild ergeben, gehe ich alles erneut durch. In diesem Moment summt mein Telefon.

Ich schaue aufs Display und lese einen vertrauten Namen. Eine Textnachricht von Elliot ist angekommen.

Kannst du reden?

Ich schiebe das Handy über den Tisch und versuche gleichzeitig, auch die aufkommenden Schuldgefühle wegzuschieben.

Ich sage mir, dass sich Elliot möglicherweise wegen Austin bei mir meldet. Dass vielleicht sogar Austin selbst mir schreibt – auch wenn mir klar ist, dass das nicht sein kann, nicht nach Mitternacht.

Austin Abrams, achtjähriges Klavierwunder, Weltklasse-Brownie-Bäcker, einer der Menschen, die mir am meisten auf der Welt bedeuten. Elliots Sohn.

Elliot und ich waren vor vier Jahren zusammen, kurz nach seiner Trennung von Austins Mutter. Er zog ins selbe Gebäude im West Village, in dem auch mein Vater wohnte. Elliot hatte Austin noch kein Klavier für die neue Wohnung gekauft, sodass der Junge zum Üben das alte Instrument im Eingangsbereich des Wohngebäudes benutzte, wenn er von der Schule nach Hause kam und Elliot aus dem Krankenhaus zurück war.

Eines Abends hörte mein Vater ihn spielen und lud Austin und Elliot ein, stattdessen auf dem Steinway-Flügel in seiner Wohnung zu spielen. Sie nahmen sein Angebot freudig an.

Dann, eines Tages, als ich zu einem frühen Abendessen bei meinem Vater auftauchte, kam Elliot an die Tür. Eins achtundneunzig, mit Hoodie und Drahtgestellbrille. Gleich hinter ihm stand der süße Austin, die Ein-Meter-Ausgabe seines Vaters. Auch er mit Hoodie und Brille.

Von Anfang an lief es zwischen uns einfach – einfach, aber nicht allzu ernsthaft. Ich erstickte mit meiner neuen Firma in Arbeit, während Elliot sich darauf konzentrierte, seine einem Krankenhaus angegliederte Arztpraxis (er ist Kinderkardiologe) im Griff zu behalten und gleichzeitig die veränderte Elternrolle auszufüllen. Im Spaß sagte ich, wie seien halb ein Paar, halb Schiffe, die sich in der Nacht verpassten. Aber mein Witz traf einen wunden Punkt. Ein Grund für seine Scheidung bestand darin, dass seine Frau das Gefühl hatte, Elliot bringe das Krankenhaus immer mit nach Hause. *Sie meinte, ich wäre immer zu fünfundzwanzig Prozent abwesend.*

Dieses Gefühl hatte ich bei ihm nicht, was möglicherweise daran lag, dass ich zu beschäftigt war, um es mitzukriegen. Ich war derart auf meine eigene Arbeit fokussiert, dass ich beschloss, wir sollten es ein bisschen lockerer angehen. Kurz darauf beschloss Austins Mutter, dass sie der Ehe noch eine Chance geben wolle, woraufhin ich mich schnell zurückzog. Ich wollte nicht dafür verantwortlich sein, dass ihre Familie nicht mehr zusammenkam.

Austin wollte den Kontakt zu mir nicht verlieren – was Elliot und ich bereitwillig unterstützten –, aber ich hielt mich eher im Hintergrund. Gelegentlich ging ich mit Austin an den Tagen, an denen Elliot lange im Krankenhaus bleiben musste, nach der Schule einen Kakao trinken. Außerdem versuchte ich, seine Klavieraufführungen zu besuchen, hin und wieder zusammen mit meinem Vater.

Ich achtete darauf, klare Grenzen zu ziehen, schon bevor ich anfing, Jack zu daten. Noch sorgsamer achtete ich darauf, als Austins Mutter und Elliot sich endgültig trennten.

Klare Grenzen zu ziehen, war nicht schwierig.

Jedenfalls, bis mein Vater starb. Und Elliot sich wieder meldete.

Seine Anwesenheit in meinem Leben fühlt sich wieder wie Balsam an. Liegt es nur daran, dass er meinen Vater gut kannte? Dass er und mein Vater sich gegenseitig bewunderten?

Ist diese Art Trost unschuldig? Um 0:08 Uhr kommt sie mir nicht so unschuldig vor. Und auch nicht dann, wenn ich merke, dass es mir im Augenblick leichter fällt, mit ihm zu reden als mit Jack.

Der Grund ist wahrscheinlich, dass Jack das Gegenteil von fünfundzwanzig Prozent abwesend ist. Er ist komplett da. Mit Jack zu reden, fühlt sich ein bisschen an, wie in den Spiegel zu schauen. Er sieht mich komplett. Seit dem Tod meines Vaters habe ich den Eindruck, mich selbst in Jacks Gesicht zu sehen: die Schwere hinter meinen Augen, in meiner Haut. Ich bin eine erwachsene Frau, aber auch ein Kind, das nach den Eltern sucht, von denen es sich nicht verabschieden konnte.

Ich nehme das Handy vom Tisch. Meine Finger kreisen über Elliots Namen, unsicher, ob ich drangehen soll. Ob ich seinen Wunsch nach einem Gespräch erfüllen soll. Es ist doch nur ein Anruf. Wir reden bloß. Das sage ich mir immer wieder. Gebetsmühlenartig.

Aber warum sage ich es mir im Flüsterton?

Bevor ich auf »Annehmen« tippen kann, summt das Telefon wieder. Mein Display meldet: UNBEKANNTER ANRUFER.

Fast lasse ich das Handy fallen. Mein erster Gedanke ist, dass Elliot vom Festnetzanschluss des Krankenhauses anruft. Der zweite kommt so schnell, dass ich mich nicht dagegen wappnen kann: Jemandem ist etwas zugestoßen. Seit dem Verlust meiner Eltern bin ich jedes Mal, wenn ich von einer unbekannten Nummer angerufen werde, vor allem spätabends, davon überzeugt, dass ein Mensch, den ich liebe, in der Art Schwierigkeiten steckt, bei denen ich nicht helfen kann.

Ich tippe auf »Annehmen«.

»Hast du dich entschieden?« Sams Stimme schreckt mich auf.

»Was soll das, Sam? Warum rufst du um diese Uhrzeit an?«

»Wahrscheinlich aus demselben Grund, aus dem du drangehst«, sagt er. »Ich kann nicht schlafen.«

Genervt schließe ich die Augen und versuche, meinen Puls zu beruhigen. Ich zwinge mich zu ein paar tiefen Atemzügen, um meine Mitte zu finden.

»Du hast mich fast zu Tode erschreckt.«

Er ignoriert meine Worte. »Bist du schon die Dokumente durchgegangen?«

»Einen Teil.«

»Und?«

Ich greife nach dem blauen Ordner und schlage ihn wieder auf. Der Nachruf, das Testament, alles andere.

Ich suche die Besitzurkunde von Windbreak und ziehe sie heraus. Die Unterschrift meines Vaters fällt mir ins Auge, samt Stempel und einem Datum, das über dreißig Jahre zurückliegt. Es war das erste Haus, das mein Vater je für sich gekauft hat. Sein liebster Ort auf der Welt.

»Hallo?«, fragt Sam.

Ich höre das Knarzen, mit dem sich die Verandatür öffnet. Jack schiebt sich am Fliegengitter vorbei, schließt die Tür ab, endlich zu Hause. Ich rufe nicht nach Jack, um ihm zu sagen, dass ich unten, dass ich noch wach bin.

Im Moment sage ich auch nichts zu Sam. Ich reibe mir die Augen, eine Welle der Erschöpfung schwappt über mich hinweg. Trauer ist strapaziös. Darüber spricht niemand. Jedenfalls hat mich niemand gewarnt, wie mühsam es ist, sie mit sich herumzuschleppen. Und sie zapft dieselben Reserven an wie die Liebe. Denn echte Liebe erfordert, dass man präsent ist und etwas gibt. Dass man präsent ist und etwas annimmt. Nicht dass ich vergessen hätte, wie das geht. Aber das alles summiert sich zu einer schweren Last.

»Was denkst du?«, fragt Sam.

Ich schüttele den Kopf, als könnte er mich sehen. Und ich setze zu der Bemerkung an, dass ich seinen Plan für ein fruchtloses Unterfangen halte, dass es mir sinnlos vorkommt. Aber ich spüre noch etwas anderes. Vielleicht sind es nur Schuldgefühle, weil ich auf Abstand zu meinem Vater gegangen bin. Vielleicht auch das Bedürfnis, irgendwo anders zu sein.

Aber es könnte noch etwas dahinterstecken – eine Art Instinkt, eine tief empfundene Ahnung, dass mein Bruder möglicherweise nicht völlig danebenliegt. Musste er in dem Brownstone auftauchen, damit ich mich hinzusehen traue? Vielleicht. Vielleicht hat sein Auftauchen mir aber auch endlich Mut gemacht, es laut auszusprechen.

»Ich denke, Dad hat so viele nächtliche Spaziergänge um Windbreak herum gemacht, dass mir nicht einleuchtet, warum er jetzt plötzlich die Orientierung verloren haben sollte«, sage ich.

»Dann … kommst du also mit?«

Ich schweige. Wir schweigen beide, es zieht sich in die Länge. Dann fasst er sich ein Herz und klingt nicht mehr wie der Sam, den ich kenne.

»Nora …«, sagt er flehend. »Bitte.«

Und ich sage zu.

EIN FRÜHER AUFBRUCH

Am Gate halte ich vergeblich Ausschau nach Sam.

Ich besteige die Maschine ohne ihn und setze mich auf den Fensterplatz. Sam hat uns Tickets für die Businessclass besorgt. Normalerweise gönne ich mir diesen Luxus nicht, lieber investieren Jack und ich die Ersparnisse wieder in meine Firma und sein Restaurant. Ich lehne mich zurück, starre aus dem Fenster und sehe, wie die Windböen auffrischen und Wasser gegen die Scheibe schlägt. Nach überwiegend schlaflosen Nächten muss ich aufpassen, dass ich nicht eindöse. Ich stürze den Rest meines Kaffees herunter, greife in meine Kuriertasche und nehme den blauen Ordner heraus. Ich will mit Sam besprechen, was ich über Windbreak erfahren habe. Um drei Uhr morgens. Und um fünf.

Mein Vater hatte bei zwei verschiedenen Architekten Entwürfe für eine Erweiterung der Grundfläche von Windbreak eingeholt. Das erste Mal liegt über zwanzig Jahre zurück, damals war er noch mit Sylvia, der Mutter von Sam und Tommy, verheiratet. Es überrascht mich nicht, dass Sylvias Pläne einen Abriss des Hauses und den Neubau eines 900-Quadratmeter-Palasts im mediterranen Stil beinhalteten, dazu ein separates Gästehaus mit 370 Quadratmetern. Alles, was meine frühere Stiefmutter machte, war riesig und pompös. Genauso wenig überrascht mich, dass nichts davon umgesetzt wurde. Nach der Heirat mit meinem Vater hörte Sylvia auf zu arbeiten, blieb aber mit New York City, ihren Society-Events und ihrem sehr aktiven Sozialleben verheiratet. Obwohl ihr die Vorstellung eines Westküsten-Anwesens theoretisch gefallen haben dürfte, hat sie Windbreak noch seltener besucht als ich.

Was mich allerdings überrascht hat, war die Entdeckung, dass mein Vater vor nicht mal einem Jahr weitere Pläne in Auftrag gegeben hat. Statt das Cottage abzureißen, sahen die Pläne eine Modernisierung vor: Die Decke im Schlafzimmer meines Vaters sollte teilweise angehoben, die winzige Küche zu einem Raum vergrößert werden, in dem mehrere Personen zusammenkommen konnten. Die Designvorschläge waren einfach und elegant, viel näher an dem, wie ich selbst das Haus renovieren würde. Aber ich habe keine Ahnung, was meinen Vater auf die Idee einer Renovierung gebracht und was ihn dann von der Umsetzung abgehalten hat.

Was mich auf die letzten Gespräche mit meinem Vater bringt. Er wollte, dass ich mit ihm nach Windbreak fliege. Er wollte wieder einmal meine Meinung zu dem Haus hören. *Ich möchte ein paar Veränderungen vornehmen.* Hätte ich seine jüngsten Pläne noch einmal überarbeiten sollen? Oder noch einmal ganz von vorn anfangen? So oder so: Warum ausgerechnet jetzt?

»Den Fensterplatz wollte ich.«

Ich blicke auf und sehe Sam neben mir im Gang stehen. Er trägt Jeans und eine Baseballkappe der Minnesota Twins. Offenbar ringt er um Atem, seine Stirn ist schweißnass.

Er wirft seinen Rucksack ins Gepäckfach und lässt sich auf den Sitz am Gang fallen.

»Fast hätte ich den Flug verpasst …«, sagt er.

»Gut zu wissen, dass dir die Sache wichtig ist.«

»Sie ist wichtig. Ich bin nicht an Linienflüge gewöhnt. Deshalb habe ich vergessen, Zeit für den Sicherheitscheck einzuplanen.«

»Du machst Witze, oder?«

»Ursprünglich wollte ich den Firmenjet nehmen, aber du solltest sehen, dass ich ein ganz normaler Kerl bin.«

»So redet kein normaler Kerl.«

Er schnallt sich an. Dann gibt er der Flugbegleiterin, die ein Tablett mit Orangensaft und Champagner hält, ein Zeichen.

»Darf ich Sie für ein Glas bemühen? Danke …« Er nimmt einen Champagner vom Tablett. »Und ein Glas Whiskey bitte, wenn es möglich ist. Kein Eis.«

Sam nimmt einen großen Schluck Champagner. Ich starre ihn an.

»Warum siehst du mich so an?«, fragt er.

»Es ist zehn Uhr morgens.«

»Also ein bisschen früh für eine Predigt«, entgegnet er. »Außerdem brauche ich ein bisschen Freiraum. Ich habe gerade eine Trennung zu verarbeiten.«

Ich werfe ihm einen überraschten Blick zu. »Du und Morgan habt euch getrennt? Seit gestern?«

»Wer sagt denn, dass ich von Morgan spreche?«

Sam stürzt den Rest Champagner herunter, ich schaue ihn ungläubig an. In diesem Moment frage ich mich ernsthaft, ob es noch möglich ist, die Maschine zu verlassen.

»Weißt du was?«, sagt Sam. »Ich kann deine Missbilligung spüren.«

»Ich gebe mir auch keine Mühe, sie zu verbergen.«

In diesem Moment meldet sich der Kapitän über die Lautsprecher und erklärt, der Schneefall werde ein bisschen heftiger. Für einen Moment hoffe ich, die Du-kommst-aus-dem-Gefängnis-frei-Karte gezogen zu haben. Sicher verkündet der Kapitän als Nächstes, dass wir wegen des Wetters nicht starten dürfen. Aber stattdessen sagt er, wir müssten zwar mit leichten Turbulenzen rechnen, würden aber bald abheben. Das Boarding sei beendet, die Türen geschlossen.

Ich lehne mich zurück und atme tief durch.

»Wie auch immer«, sagt Sam. »Es ist nicht so, wie du glaubst.«

»Ich glaube, es geht mich nichts an.«

»Dann ist es vielleicht doch so, wie du glaubst.«

»Lass uns einfach über Dad reden, okay?«

»Gern.«

Ich starre auf die Informationen über Windbreak, die ich analysiert und tabellarisch zusammengefasst habe. Wobei wir uns die Liegenschaftskarte und die Umbaupläne noch näher anschauen müssen.

»Es gibt einen Haufen Dinge, die wir klären sollten, bevor wir mit der Polizei reden«, sage ich. »Ich habe auch ein paar Fragen zum Grundstück. Außerdem sollten wir Tommy auf dem Laufenden halten, meinst du nicht?«

»Warum?«

»Zum Beispiel, weil es auch ihn betrifft. Außerdem kann er vielleicht ein paar Informationen beitragen.«

»Nein, kann er nicht.«

Er schüttelt ablehnend den Kopf.

»Es ist jetzt das zweite Mal, dass du so reagierst, wenn ich auf Tommy zu sprechen komme«, sage ich. »Was ist denn da los zwischen euch?«

»Nichts, was einen weiteren Gedanken wert wäre.«

Mit dem Unterarm wischt er sich den Schweiß von der Stirn. Dabei bemerke ich, dass er eine Orthese trägt, eine dicke schwarze Orthese. An dem Handgelenk, das er sich gebrochen hatte, was damals das Ende seiner Baseballkarriere bedeutete.

Er zuckt die Achseln. »Es spielt immer verrückt, wenn es kalt wird. Alkohol hilft.«

»Ich glaube nicht, dass Alkohol so funktioniert.«

Er behält den Arm oben und legt ihn wie eine improvisierte Schlafmaske über die Augen. »Können wir mit dem Geplauder aufhören? Mir geht es im Moment einfach nicht gut.«

»Aber dir ist bewusst, dass die Reise deine Idee war?«

»Klar«, sagt er.

»Bist du sicher?«

»Ich fange mich schon wieder.«

Die Flugbegleiterin sammelt die Gläser der Passagiere ein und weist darauf hin, dass das Handgepäck, also auch mein Ordner, im Gepäckfach zu verstauen sei.

Danach drehe ich mich zum Fenster. Das Flugzeug macht einen Ruck nach vorn, dann zurück, schließlich rollen wir vom Gate in Richtung Startbahn. Die Maschine beschleunigt und ist kurz vor dem Abheben.

»Gib mit Bescheid, wenn es so weit ist«, sage ich.

* * *

Vom Flughafen LAX brauchen wir für die Fahrt an der Küste entlang gut anderthalb Stunden. Sam steuert unseren Mietwagen durch die Kurven des Pacific Coast Highway und des 101, bis die ersten Schilder nach Carpinteria auftauchen.

Als Sam die Ausfahrt in die Stadt nimmt, schaue ich aus dem Fenster. Wir überqueren die Bahnschienen und erreichen die Padaro Lane. Die Nachmittagssonne verschwindet hinter den Schatten der Bäume, einzelne Lichtstrahlen durchdringen den Nebel und die Kuppel aus Ästen. Die Welt um mich herum versinkt in einer Art schimmerndem Dämmerlicht.

Wie jedes Mal, wenn ich in diese Straße biege, werde ich zu der Sechsjährigen, die das alles zum ersten Mal sieht.

Mein Vater nahm mich allein hierher mit, als es mit der Beziehung meiner Eltern schon bergab ging. Er war nervös – ich spürte seine Angespanntheit. Er wollte sichergehen, dass ich es behaglich hatte und glücklich war. Während der Fahrt vom Flughafen wiederholte er ständig, dass wir unsere Taschen ins Haus bringen, sofort an den Strand gehen und im Ozean schwimmen würden. Aber als wir uns Carpinteria näherten, zogen Wolken auf. Bei unserer Ankunft in der Padaro Lane goss es heftig, Donner krachte. Wir rannten zum Haus, wurden klatschnass und warteten, bis es aufhörte.

Als der Regen endlich nachließ, war es zum Schwimmen zu spät, aber mein Vater nahm mich mit hinaus zur Klippe. Dort tranken wir Milkshakes, aßen Tomatensandwiches und sahen dem silbrig-orangen Sonnenuntergang zu.

Vielleicht nicht der beste erste Eindruck, Nora-Nu, sagte er und küsste mich auf die Stirn. Er benutzte seinen üblichen Kosenamen. *Aber immerhin lässt sich jetzt die Sonne blicken.*

Dann nahmen wir die knarzende Treppe, die zum dreißig Meter tiefer liegenden Strand und dem Ozean hinunterführte, wobei mein Vater keine Sekunde lang meine Hand losließ. Weder auf dem Weg hinunter noch auf dem Rückweg nach oben. Meine Hand lag in seiner, ganz sicher. Ich fragte ihn, ob wir nicht hierherziehen könnten. Später erzählte er immer wieder, dass ich ihm diese Frage gestellt hatte. Konnte er sich erinnern, was er geantwortet hatte? Warum er es gesagt hatte? *Windbreak gehört mir nicht allein.*

»Wir sind da«, sagt Sam.

Seine Stimme reißt mich aus den Gedanken. Er biegt in eine Zufahrt, wo uns ein großes Tor empfängt. Wir halten davor an, Sam streckt den Arm aus dem Fenster und tippt eine Zahlenkombination auf dem Tastenfeld.

Quietschend öffnet sich das Tor und gibt den Blick auf das Grundstück frei. Die gepflasterte Zufahrt bringt uns dem ausgedehnten Rasen, dem offenen Himmel und dem Ozean näher.

Und dem Haus selbst. Dem stolzen, hoffnungsvollen Cottage, das sich gegen die weite Fläche, das durch die Bäume fallende Licht, die ganze eindrucksvolle Kulisse behauptet. Dieses kleine perfekte Cottage: zwei Erkerfenster neben der Haustür, eine umlaufende Veranda, die in einer Ecke stehende Schaukelbank mit Blick auf den Ozean und die Klippen.

»Es geht dir nahe, hm?«, fragt Sam.

Ich nicke mit einem unbehaglichen Gefühl.

Vor der nächsten Frage lässt er sich Zeit und richtet den Blick starr geradeaus: »Glaubst du, du behältst es?«

Ich drehe mich um und schaue ihn fragend an: »Was?«

»Ich frage bloß«, sagt er. »Denn wenn du es verkaufst, ist es eine Menge Geld wert. Allein für das Grundstück bekommst du eine achtstellige Summe …«

»Daran verschwende ich keinen Gedanken.«

»Kein Grund, gereizt zu sein. Dad wusste ja, dass dich die Firma nicht interessiert hat und du niemals Geld von ihm genommen hättest. Vielleicht ist das hier … ich weiß nicht … sein Versuch, etwas auszugleichen.«

Ich wende mich von ihm ab. Plötzlich brennt meine Haut, meine Nerven sind zum Zerreißen gespannt. Mein letzter Besuch hier liegt etwas mehr als zwei Jahre zurück. Als ich damals auf der Bank dort saß, war Jack bei mir. Es war sein einziger Besuch in Windbreak. Mein Vater reichte ihm ein Glas Wein und küsste mich auf den Kopf. Eine neblige, warme Erinnerung. Jacks Hand auf meinem Knie, das Lächeln meines Vaters.

Mit belegter Stimme sage ich: »Der letzte Flug geht um 23.15 Uhr. Den will ich nehmen.«

»Darf ich den Motor abstellen, bevor du deinen Fluchtplan ausarbeitest? Wenn wir mehr Zeit brauchen, können wir immer noch bei Onkel Joe unterkommen. Oder hierbleiben.«

»Warum sollten wir mehr Zeit brauchen?«

»Auf die Gefahr hin, dass ich mich wiederhole: Ich muss erst mal aussteigen, bevor ich dir das beantworten kann.«

Sam stellt den Motor ab. Aus der Haustür treten zwei Männer, um uns zu begrüßen. Den linken der beiden erkenne ich. Er heißt Clark und kümmert sich schon ewig um Windbreak. Schon seit der Zeit, als mein Vater es noch nicht gekauft hatte. Ich habe ihn jetzt seit Jahren nicht mehr gesehen, aber er scheint nicht gealtert zu sein. Er trägt Jeans und Arbeitsstiefel und ist kräftig, hochgewachsen und drahtig, wie ich ihn in Erinnerung habe. Seine Haut ist gebräunt und faltenlos, das Lächeln hält sein Gesicht jung.

Den anderen Mann kenne ich nicht. Er ist groß und stämmig wie ein Linebacker, trägt einen zu engen Anzug und kurz geschorene Haare, die Haut ist gerötet. Außerdem ist er viel jünger als Clark, wahrscheinlich ungefähr in Sams Alter.

Vor der Brust hält er ein Klemmbrett. Sogar von hier aus erkenne ich die Aufkleber der Polizei.

Sam deutet auf den Mann. »Das ist Detective O'Brien«, sagt er. »Er ist unser Ansprechpartner bei der Polizei.«

»Dann hat er die Untersuchung geleitet?«

Sam öffnet die Wagentür. »Offenbar nicht gründlich.«

* * *

»Sie haben einen langen Flug auf sich genommen, um sich von mir erzählen zu lassen, was schon im Bericht steht«, sagt Detective O'Brien. »Ganz sicher gibt es nicht viele unbeantwortete Fragen …«

Clark ist wieder hineingegangen, wir spazieren mit Detective O'Brien über das Grundstück. Besser gesagt: O'Brien geht einige Schritte vor uns. Er bewegt sich schnell und hält nicht inne, wenn er auf das Klemmbrett mit dem polizeilichen Bericht schaut. Dem Bericht, der auch in meinem Ordner steckt.

»Der Sturz hat sich ungefähr zwischen 20:15 Uhr und 20:30 Uhr ereignet«, sagt er.

Er geht weiter zur südwestlichen Ecke des Grundstücks. Ohne dass er es laut aussprechen muss, wissen wir alle, dass er sich dem Bereich nähert, in dem unser Vater nach dem Erkenntnisstand der Polizei an jenem Abend spazieren war. Der Stelle, von der er hinuntergestürzt ist.

»Angesichts des regnerischen Abends können wir von Glück sagen, dass am Strand Leute unterwegs waren, die unsere Erkenntnisse bestätigen.«

»*Von Glück sagen* ist nicht die Formulierung, die ich benutzen würde«, wirft Sam ein.

Detective O'Brien dreht sich um und deutet ein Grinsen an.

»Am Strand waren drei Fußgänger unterwegs. Ein Paar, das seinen Hund ausführte, näherte sich der Unglücksstelle aus westlicher Richtung«, sagt er. »Ein Jogger auf dem Rückweg von Loon Point …«

Als wir den Rand des Grundstücks erreichen, zeigt er hinunter zum Strand. Hier endet das Gras, über felsigen Untergrund gelangt man zu der niedrigen steinernen Palisade, hinter der es steil hinuntergeht.

»Die Zeugenaussagen der Spaziergänger grenzen das Zeitfenster relativ eng ein.«

Ich senke den Blick und sehe im Boden einen gelben Pflock, der hier so unpassend erscheint, dass er alles signalisieren könnte – Pflanzen, einen Rosenbusch, den Platz, wo man seinen Vater verloren hat.

Ich gehe an dem Pflock vorbei und schiebe meine Sneakers über den felsigen Rand, der selbst jetzt, bei Trockenheit, glatt ist. Ich kann es mir problemlos vorstellen: zwei Schritte zu viel, schon hängt man am Klippenrand. Aber warum sollte er so nahe herangehen? Dafür gibt es keinen Grund, es sei denn, er hätte nicht gemerkt, wie nahe er am Abhang war, und dann, mit einem Drink in der Hand, einen schnellen Blick über die Kante geworfen, um die dreißig Meter hinunter an den Felsen entlang auf den Strand zu stürzen, bevor er überhaupt begriff, was los war.

»Wir nehmen an, dass Ihr Vater ziemlich genau hier gestürzt ist«, sagt O'Brien. »Und dass er sofort beim Aufprall gestorben ist …«

Beim Aufprall gestorben. Die Worte aus seinem Mund klingen hart und klinisch.

»Wie haben Sie das festgestellt?«

»Wie bitte?«

»Dass er beim Aufprall gestorben ist?«

»Niemand hätte diesen Sturz überlebt«, sagt er, als beantwortete das die Frage. Als ginge er damit auf meine Besorgnis ein.

Aber es wird immer deutlicher, dass Detective O'Brien sich für unsere Sorgen nicht sonderlich interessiert – oder für die Tatsache, dass wir trauern. Vielleicht denkt er sogar, was ich über Sam dachte, als er gestern im Brownstone-Haus auftauchte. Dass der Grund, warum wir hier sind, nicht unbedingt etwas mit dem zu tun hat, was wir laut sagen.

Ich versuche es anders, um ihn nicht zu sehr in die Defensive zu drängen und ihn ein Stück auf unsere Seite zu ziehen. Sollten wir nicht eigentlich sowieso auf derselben Seite stehen?

»Detective, Sie kennen sich mit solchen Fällen viel besser aus als ich, ich bin also wirklich froh, dass Sie sich die Zeit nehmen, es noch einmal mit uns durchzugehen«, sage ich. »Aber … könnten wir noch ein Stück weiter zurückgehen? Ich habe immer noch den Eindruck, dass wir große Teile des Puzzles nicht im Blick haben.«

»Welches Puzzles?«

»Wir glauben nicht, dass er an dem Abend allein hier war«, sagt Sam weniger diplomatisch.

»Ich kann Ihnen versichern, dass er allein war.«

Detective O'Brien schaut zwischen uns beiden hin und her, als wäre damit alles gesagt.

»Aha. Wie kommen Sie darauf?«, frage ich.

»Die firmeneigene Security von Noone Properties hat von Anfang an bestätigt, dass Ihr Vater nur wegen einer sehr kurzfristigen Terminänderung hier war«, sagt er. »Er sollte eigentlich bei einem Event in New York sein. Niemand in seinem Team war über seine bevorstehende Ankunft in Windbreak informiert. Der Hausverwalter hat mir gerade noch einmal bestätigt, dass nicht mal er Bescheid wusste.«

Das klingt sonderbar. Schon weil – zumindest bei meinen wenigen Besuchen hier – Clark immer derjenige war, der meinen Vater ins Haus gelassen hat.

Sam sieht den Polizisten verwirrt an. »Clark ist immer informiert«, sagt er.

»Diesmal offensichtlich nicht«, beharrt O'Brien.

Dann blättert er zu einer anderen Seite auf seinem Klemmbrett.

»Mein Team hat den kompletten Tagesablauf Ihres Vaters rekonstruiert. Ein Fahrer hat ihn vom Flughafen in Santa Barbara abgeholt und direkt nach Windbreak gefahren. Um 12:15 Uhr haben sie sich am Tastenfeld beim Tor angemeldet«, sagt er in etwas schärferem Ton. »Der Limousinenverleih hat uns die Aufzeichnungen über den weiteren Tag des Fahrers gezeigt ...«

»Ich wollte nicht andeuten, dass es der Fahrer war«, sagt Sam.

»Was wollen Sie dann andeuten?«

»Sie sagten, mein Vater wäre allein auf dem Grundstück gewesen«, sagt Sam. »Das ist schon mal nicht korrekt.«

Detective O'Brien wirft Sam einen warnenden Blick zu. Ich lege die Hand auf Sams Arm, um ihn zu einem weniger aggressiven Ton zu bekommen. Aber ich spüre, wie ich selbst hitziger werde. Auch wenn ich es nicht zugeben möchte, werfen diese Erklärungen mehr Fragen auf, als dass sie Antworten liefern.

Ich betrachte die Palisade, die gewaltige Klippe, den Ozean, den unten herumwirbelnden Sand und versuche, mir seinen Sturz vorzustellen. Mein Vater wäre der Erste, der gewusst hätte, wie er sich verhält, wenn er Richtung Kante gerutscht wäre. Wie er sich hätte festhalten, das Gleichgewicht wiederfinden und in Sicherheit hätte bringen können.

»Ich habe mir gestern Abend die Lagepläne ein bisschen ausführlicher angeschaut«, sage ich. »Ist es richtig, dass sich auf dem Grundstück keine Kameras befinden?«

»Jep, das stimmt.« Detective O'Brien nickt. »Im Haus selbst gibt es eine Alarmanlage mit direkter Aufschaltung zum Polizeirevier. Aber die einzige Kamera ist die am Tor.«

»Ist das nicht ungewöhnlich?«, frage ich. »Nach meiner Erfahrung mit Anwesen dieser Größenordnung haben die meisten von ihnen irgendwelche Sicherheitsvorkehrungen auf dem Grundstück selbst. Hier hat allein die Vorderseite eine Breite von hundert Metern …«

»Nun, die Frage müssten Sie der Sicherheitsfirma stellen. Aber wie ich es verstanden habe, hat Ihr Vater sich sogar geweigert, über einen Wächter am Tor nachzudenken. Das Tastenfeld zum Betreten und Verlassen ist praktisch alles, wodurch das Grundstück geschützt ist.«

Ich schaue nach links, wo in einiger Entfernung das Nachbargrundstück beginnt, das von hier aus kaum zu erkennen ist. Der einzige Nachbar meines Vaters, den ich kennengelernt habe, wohnt ein Stück die Straße hinauf. Benjamin King. Eine Art Immobilieninvestor. Er und mein Vater waren zusammen auf dem College, und ohne King hätte mein Vater nie von Windbreak erfahren. Immer wieder erzählte er die Geschichte, wie er Windbreak von Kings Terrasse aus, wo die beiden über ein geschäftliches Angebot diskutierten, zum ersten Mal gesehen habe.

Aber über seine unmittelbaren Nachbarn habe ich von meinem Vater nie ein Wort gehört, weder im Guten noch im Schlechten. Die beiden großen Grundstücke sind durch eine Mauer getrennt – drüben steht eine große und massive Villa im Neu-Tudorstil, in der das Cottage meines Vaters dreimal Platz hätte.

»Haben Sie mit der Familie nebenan gesprochen?«, frage ich. »Gibt es auf deren Grundstück Kameras, auf die wir zugreifen könnten?«

»Das haben wir getan«, sagt er. »Wir sind die Aufnahmen des ganzen Abends durchgegangen. Unglücklicherweise sind die Kameras so positioniert, dass sie nur bis zur Mauer zwischen den beiden Grundstücken reichen. Ihr Vater ist darauf nicht zu sehen.« Nach kurzer Pause fügt er hinzu: »Ich kann Ihnen versichern, dass niemand über die Mauer geklettert ist.«

»Jedenfalls nicht auf den Aufnahmen, die Sie sich angeschaut haben«, sagt Sam.

»Noch einmal: Mein Team hat sich die Aufnahmen des ganzen Abends angesehen.« Er wendet sich seinem Klemmbrett zu und blättert weiter. »Tatsächlich haben wir auch das Datenmaterial vom Nachmittag gesichtet.«

»Haben Sie den Tag davor überprüft?«, frage ich.

»Wir haben keinen Anhaltspunkt dafür gefunden, dass sich am Tag vor der Ankunft Ihres Vater jemand auf dem Grundstück aufgehalten hat.«

»Also nein«, stellt Sam fest.

Ich lasse den Blick über das restliche Stück der Klippe schweifen und bleibe an dem alten Tor hängen, das zu der breiten, alten, wackligen Holztreppe führt, die sich an die Klippe schmiegt und dreißig Meter zum felsigen Strand hinunterführt.

»Da hätte jemand hereinkommen können …«, sage ich. »Über die Treppe vom Strand hoch.«

»Nur wenn er den Code für die Tür gekannt hätte. Was nur für Menschen gilt, die Ihr Vater gekannt hat.«

»Vielleicht war es ja jemand, den er kannte.«

»Warum sollte jemand, den er kannte, vom Strand her gekommen und nachts im Dunkeln all die Stufen hochgestiegen sein?«

Sam deutet grinsend mit dem Finger auf ihn. »Ganz genau«, sagt er. »Das ist die erste gute Frage, die Sie gestellt haben.«

Detective O'Brien verbirgt seinen Ärger hinter einem geschäftigen Blick auf sein Klemmbrett.

Ich gehe hinüber zu der Lücke in der Palisade und hinunter zu dem Absatz mit dem Tor, das direkt in die Klippe gebaut ist. Ich ziehe am rostigen Knauf des Tors. Über ein Tastenfeld lässt sich das kleine Schloss öffnen.

»Und wenn derjenige nun den Code herausgefunden hat? Über meinen Vater oder auf irgendeine andere Weise? Wird elektronisch protokolliert, wann das Tor geöffnet wird?«

»Nein. Es gibt nur das Tastenfeld für das Schloss, Ma'am. Mit der Alarmanlage im Haus ist es nicht verbunden.«

Ich schaue hoch zu Sam und dem Detective. »Warum?«, frage ich. »Das kommt mir nicht besonders sicher vor.«

Detective O'Brien lächelt verkniffen und kann seine zunehmende Gereiztheit nicht verbergen. »Das hätte nur Ihr Vater beantworten können. Es war seine Entscheidung. Wie gesagt, nach allem, was ich weiß, war seine Privatsphäre für ihn das Allerwichtigste.«

»Haben Sie wenigstens überprüft, wer Zugang zu diesem Code hatte?«, frage ich. »Wahrscheinlich wäre es keine schlechte Idee, die möglichen Kandidaten durchzugehen, die auf diesem Weg hätten hereinkommen können. Ihre Alibis zu überprüfen …«

»Nur wenn man glaubt, dass es echte Hinweise auf ein Verbrechen gibt. Was ich nicht tue.«

»Vielleicht sollten Sie darüber nachdenken, es nachzuholen«, sagt Sam. »Nur damit wir alle sicher sein können.«

O'Brien hebt die Augenbrauen, als wolle er zum Ausdruck bringen, dass dies (gleich nach einer Fortführung unseres Gesprächs) das Letzte sei, was er vorhabe. Auch wenn ich nicht überzeugt bin, dass tatsächlich jemand über diese Treppe aufs Grundstück gelangt ist, bringt sein Blick mich endgültig zu der Überzeugung, dass sein einziges Interesse darin besteht, die Akte geschlossen zu halten. Genau deswegen hake ich nach.

»Könnten Sie uns ein bisschen mehr über die Fußgänger erzählen, Detective?«, frage ich. »Die drei Menschen, die meinen Vater gefunden haben? Das Paar und den Jogger?«

O'Brien blättert, bis er die Zeugenaussagen gefunden hat. »Das Paar, Meredith und Nick Cooper, hat auf das Haus der Familie Velasquez aufgepasst, Hausnummer 2082. Das machen sie schon seit mehreren Monaten, weil die Familie Velasquez sich in ihrem Haus oben in Ross aufhält«, sagt er. »Die Coopers haben ihren regelmäßigen Abendspaziergang mit dem Golden Retriever gemacht, als Ihr Vater stürzte. Nick hat die 911 angerufen.«

»Und der Jogger?«

Detective O'Brien zögert, als wolle er den nächsten Satz lieber für sich behalten. »Er war nicht mehr da, als die Polizei eintraf.«

Sam und ich schauen uns an.

»Wie meinen Sie das: nicht mehr da?«, fragt Sam.

»Meredith, die Ehefrau, war früher freiwillige Rettungssanitäterin. Als sie festgestellt hat, dass Ihr Vater den Aufprall nicht überlebt hatte, beschlossen sie und ihr Mann, auf das Eintreffen der Polizei zu warten. Die Hilfe des anderen Mannes wurde nicht gebraucht.«

»Und das finden Sie nicht verdächtig?«, fragt Sam.

»Ich denke, die Leute ziehen hierher, weil sie ihre Privatsphäre schätzen. Und Ihr Vater war eindeutig nicht mehr am Leben. Der Mann konnte nicht helfen und wollte mit dem Unfall wahrscheinlich nichts zu tun haben.«

Oder er hatte etwas damit zu tun, denke ich unwillkürlich. Ohne O'Brien aus den Augen zu lassen, steige ich wieder nach oben.

»Aber die Coopers haben den Jogger nicht erkannt?«

»Nein, das haben sie nicht, aber andererseits besitzen sie auch kein Haus. Sie sind nur Housesitter, also …«

»Aber schon seit Monaten, richtig?«, fragt Sam. »Sie haben eben gesagt, dass sie schon seit Monaten in dem Haus wohnen.«

Er nickt widerstrebend. Natürlich weiß er, worauf Sam hinauswill, auch wenn er selbst lieber die Augen verschließen möchte. Irgendetwas an der Geschichte passt nicht. Wenn die Coopers jeden Abend ihren Hund ausführen und dieser Mann halbwegs regelmäßig joggt, sollte man doch meinen, dass sie sich an dem Abend nicht zum ersten Mal über den Weg gelaufen sind. Oder sich nach dem Abend noch einmal begegnet sind. An diesem schmalen Streifen Sand sollte man darauf wetten können, dass sich die Anwohner mehr als einmal zu Gesicht bekommen.

Und außerdem: Warum hören wir jetzt auf Nachfrage zum ersten Mal, dass eine Person am Fundort, die den beiden anderen offenbar unbekannt war, vor einer Befragung durch die Polizei verschwunden ist?

»Ich dachte, Sie hätten gesagt, dass Sie Aussagen von allen drei Zeugen aufgenommen haben?«, erinnere ich ihn.

»Das haben Sie möglicherweise so verstanden.«

»Das haben wir beide so verstanden«, sagt Sam. »Weil es das ist, was Sie gesagt haben.«

Detective O'Brien seufzt. Er seufzt tatsächlich. »Hört mal, Leute, ich habe letztes Jahr auch meinen Vater verloren. Mir ist klar, wie schmerzhaft das ist«, sagt er. »Aber ich habe in meiner Ausbildung früh gelernt, bei Hufeklappern an Pferde zu denken, nicht an Zebras.«

»Natürlich. Ich begreife auch, warum Ihnen das wichtig ist«, sagt Sam. »Wenn sich herausstellt, dass das Pferd doch kein Pferd ist, hat jemand seinen Job nicht gründlich gemacht. Was wiederum bedeuten würde, dass dieses Viertel unter Ihrer Obhut nicht so sicher ist, wie es bei den Vermögenswerten hier sein sollte.«

»Das ist lächerlich«, sagt Detective O'Brien.

»Vielleicht. Aber was in meinen Ohren lächerlich klingt, ist die These, dass ein potenzielles Opfer auf seinem eigenen Grundstück dermaßen die Orientierung verloren haben soll«, erklärt Sam. »Ganz zu schweigen davon, dass eine von drei Personen, die zur fraglichen Zeit vor Ort waren, immer noch vermisst wird. Außerdem fehlen uns jegliche Informationen darüber, was zwischen dem Zeitpunkt am Mittag, an dem mein Vater von einem Fahrer abgesetzt wurde, und seinem tödlichen Sturz am Abend passiert ist.«

Ich sehe, wie Sam seine Orthese mit den Fingern der anderen Hand umklammert. Ich stelle mich neben ihn, nur für den Fall, dass ich eingreifen muss.

»Aber nur zu, klären Sie uns auf. Wo ist das Pferd?«

AUSSICHTSREICH

Nach einem angespannten Abschied lässt uns Detective O'Brien allein.

Sam und ich marschieren zum Haus zurück.

»Wir müssen den Jogger finden«, sagt er.

Ich überfliege den Polizeibericht und suche nach irgendwelchen Informationen über ihn und über die Coopers.

»Im Bericht stehen die Kontaktdaten der Coopers«, sage ich. »Damit fange ich an. Mal sehen, was sie über ihn sagen können.«

Sam hält mir die Fliegengittertür auf. Ich gehe voran auf die Veranda an der Rückseite des Hauses.

»Ich durchsuche Dads Büro«, sagt er. »Ich will wissen, warum er seine Pläne geändert hat. Laut seinem Kalender war das Event in New York für Inez. Das hätte Dad sich normalerweise nicht entgehen lassen.«

Inez Reya. Sie war Ehefrau Nummer drei (Ex-Frau Nummer drei) und für die kurze Zeit, die es dauerte, die Stiefmutter, die mir deutlich lieber war. Sie hatte eine ganzheitliche Hautpflegekollektion kreiert, die Noone Properties in den meisten der angeschlossenen Spas verwendete. So hatte mein Vater sie kennengelernt. Es war seine kürzeste Ehe gewesen (keine drei Jahre), die sich aber zu einer seiner wichtigsten Freundschaften entwickelt hatte. Mein Vater blieb Inez, ihrer jetzigen Ehefrau Elizabeth und deren Tochter Luna unglaublich eng verbunden.

Wenn Inez feierlich ein neues Produkt auf den Markt brachte, hätte mein Vater auf jeden Fall dabei sein und sie unterstützen wollen. Warum entschied er sich stattdessen für einen Besuch in Windbreak?

Sam geht ins Haus und macht sich schnurstracks auf den Weg zum Büro unseres Vaters. Ich trete in die Küche, die winzige Küche, wo mich das Licht und vertraute Gerüche empfangen – der Salbei auf den Fensterbänken, Kokosnussseife, Sandelholzkerzen auf der Kücheninsel.

Ich liebe die Atmosphäre dieser Küche, die wie der Rest des Hauses entspannt ist und ohne viel Technik auskommt: ein alter Ofen, eine rustikale Spüle, nicht mal eine Spülmaschine. Mein Blick bleibt am Trockengestell neben der Spüle hängen. Es macht mich beinahe fertig, und ich muss an meinen letzten Besuch hier denken. Jack schlief. Mein Vater ließ leise den Plattenspieler laufen, nur für uns beide. Wir spülten und trockneten das Geschirr ab, das wir zum Abendessen benutzt hatten.

Ich streiche mit den Fingern über das Gestell, lehne mich an die Kücheninsel und sammele mich. Dann suche ich in den Unterlagen nach der Kontaktnummer der Coopers und wähle. Aber ich höre nur das Freizeichen, beende den Anruf und schicke stattdessen, in der Hoffnung, sie damit schneller zu erreichen, eine E-Mail.

Anschließend gehe ich durchs Haus. Ich komme an den beiden Schlafzimmern vorbei (das zweite hat mein Vater als Büro benutzt), dem Bad und der winzigen Gästetoilette. Alle Wände sind in einem matten Weiß gestrichen, die wenigen Möbel mit Bedacht ausgewählt.

Alle Zimmer scheinen von der sauberen Luft des Strands erfüllt zu sein, vor allem das letzte, das ich betrete. Mein Lieblingsraum, das Wohnzimmer, das eher wie eine improvisierte Bibliothek wirkt, mit hohen weißen Bücherregalen rings um ein Erkerfenster. Die freien Wände ziert eine Vogeltapete, die ich liebe, auch wenn sie möglicherweise nicht von meinem Vater ausgesucht wurde. Irgendwie passt sie besser hierher als alles andere.

Für mich steht am Anfang eines Projekts immer ein zentrales Bild. Etwas, das das Potenzial eines Raums oder eines Hauses möglichst organisch auf den Punkt bringt. Das ist ein fundamentales Prinzip meiner Herangehensweise: Wie arbeite ich mich von diesem Bild weiter vor? Wie erschaffe ich ausgehend von seiner Stimmung etwas, das nicht nur schön ist, sondern die Materialien und Designelemente benutzt, die sich zu etwas Heilendem, Hoffungsvollem fügen?

Bei diesem Haus als Ganzem, in der liebevollen Kraft, die es ausstrahlt, scheint am Anfang die Vorstellungskraft gestanden zu haben, die jemand in die Gestaltung dieses Zimmers gesteckt hat.

Ich gehe hinüber zu den Regalen, die mit so vielen prächtigen, kreuz und quer gestapelten Büchern gefüllt sind. Es gibt nur zwei Regalböden, die nicht von Büchern überquellen, sondern von gerahmten Fotos und einer Vielzahl anderer persönlicher Gegenstände. Erinnerungsalben, einige Jahrbücher, alte Zeitschriften und Theaterprogramme.

Ich beuge mich hinunter und fange an, durch die Theaterprogramme zu blättern. Ich kann mich nicht erinnern, je mit meinem Vater ein Stück besucht zu haben, trotzdem müssen es zwei Dutzend Programme sein, die er hier aufbewahrt hat: *Das einzig Wahre, Lost in Yonkers, König Lear.*

Dann wende ich mich den Fotos zu. Viele davon kenne ich – Fotos von meiner Mutter und mir, die sie auch in ihrem Haus aufgehängt hatte. Mehrere von Sylvia und meinen Brüdern, von Inez und Elizabeth und ihrer kleinen Tochter Luna. Eins zeigt einen früheren Präsidenten.

Auf dem anderen Bord stehen Fotos und gerahmte Zeitungsausschnitte aus dem beruflichen Leben meines Vaters. Teils mit meinen Brüdern, teils mit Grace und Onkel Joe. Es gibt Fotos des Teams im New Yorker Büro, Ausschnitte von Hoteleröffnungen in Aspen, Whitefish, Cabo San Lucas. Mein Vater lächelt glücklich, voll in seinem Element und in Gesellschaft seiner Söhne. Oder in Gesellschaft von Grace und Joe, die beide über Jahrzehnte hinweg an seiner Seite waren. Von der Anfangszeit von Noone Properties bis zu Grace' Tod Anfang des Jahrs – ein Herzinfarkt, der sie viel zu früh das Leben gekostet hat. Seitdem hatten Vater und Joe das Unternehmen zusammen geführt. Ein zuverlässiger Berater war ihm geblieben.

Unwillkürlich frage ich mich, wie diese Veränderung sich auf das Verhältnis von Onkel Joe und meinem Vater ausgewirkt hat. Wobei ich zugeben muss, dass es mich nie wirklich interessiert hat, wie ihr Verhältnis vorher aussah. Meine Mutter sprach selten über die Firma meines Vaters, ich folgte ihrem Beispiel. *Über Noone Properties musst du nur zweierlei wissen*, hatte sie gesagt. *Es fing nach mir an. Und es hat absolut nichts mit dir zu tun.*

Was die Geschichte natürlich verzerrt darstellt. Sicher waren meine Eltern nicht mehr verheiratet, als mein Vater Noone zu dem Imperium gemacht hat, das es heute ist. Aber als er die Firma von Hayes übernommen hat, waren sie noch zusammen. Das gilt auch für die Anfangsphase des Imperiums, für die frühen Jahre seines kometenhaften Aufstiegs. Kennengelernt hatten sie sich, als mein Vater, noch ziemlich frisch von der Wirtschaftshochschule, im zweiten Jahr bei Hayes arbeitete.

Meine Mutter war zu der Zeit Musiklehrerin und Studiomusikerin. Hin und wieder, so auch an dem Abend, an dem sie sich zum ersten Mal begegneten, sang sie bei Hochzeiten in der Band eines Freundes im Hayes Hotel in Watch Hill, Rhode Island.

Mein Vater verbrachte damals mehrere Monate dort, um eine Renovierung zu beaufsichtigen. Sie sah ihn in ihrer Essenspause an der Hotelbar sitzen. Meine Mutter fühlte sich in ihrem goldenen Overall draufgängerisch, sie machte den ersten Schritt. Sie nahm neben ihm an der Bar Platz und fragte, ob er ihr einen Drink ausgeben wolle.

Meine Mutter sagte, er habe sie fasziniert: dieser zu ernst wirkende junge Mann mit seiner blonden Mähne, der in einem auf Familien zugeschnittenen Hotel deplatziert wirkte. Mein Vater hatte das Gefühl, auch sie gehörte nicht dorthin. Sie gehörte an ein Filmset. Sie gehörte auf eine Bühne, wo die ganze Welt ihr zusah. Er sagte, zu den Dingen, die ihm an meiner Mutter am besten gefallen hätten, zählte der Umstand, dass sie sich in ihrer Haut so wohlzufühlen schien, dass sich andere Menschen einfach zu ihr hingezogen fühlten – egal wo sie war.

Damit hatte er recht. Meine Mutter besaß ein Selbstvertrauen, das nur ein Mensch entwickeln konnte, der sich selbst gut kannte. Der wusste, was er wollte. Und ihn kennenzulernen, war genau das, was sie damals wollte. Außerdem wollte sie ihr Leben nicht verändern. Sie liebte ihr altes Bauernhaus in Croton. Sie liebte es, zu Fuß zu ihrer Arbeit an der Highschool zu gehen und die Stadt nur für Studioaufnahmen oder gelegentlich zum Ausgehen zu besuchen.

Also vermietete mein Vater seine Wohnung im West Village unter und zog bei ihr ein. Er nahm jeden Morgen und jeden Abend die gute Stunde Fahrzeit nach Midtown Manhattan auf sich, ohne ihr diese zusätzlichen zwei Stunden übel zu nehmen.

So wie meine Mutter es ihm nicht übel nahm, als er bei den ersten Anzeichen von Spannungen in ihrer Beziehung seltener nach Hause kam und häufiger wieder im West Village übernachtete.

Sie nahm es ihm auch nicht übel, dass er kurz nach dem Tod von Walter Hayes und der Übernahme der Firma anfing, länger in seinem Büro in Manhattan zu arbeiten, was noch mehr Nächte im West Village nach sich zog, und (als sie sich nach und nach weiter voneinander entfernten) irgendwann eine neue Freundin fand, die Reiseexpertin einer beliebten morgendlichen Fernsehsendung. Eine neue Freundin namens Sylvia.

Während ich heranwuchs, war ich praktisch nie im Haus von meinem Vater und Sylvia zu Besuch. Sylvia hatte wenig Interesse an der Anwesenheit einer Stieftochter – das machte sie deutlich, als sie eine Penthousewohnung für ihre wachsende Familie kaufte, ohne eine Übernachtungsmöglichkeit für mich einzuplanen. Bei einem meiner wenigen Besuche hörte ich zufällig, wie mein Vater darauf bestand, dass ich meinen eigenen Platz haben sollte, an dem ich es mir nach meinen Bedürfnissen gemütlich machen durfte. Worauf Sylvia ohne jede Ironie erwiderte: *Wir haben Frette-Bettwäsche im Gästezimmer. Wenn die ihr nicht gemütlich genug ist, kann ich ihr nicht helfen.*

Aber selbst wenn Sylvia mir gegenüber freundlicher gewesen wäre, hätte mein Vater seine Familien voneinander getrennt gehalten. Es war ihm lieber, sich einzeln auf uns zu konzentrieren, als mit den unvermeidlichen Konsequenzen umzugehen, die sich durch eine größere Nähe ergeben hätten. An den meisten Freitagabenden kam er mich in Croton besuchen, wo wir drei zusammen aßen.

Er kam auch dann noch zum Essen, als ich älter wurde und die freien Abende lieber mit Freunden als mit ihm verbrachte.

Er und meine Mutter gingen dann zu zweit am Fluss spazieren oder fuhren für einen frühen Restaurantbesuch nach Cold Spring. Manchmal saßen sie auch einfach auf der Veranda und tauschten sich über das Neueste aus.

Ihre Beziehung hatte nichts Romantisches. Kurz nach ihrer Trennung war meine Mutter mit Julian, einem anderen Musiker, zusammengekommen. Vom ersten Tag an war sie ihm absolut ergeben. Was auf Gegenseitigkeit beruhte. Zu mir sagte sie oft: *Deinen Vater musste ich kennenlernen, damit wir dich bekommen konnten. Julian musste ich für mich selbst kennenlernen.* Was meinen Vater betraf, so war er derjenige, den es zuerst aus der Ehe wegzog.

Ich nehme ein Foto in die Hand, das uns drei bei meinem Collegeabschluss zeigt. Meine Mutter steht zwischen meinem Vater und mir, wir haben die Arme umeinandergelegt und lachen. Ich konzentriere mich auf ihre Gesichter. Sie wirken unbefangen, entspannt. Zu der Zeit lag ihre Scheidung mehr als zehn Jahre zurück, worauf man bei ihrem Anblick kaum gekommen wäre. Man sah nur, wie nahe sie einander zu sein schienen.

Wie soll man es erklären? Dieses Bedürfnis meines Vaters, die Nähe meiner Mutter nicht zu verlieren, selbst als es nicht mehr um mich ging? Wie soll ich sein Bedürfnis nachvollziehen, ein neues Leben anzufangen, ohne das alte je wirklich zu beenden?

Oh, du meine Güte, sagte meine Mutter, wenn ich ihr diese Frage stellte. *Kennst du deinen Vater denn überhaupt nicht?*

VOR 51 JAHREN

Bei Liams erster Begegnung mit Cory kam sie gerade aus seinem Schlafzimmer.

»Hi«, sagte sie.

Sie trug ein grünes Wickelkleid, das lockige Haar fiel ihr bis zur Mitte des Rückens. Der Schock, dieses wunderschöne Mädchen in der Tür zu seinem Schlafzimmer zu sehen, als gehörte sie dorthin, ließ ihn einen Schritt zurückweichen.

»Kann ich dir helfen?«, fragte er.

»Ich weiß nicht, kannst du?«

Sie schenkte ihm ein strahlendes Lächeln. Sie war nicht nur wunderschön, obwohl sie das zweifellos war. Sie kam ihm auch absolut vertraut vor, wenn sie ihn mit diesen leuchtenden Augen ansah. So präsent. Liam hatte sie nie gesehen, aber plötzlich hatte er das Gefühl, sie nie *nicht* gesehen zu haben.

»Ich bin Cory«, sagte sie.

»Liam.«

Sie streckte die Hand aus, er nahm sie. Genau in diesem Augenblick trat auch sein Vetter Joe aus dem Schlafzimmer.

»Hey, Kumpel«, sagte Joe. »Das ist Cory.«

»Ich hab's gehört.«

»Sie hat die Schule gewechselt und ist neu in Midwood …«

Liam nickte, ohne den Blick von Cory abzuwenden. Er sah nicht mal kurz zu Joe hinüber – Joe, der ebenfalls neu in Midwood und kürzlich bei Liams Familie eingezogen war. Genauer gesagt war er in das obere Bett in Liams Zimmer gezogen, nachdem er sich an seiner Highschool in Vinegar Hill Ärger eingehandelt hatte. Es gab keinen Vater, der ihm aus der Patsche helfen konnte. Und seine Mutter (die Schwester von Liams Mutter) kam zu dem Schluss, dass Joe eine Veränderung brauchte. Einen positiven Einfluss, jemanden, der keine Flausen im Kopf hatte. Jemanden wie Liam.

Cory hielt immer noch seine Hand.

»Wo warst du vorher?«, fragte Liam.

»Auf der Immaculate Heart, leider.«

»Meinst du … du bist leider auf die Immaculate Heart gegangen? Oder du hängst jetzt leider in Midwood fest?«

Cory neigte den Kopf zur Seite. »Was ist verkehrt an Midwood?«

»Wie viel Zeit hast du?«

»Nicht so lange. Ich war gerade auf dem Weg nach draußen.«

Liam räusperte sich. »Ist Cory eine Kurzform von irgendetwas? Eigentlich ist es ein Jungsname, oder?«

»Wow, du bist der Erste, der mich darauf hinweist«, sagte sie. Sarkastisch, aber nicht verärgert. »Es steht für Cordelia. Was ich noch weniger mag.«

»Cordelia. Wie in *King Lear*?«

Sie nickte. »Genau«, sagte sie. »Meine Mutter ist Literaturprofessorin am Brooklyn College.«

Das überraschte ihn. »Was macht dein Vater?«

»Meistens trinken.«

Aber dabei lächelte sie. Schon wieder dieses Lächeln. Liam gab alles, um ihrem Blick standzuhalten. Als könnte sie verschwinden, wenn er das nicht tat. Cory zog die Hand zurück und strich sich die Haare aus dem Gesicht. Was für ein Gefühl, so nahe bei ihr zu stehen. Für ihn war das etwas völlig Neues. Es gab keinen Ort, an dem er in diesem Augenblick lieber gewesen wäre.

»Ich hab dich schon mal gesehen«, sagte sie.

»Wo?«

»In der Bibliothek. Nach der Schule.«

Die Vorstellung, dass sie in seiner Nähe gewesen sein sollte, ohne dass er sie bemerkt hatte, erschien ihm fast unmöglich. Aber so konzentriert, wie er dort gelernt hatte, war es vielleicht denkbar. Was hatte die Erziehungsberaterin noch über Liam gesagt? Dass ihr in dreißig Jahren an der Schule noch niemand begegnet war, der so ehrgeizig wie Liam war. Sie hatte es als Kompliment gemeint, aber auch als dessen Gegenteil.

Als hätte sie Liams Gedanken gehört, beugte Cory sich ein Stück näher zu ihm heran.

»Du warst total fokussiert.«

»So fokussiert nun auch wieder nicht.«

»Entschuldige dich niemals für deine Fokussiertheit«, entgegnete sie. »Joe sagt, du gehst nächstes Jahr nach Yale?«

In diesem Moment blickten beide auf und stellten fest, dass Joe gegangen war. Entweder nach unten oder zurück ins Zimmer. Jedenfalls weg von ihnen.

»Was ist mit dir?«

»Ich bin im zweiten Jahr … ich hab noch ein bisschen Zeit.«

»Aber du bist mit Joe zusammen?«

»Vielleicht. Ich weiß nicht.«

Er nickte. Joe sah gut aus. Zu gut eigentlich. Er war schon eins neunundachtzig, hatte struppige Haare, einen kräftigen Kiefer, deutlich herausgearbeitete Muskeln und was sonst noch dazugehörte. Das war ein Grund für seine Schwierigkeiten gewesen. Ein Grund dafür, dass er glaubte, sich nicht sonderlich anstrengen zu müssen. Auch Liam sah nicht schlecht aus. Er mochte nicht so groß und kräftig sein, hatte aber einen ähnlich energisch wirkenden Kiefer wie Joe und wirklich schöne Augen, sanfte Augen. Und er war ein paar Jahre älter. Aber er war nicht Joe.

»Du solltest wissen, dass Joe eine Menge Freundinnen hat«, sagte Liam.

»Du hast selbst mindestens eine.«

Er sah sie verwirrt an. »Woher weißt du das?«

»Sie war mit dir in der Bibliothek«, sagte Cory. »Sie hat versucht, dich aus deiner Fokussiertheit zu reißen.«

Liam spürte, wie seine Wangen erröteten. Er und Christina waren seit fast zwei Jahren zusammen. Sie hatte vor, nach dem Schulabschluss im Bekleidungsgeschäft ihres Vaters zu arbeiten. Außerdem drängte sie ihn, über eine Verlobung nachzudenken. Aber das war das Letzte, was er wollte. Er war schon mit einem Fuß zur Tür hinaus, aus diesen Straßen mit identischen Häusern, aus dem provinziellen Eckchen Brooklyns, das Welten trennten von New York City. Hier fühlte er sich nur noch gefangen. Der kaputte Fernseher, den zu reparieren sich seine Eltern nicht leisten konnten. Die tragbare Badewanne, in deren Wasser sein Vater die steife Schulter behandelte. Die Selbstverständlichkeit, mit der seine Klassenkameraden ihre Kinder anscheinend im selben Viertel aufziehen wollten, in dem sie selbst ihre Kindheit verbracht hatten. Ein ewiger Kreislauf.

Er wollte nichts von alledem. Der Grund, weshalb die Erziehungsberaterin Liam als so ehrgeizig beschrieben hatte, lag darin, dass er in seiner ersten Woche an der Schule in ihr Büro marschiert war und es ihr dargelegt hatte: Er würde alles tun, was nötig war, um an einen besseren Ort zu kommen. Um ein völlig anderes Leben führen zu können.

»Bleibt ihr beide zusammen, wenn du die Schu…«

»Nein.« Er antwortete, bevor sie ihren Satz beenden konnte. »Auf keinen Fall.«

Sie lachte. »Ich wollte nicht an einen wunden Punkt rühren.«

»Hast du auch nicht«, sagte er. »Ich nehme einfach nur nichts von hier mit.«

Sie lächelte, ging aber an ihm vorbei Richtung Treppe. »Das klingt nach einer Herausforderung …«

Er drehte sich um. »Wo gehst du hin?«

»Ich muss zurück zur Schule. Heute Abend gibt es ein Meeting für die literarische Zeitschrift. Autoren haben in Midwood nicht viele Möglichkeiten zu publizieren, also …«

Jabberwocky – so hieß die literarische Zeitschrift der Schule, oder? Liam war sich nicht sicher. Er wusste auch nicht, ob er je eine Ausgabe in die Hand genommen hatte.

»Was schreibst du am liebsten?«

»Ach, na ja … Kurzgeschichten. Theaterstücke. Gedichte. Alles Mögliche.«

»Und im Moment?«

»Das würde ein längeres Gespräch werden.«

Am liebsten hätte er gesagt, *Dann lass es uns führen.* Er wollte alles über ihr Schreiben hören und alles, was sie ihm sonst zu erzählen bereit war. Es war irritierend.

»Aber schön, dich kennengelernt zu haben«, sagte sie. »Liam.«

Sie sprach seinen Namen mit einer Endgültigkeit aus, die ihm nicht gefiel. Er starrte sie an und wusste nicht, was er sagen sollte. Sie hatte die Treppe fast schon erreicht.

»Könntest du … bitte … würdest du einen Moment warten?« Seine Worte überschlugen sich, klangen ziemlich durcheinander. Und, wenn er ehrlich war, ein wenig verzweifelt.

Er klang kein bisschen wie er selbst – wie derjenige, für den er sich hielt, immer ruhig und gesammelt. Plötzlich ließ seine Person sich auf einen Satz reduzieren: Er wollte nicht, dass sie ging.

Sie zuckte die Achseln. »Ich will nicht zu spät kommen.«

»Scheiß aufs Zuspätkommen«, sagte er.

Sie lachte und musterte ihn wieder.

»Okay«, sagte sie. »Vielleicht.«

Und wundersamerweise kam Cordelia zu ihm zurück.

VOR DEM EINTRETEN KLOPFEN

»Brauchen Sie Hilfe?«, fragt er.

Beim Klang seiner Stimme weiche ich erschreckt zurück. Ich bin derart auf das Foto meiner Eltern konzentriert, dass ich die Schritte nicht höre. Ich höre überhaupt nicht, dass jemand hinter mir ist.

Ich drehe mich um und sehe Clark, den Hausverwalter von Windbreak, in der Tür stehen.

»Ich wollte Sie nicht erschrecken«, sagt er.

»Nein, nein … haben Sie nicht. Ich habe Sie nur nicht gehört. Tut mir leid, ich bin einfach, wissen Sie …«

»Ein bisschen angespannt?«, fragt er.

Ich nicke. »Ein bisschen.«

Er deutet zum Arbeitszimmer. »Ich habe gerade mit Sam gesprochen. Anscheinend war Detective O'Brien keine große Hilfe.«

»Hatten Sie viel mit ihm zu tun?«

»Nur, wenn es sich nicht vermeiden ließ«, sagt er. Dann setzt er ein Lächeln auf und steckt die Hände in die Taschen. »Suchen Sie etwas Bestimmtes?«

Ich stelle das Foto wieder ins Regal. »Ja. Aber ich weiß absolut noch nicht, was es ist.«

»Okay, ich bleibe noch ein bisschen in der Nähe, nur für den Fall, dass es Ihnen einfällt.«

»Danke, Clark.«

»Nur nebenbei: Ich bin auch angespannt. Ich fühle mich mies, weil ich an dem Tag nicht hier war, um ihm das Haus aufzuschließen. Er hat mich nicht informiert.«

»Was glauben Sie, warum?«

»Ich weiß nicht. Aber wenn ich raten sollte, würde ich sagen, er wusste vermutlich, dass ich mit meinen Enkeln zelten war, und wollte uns nicht stören. Wollte nicht, dass ich mich verpflichtet fühle. Sie wissen ja, wie er war …«

Nicht zum ersten Mal in den letzten Tagen frage ich mich, ob ich das wirklich weiß.

»Können Sie sich vorstellen, dass an dem Abend jemand hier bei ihm war? Ich meine, das würde auch erklären, warum er Ihnen nicht Bescheid gegeben hat.«

Nach kurzem Nachdenken sagt er: »Natürlich, das wäre möglich … Durch das Haupttor scheint niemand gekommen zu sein, nicht wahr? Aber das sagt wahrscheinlich nicht viel aus. Es gibt andere Wege aufs Gelände und wieder hinaus. Die gibt es überall, wenn man sich genug anstrengt.«

Ich nicke.

»Aber ich schätze, damit erzähle ich Ihnen nichts Neues. Wie gesagt, ich war nicht in der Stadt.« Er zuckt die Achseln. Aber er zögert auch. Er zögert, als gebe es noch mehr zu sagen.

Bevor ich nachhaken kann, eilt Sam mit einem großen braunen Umschlag ins Zimmer.

»Wir müssen los«, sagt er.

»Jetzt?«

»Ja, jetzt.«

Er ist so aufgebracht, dass sein Gesicht rot angelaufen ist.

»Ich lasse Sie beide ein bisschen allein …«, sagt Clark.

Mit offensichtlicher Erleichterung verlässt er das Zimmer, ich wende mich wieder Sam zu. »Wir waren gerade mitten im Gespräch.«

Er ignoriert meine Bemerkung. »Sagt dir der Name Cece Salinger etwas?«

»Cece Salinger. Die Hotelmagnatin?«

Er nickt. »Genau.«

»Warum?«

Statt zu antworten, dreht er sich um und verschwindet im Flur, anscheinend schon auf dem Weg zur Tür.

Ich rufe ihm nach. »Sam, wo fahren wir hin?«

»Zu Onkel Joe«, sagt er.

EIN WEG NACH HOPE HINEIN, EINER HINAUS

Ich fahre.

Sam ist zu aufgeregt, er spricht so schnell, dass seine Worte sich überschlagen. Als wolle er nicht nur mir die Situation erklären, sondern sie sich auch selbst begreiflich machen.

»Cece und Dad kennen sich schon ewig«, sagt er. »Sie hat ihr Hotelgeschäft aufgebaut, als Dad Hayes übernommen hat. Auf schräge Art sind sie also zur gleichen Zeit groß geworden. Parallel, aber auch ganz verschieden. Ich meine, das ist offensichtlich …«

Als ich auf den Highway Richtung Santa Barbara aufgefahren bin, beschleunige ich. »Was willst du damit sagen?«

»Ich will sagen, dass wir im Vergleich zu ihr ein kleiner Fisch sind. Sie besitzt mehr als hundert Hotels auf der ganzen Welt. Größere Hotels, aber wirklich schön gemacht. Ihre Hauptkonkurrenten sind Four Seasons und Ritz-Carlton. Ihre Hotels nehmen Elemente der lokalen Architektur auf, die Angestellten tragen überall die gleiche Uniform. Ganz anders, als wir es machen. Als Dad es gemacht hat …«

»Sam, die größte Hotelkette des Landes ist mir ein Begriff.«

»Aber vielleicht weißt du nicht, dass ich kurz davorstand, für sie zu arbeiten.«

»Wie bitte? Wann war das?«

»Hotels sind für Cece ein Kernbereich, aber eben auch nur ein Teil der Salinger Group«, sagt er. »Sie ist in verschiedenen Sektoren aktiv. Entertainment, Buchverlage, Sport. Die Sportmarketingfirma PNG gehört auch dazu. Nach meiner Verletzung hat jemand von PNG Kontakt mit mir aufgenommen. Ehemalige Athleten anzuwerben, ist nicht ungewöhnlich, also habe ich mir nicht viel dabei gedacht. Eine Verbindung zu uns, zu Dad, kam mir gar nicht in den Sinn. Aber dann hab ich seine Reaktion gesehen, als ich ihm davon erzählt habe.«

»Nämlich?«

»Er war jedenfalls nicht begeistert. Anscheinend kennen er und Cece sich schon lange.«

Sam öffnet das Fenster und gibt mir ein Zeichen, die Ausfahrt zur La Cumbre Road zu nehmen. »Hat er gesagt, du sollst den Job nicht annehmen?«

»Du weißt doch, wie Dad war. Er hat mir gesagt, ich soll ihn nicht annehmen, ohne mir zu sagen, dass ich ihn nicht annehmen soll.«

»Wo lag das Problem zwischen den beiden?«

»Cece hatte schon lange versucht, im Markt für luxuriöse Boutiquehotels Fuß zu fassen. Exklusive Anlagen mit viel Privatsphäre, kleinere Standorte. Offenbar hat sie Dad bekniet, ihr Noone Properties zu verkaufen. Auf diese Weise wollte sie im großen Stil einsteigen, seine Marke beibehalten und alles. Weil Dad Maßstäbe gesetzt hatte. Das ist nicht leicht. Wahrscheinlich hat Cece ihm deswegen ein paar großzügige Kaufangebote unterbreitet.«

»Und?«

»Und er hat sie regelmäßig abgelehnt«, sagt er.

»Irgendwie komme ich nicht mit.«

»Dummerweise sind wir damit schon zwei.«

* * *

Hope Ranch ist ein wunderschönes Küstenstädtchen gleich westlich von Santa Barbara, mit dem Pazifik im Süden. Es ist hügelig und friedlich. Zwischen den Eichen liegen wunderschöne Häuser, überall kreuzen Fußwege die Straßen.

Wir fahren den Las Palmas Drive hinunter und die Via Esperanza wieder hinauf, dann halten wir vor Joes Haus, einer prächtigen spanischen Hacienda inmitten von Trauerweiden, Pferdeställen und einer kreisförmigen gepflasterten Zufahrt. Dort herrscht reger Betrieb: Aus mehreren Lieferwagen werden Blumengestecke, Kisten mit Geschirr und Mietmöbel ausgeladen.

»Was zum Teufel ist hier los?«, fragt Sam.

Er steigt aus und wirft die Beifahrertür zu, noch ehe der Wagen richtig steht.

Ich stelle den Motor ab und eile ihm hinterher. »Sam, warte einen Augenblick. Reiß dich zusammen. Lass die Sache nicht gleich eskalieren.«

Er schaut mich an und nickt, als hätte er mich verstanden. Ich kann geradezu sehen, wie er tief Luft holt. Dann aber öffnet Onkel Joe die mächtige Eichentür. Sein Anblick auf der Schwelle reicht aus, um Sam gleich wieder rot anlaufen zu lassen.

»Was soll der Scheiß, Joe?«

»So viel zum Thema Eskalieren«, sage ich leise.

Onkel Joe schlängelt sich zwischen Lieferanten und Autos hindurch auf uns zu. Er trägt einen Neoprenanzug. Er ist Ende sechzig, sieht aber zwanzig Jahre jünger aus: Seine nassen Haare sind noch voll, seine Haut ist von Jahrzehnten im kalifornischen Sonnenschein gebräunt, seine Statur kräftig und schlank.

Mein Vater hat im Scherz häufig gesagt, Onkel Joe sei der Gutaussehende in der Familie. Aber ich hatte immer das Gefühl, er versuche, Onkel Joe bei jeder sich bietenden Gelegenheit über den grünen Klee zu loben. Er mochte es nicht, dass Joe und er als Heranwachsende häufig verglichen worden waren, wobei Joe meistens den Kürzeren zog. Immer galt Joe ein bisschen als Unruhestifter, als weniger motiviert und weniger brillant. Mein Vater wischte diese Vergleiche beiseite. Nicht nur in dieser Hinsicht stand er mit grimmiger Entschlossenheit zu seinem Vetter. Aus meiner Perspektive hatte ich den Eindruck, dass diese Loyalität auf Gegenseitigkeit beruhte.

Er lächelt uns zu. »Bitte entschuldigt das Chaos.«

Sam versucht, ihn niederzustarren. »Er wollte Cece die Firma verkaufen? Wie lange hat er uns das verheimlicht?«

»Auch hallo, Sam.«

Dann wendet Joe sich an mich. »Mit dir hab ich gar nicht gerechnet.«

Er beugt sich herunter, um mich zur Begrüßung zu umarmen, was sich ein bisschen unbeholfen anfühlt, so als klopfte er mir auf den Rücken. Außerdem passt es eigentlich nicht zu ihm, aber mir ist klar, warum er es tut. Wir haben uns noch nicht wiedergesehen, seit ich meinen Vater verloren habe. Seit wir beide ihn verloren haben. Also recke ich die Arme hoch und erwidere seine Umarmung.

»Wie kommst du zurecht, Kleine?«

»Ganz okay. Und du?«

Er zuckt die Achseln. »Ich hatte schon bessere Monate.«

Sam schaut gereizt zwischen uns hin und her. »Die hatten wir alle. Wo können wir reden?«

Joe betrachtet die Lieferanten und sein Personal. »Hierlang«, sagt er.

Wir folgen ihm ins Haus. Es ist wunderschön und hat noch die originalen Eichenböden, hohe, gewölbte Decken und einen U-förmigen Hof. Aber hier drin ist es noch chaotischer als draußen. Eine Frau mit Headset dirigiert das Personal. In sämtlichen Zimmern laufen Leute herum.

»Was ist hier los?«, frage ich.

»Die Verlobungsfeier eurer Cousine.«

Sam wirkt verwirrt. »Das ist dieses Wochenende?«

Er nickt. »Klar. Ich glaube, du hast geantwortet, du wolltest dienstlich für eine Woche nach Australien. Wie gefällt dir die Reise?«

Dann wendet er sich mir zu.

»Schau mich nicht so an«, sage ich. »Ich hab nicht mal eine Einladung bekommen.«

»Und wenn du eine bekommen hättest?«

Dagegen lässt sich nichts einwenden. Meine Cousine Diana ist Joes einzige Tochter und zehn Jahre jünger als ich. Mir war nicht mal klar, dass sie heiratet, geschweige denn, dass am Wochenende ihre Verlobung gefeiert wird. Ich habe nur wenig Zeit mit ihr verbracht. Nicht lange, nachdem Onkel Joe angefangen hat, für meinen Vater zu arbeiten, zog er nach Kalifornien, um die Expansion von Noone Properties an der Westküste zu beaufsichtigen. Dort lernte er Dianas Mutter kennen, die Tochter wurde in Santa Barbara geboren und wuchs dort auf. Sie kauften das Haus und richteten sich hier ein. Weit weg von meinem Leben in Croton.

Dianas Mutter machte sich davon, als Diana noch sehr jung war. Joe zog sie liebevoll allein auf. Seitdem ist er Junggeselle, aber ein absolut hingebungsvoller Vater. Von meinem eigenen Vater weiß ich, dass Joe im Laufe der Zeit mehrere Beziehungen hatte, aber von diesem Teil seines Lebens habe ich praktisch nichts mitbekommen.

Joe führt uns auf den Hof, wo es deutlich ruhiger zugeht. Ringsum stehen herrliche Sukkulenten, in der Mitte brennt ein Feuer.

Er deutet auf die Stühle an der Feuerstelle. Als wir alle sitzen, wirft Sam den Umschlag auf einen Tisch.

»Was läuft da mit der Salinger Group, Joe?«, fragt Sam. »Warum bin ich auf die Vertragsbedingungen für einen Verkauf von Noone Properties gestoßen?«

»Cece war schon seit Jahren hinter Noone her. Das kann nicht neu für dich sein.«

»Neu ist aber, dass Dad es überhaupt in Erwägung gezogen und sogar Anwälte eingeschaltet hat, um mögliche Verkaufsszenarien zu entwerfen. Sie sind unterschrieben und auf dieses Jahr datiert.«

»Die Verhandlungen sind nicht so weit gediehen, wie du vielleicht glaubst.«

Sam deutet auf den Umschlag, als wäre damit etwas bewiesen. »Wirklich? Für mich sieht es ziemlich weit aus.«

»Okay. Beruhigen wir uns.«

»Warum hat mir niemand davon erzählt?«

»Weil es nichts zu erzählen gab. Dein Vater und ich haben es diskutiert. Daraufhin sollte ich kalkulieren, ob es sich lohnen würde, die Idee weiterzuverfolgen. Das habe ich getan.«

»Und?«, fragt Sam.

»Und am Ende hat er entschieden, dass er es nicht wollte«, sagt Joe. »Er hat seine Meinung geändert.«

»Nein. Die Sache ist weitergegangen.«

»Eine Weile, dann nicht mehr«, sagt Onkel Joe in scharfem Ton.

Als habe er sich selbst zugehört, atmet Joe tief ein, steht auf und geht zu einem Servierwagen. Aus einem Krug mit Limonade schenkt er drei Gläser ein.

Joe dreht sich um und reicht mir ein Glas. »Wie hat Sam dich dazu gekriegt, dich der kleinen Mission anzuschließen?«

»Eigentlich bin ich nicht deswegen hier.«

»Nein?«

»Sam ist zu mir gekommen, weil er Sorge hat, dass Dad …«

Ich spüre Sams bohrenden Blick und sehe zu ihm hinüber. Schnell schüttelt er den Kopf. Ich weiß nicht, warum er vor Joe nicht über den letzten Abend unseres Vaters sprechen will, kann ihn aber jetzt nicht fragen. Also verfolge ich das Thema nicht weiter und versuche es anders.

Ich räuspere mich. »Hat Dad irgendwie daneben gewirkt? In den letzten Monaten?«

»Was meinst du mit ›daneben‹?«

»Abgelenkt«, sagt Sam. »Distanziert.«

Onkel Joe schüttelt den Kopf. »Davon hab ich nichts mitbekommen.«

»Ach, komm schon«, sagt Sam. »Irgendwas war mit ihm los.«

Joe nimmt wieder Platz. Er senkt den Blick, als dächte er tatsächlich über Sams Eindruck nach, als versuchte er, sich an etwas zu erinnern, das ihm am Verhalten meines Vaters entgangen sein könnte. Etwas, das er möglichweise nicht hat wahrnehmen wollen.

Aber ich sehe es ihm trotz des neutralen Starrens an. Sein Adamsapfel hüpft auf und ab, die Vene am Hals pulsiert. Als habe er selbst Schwierigkeiten, Ruhe zu bewahren. Als halte er uns hin, bis er selbst entschieden hat, wie viel er preisgeben will.

»Ehrlich gesagt, Sam«, sagt Joe, »glaube ich, dass du im Nachhinein etwas siehst, was nicht da war.«

»Tatsächlich?«, sagt Sam.

»Tatsächlich.«

»Dann sagst du nicht die Wahrheit.«

Joe stellt sein Glas ab und beugt sich zu Sam vor, zu uns beiden.

»Leute, können wir das bitte einfach ruhen lassen? Was immer eurer Meinung nach mit ihm los gewesen sein könnte, hat nichts mehr zu bedeuten, oder? Die Firma gehört jetzt dir und Tommy, Sammy. Ende gut, alles gut. Und euer Vater hat euch geliebt …« Er sieht zu mir herüber. »Er hat euch alle sehr geliebt. Ich liebe euch auch. Es ging nie darum, euch zu bestrafen.«

»Was zum Teufel soll das heißen?«, fragt Sam.

»Es heißt, dass ihr aufhören sollt, euch aus nichts etwas zusammenzureimen. Ich weiß, dass ihr leidet. Ich leide auch. Und ich will nicht so tun, als hätte ich die Entscheidungen eures Vaters immer verstanden. Aber für ihn war das Allerwichtigste, dass ihr gut versorgt seid.«

»Welche Entscheidungen, Joe?«, fragt Sam.

»Ich habe allgemein gesprochen.«

»Könntest du ein bisschen weniger allgemein reden?«, frage ich. »Welche Entscheidungen hast du nicht verstanden?«

Joe schüttelt den Kopf. »Ich will nicht mit euch in der Vergangenheit wühlen. Sie hat nichts zu bedeuten.«

»Dann spielt Dads Vorgeschichte mit Cece bei alledem keine Rolle?«

In Joes Gesicht blitzt etwas auf, er spannt den Kiefer an, bekommt sich aber schnell wieder in den Griff. »Darum ging es dabei nicht.«

»Bist du ganz sicher?«, fragt Sam.

Joe steht auf, es reicht ihm. »Die Verlobungsparty ist heute Abend. Schaut vorbei, wenn ihr wollt. Ihr seid beide willkommen.«

Er macht sich auf den Weg, aber im Kopf gehe ich seine Wortwahl noch einmal durch, seine sorgfältige Formulierung: Er hat gerade gesagt, dass es bei den Verkaufsplänen nicht um die Geschichte zwischen unserem Vater und Cece ging. Und ich höre, was er nicht ausgesprochen hat. Er hat nicht gesagt, dass Cece und mein Vater keine Beziehung hatten. Er hat nicht gesagt, dass es keine Geschichte gäbe, die berücksichtigt werden müsste.

»Worum ging es dann?«, rufe ich ihm nach.

Er dreht sich um. »Was meinst du?«

»Für Dad. Worum ging es für ihn?«

Joe schüttelt den Kopf. Aber ich nehme die Traurigkeit in seiner Miene wahr. Sie verschwindet so schnell, wie sie gekommen ist, aber sie war unverkennbar da. Ein winziger Teil von ihm scheint aussprechen zu wollen, was immer er weiß.

»Um etwas anderes«, sagt er.

VOR FÜNFZIG JAHREN

»Ich will nicht, dass wir uns trennen«, sagte Liam.

»Na, das hoffe ich doch«, sagte sie.

Es war der Abend vor seiner Abreise zum College. Sie waren in Corys Schlafzimmer, auf dem Fußboden – ihre Hand lag auf seinem Bauch, ihr Kopf lehnte an seinem nackten Brustkorb, direkt am Herz. Ihr Bett war mit Büchern übersät, sie hatten sich nicht mal die Zeit genommen, sie wegzuräumen. Der Fußboden reichte ihnen, das Alleinsein reichte ihnen. Ihre Mutter gab Abendunterricht am College, ihr Vater war mit Freunden unterwegs. Sie hatten noch mindestens zwei Stunden für sich. Sie hatten das Jetzt.

»Ich meine es ernst, Cory …«

»Ich dachte, du wolltest nichts aus Midwood mitnehmen.«

»Dinge ändern sich.«

»Aber nicht so sehr«, sagte sie.

»New Haven ist nicht so weit weg.«

»Jemand, der sein Leben lang die Flucht aus Midwood geplant hat, hätte vielleicht vorher daran denken sollen.«

»Cory …«

Sie setzte sich auf und griff nach ihrem Kleid. Es verletzte ihn nur ein bisschen, wie leicht sie sich von ihm löste. Wie kalt sich die Luft ohne sie anfühlte.

»Du hast mir selbst gesagt, dass du es nicht abwarten kannst, hier zu verschwinden. Wenn wir zusammenbleiben, wirst du dich über mich ärgern. Und ich habe keine Lust, etwas oder jemand zu sein, worüber du dich ärgerst.«

»Das würde ich nie tun.«

Sie drehte sich zu ihm um. »Dann ist das vielleicht nur ein Vorwand. Vielleicht mag ich dich einfach nicht so sehr.«

»Ich meine es ernst.«

Sie zog sich das Kleid über den Kopf. Liam setzte sich auf, um ihr den Reißverschluss hochzuziehen.

»Ich auch«, sagte sie. »Ich weiß, wie es läuft, wenn wir versuchen zusammenzubleiben.«

»Was weißt du?«

»Ich kenne dich. Morgen Abend um diese Zeit wirst du in einem anderen Staat sein, wo du dir mit Charles Theodore Hearst III den Schlafsaal teilst. Er wird es nicht erwarten können, dich den Jungs vorzustellen, mit denen er in Maine im Internat war. Und ist das nicht lustig: Er steht auch auf Football. Möchtest du nicht mit den Jungs auf ein Bier zu Mory's gehen? Später treten die Whiffenpoofs auf, und da ist dieses Mädel, von dem er glaubt, es könnte dir gefallen …«

»Meinst du, ich bin so leicht zu beeinflussen?«

»Ich weigere mich nur, auch etwas zu werden, von dem du dich gefangen fühlst. Oder mich selbst in eine Lage zu bringen, wo du das Gefühl hast, mich anlügen zu müssen. Ich möchte der Mensch sein, den du nie anlügst.«

»Das kann ich dir gern versprechen.«

»Nur dass du in den Herbstferien nach Cape Cod oder über Weihnachten eine Reise mit deinem Zimmergenossen machen willst. Du wirst alles Mögliche lieber tun wollen, als zu mir nach Hause zu kommen … Und dann fühlst du dich mies und wirst mir was vormachen, damit ich mich nicht auch schlecht fühle. Auf all das hab ich keinen Bock.«

»Ich hab nicht vor, dich wegen irgendetwas anzulügen«, sagte er. Und meinte es so.

»Toll«, sagte sie. »Dann hätten wir das geklärt.«

Er neigte den Kopf zur Seite und schaute zu ihr hoch. »Ich glaube nicht, dass wir gerade dasselbe gemeint haben.«

»Können wir so nicht den Rest des Abends verbringen? Du verstehst, was ich dir sage, auch wenn du nicht verstehen willst, was ich dir sage?«

Er schwieg. Was gab es noch zu reden? Sie durchschaute ihn ganz locker. Das tat sie bei den meisten Menschen. Sie hatte schon früh gelernt, wie man das machte. Sie hatte es zum Selbstschutz gelernt, um in ihrem Elternhaus zu überleben. Das war einer der Gründe, warum es so schwierig war, mit ihr zu diskutieren. Sie war weiser als er. Sie wusste es besser. Aber was nützte ihr Besserwissen, wenn es darauf hinauslief, dass er sie verlieren würde?

»Du bist der wichtigste Mensch für mich«, sagte er. »Daran wird sich nichts ändern.«

»Dann müssen wir uns ja keine Sorgen machen, stimmt's?«

Sie strich ihr Kleid glatt und stand auf. Er hob den Blick. Jemand wie sie war ihm noch nie begegnet. Und schon in diesem Augenblick ahnte er, dass er auch in Zukunft niemandem wie ihr begegnen würde.

»Lass uns runtergehen, dann setze ich Nudeln auf. Wenn du damit weitermachen willst, dir über morgen etwas vorzumachen, brauche ich ein bisschen Nahrung.«

»New Hampshire«, sagte er.

»Was?«

»Charles Hearst III war auf einem Internat in New Hampshire. Nicht in Maine.«

»Siehst du?«, sagte sie. »Wir entfernen uns immer weiter voneinander.«

»Was ist, wenn ich mehr will?«

Sie beugte sich hinab und sah ihm in die Augen. »An dem Tag, an dem ich glaube, dass du dazu in der Lage bist, kann vielleicht mehr aus uns werden.«

DREI LÜGEN & DIE WAHRHEIT

»Sag mir, dass du ihn nicht total zugeknöpft fandest.«

Sam sitzt am Steuer. Wir verlassen Hope Ranch und fahren auf den 101 zu, Richtung Los Angeles. Dem Nachtflug entgegen, der mich nach Hause bringt.

»Ernsthaft«, sagt er. »Schau mir in die Augen und sag mir, dass hier nichts Seltsames läuft.«

»Du bist ihn ziemlich hart angegangen, Sam.«

»Und?«

»Und das würde jeden in die Defensive drängen. Wer weiß, inwieweit sein Verhalten nur eine Reaktion auf deinen Ton war«, gebe ich zu bedenken.

»Was glaubst *du* denn, wie viel davon nur eine Reaktion war?«

Ich bin misstrauischer, als ich ihm gegenüber zugeben möchte. Ich habe es Onkel Joe angesehen, als wir ihn unter Druck gesetzt haben. Er hat uns etwas mit aller Entschlossenheit verschwiegen. Die entscheidende Frage ist: War es die Sache, die vielleicht erklären könnte, was in letzter Zeit mit unserem Vater los war?

»Warum wolltest du nicht, dass ich mit ihm über den Abend rede, an dem Dad gestorben ist? Sind wir nicht eigentlich deswegen hergekommen?«

»Deswegen sind wir gekommen«, sagt Sam. »Aber wir dürfen es noch niemandem verraten. Nicht mal Joe. Nicht bevor wir wissen, dass er nichts damit zu tun hat.«

»Wow. Gerade hatte ich noch gedacht, du wärst nicht völlig übergeschnappt.«

»Ich behaupte ja nicht, dass es wahrscheinlich ist.«

»Na, da bin ich ja froh. Du hältst es also nicht für wahrscheinlich, dass unser Onkel unseren Vater von einer Klippe gestoßen hat.«

Ich schaue aus dem Fenster. Mit diesem Ausmaß von Irrsinn will ich mich nicht ernsthaft beschäftigen. Was auch immer Onkel Joe vor uns geheim halten wollte, ist nicht automatisch Teil eines finsteren Plans. Es gibt simplere Erklärungen. Vielleicht sollte Sam bestimmte Einzelheiten aus der Vergangenheit unseres Vaters nicht erfahren. Schließlich hat er schon zu Lebzeiten die verschiedenen Bereiche seines Lebens getrennt gehalten. Jedenfalls hat er alles Mögliche für sich behalten. Möglicherweise gibt es dafür einen Grund, der über das hinausgeht, was wir zu wissen glauben?

Vielleicht wollte Joe unserem Vater gegenüber loyal bleiben und dafür sorgen, dass wir nicht mal jetzt davon erfahren?

»Nenn es, wie du willst«, sagt er. »Ich bin sicher, dass Joe seine eigenen Interessen verfolgt. Er weiß, dass es Dad in den letzten Monaten nicht gut gegangen ist. Jeder, der etwas Zeit mit Dad verbracht hat, muss das gemerkt haben.«

Seine Worte treffen mich und rauben mir für einen Moment den Atem. Ich komme nicht gut damit zurecht, dass ich so wenig zu der Frage beitragen kann, wie es meinem Vater in den letzten Monaten ging. Weniger als zu anderen Zeiten, weniger, als mir eigentlich angemessen erscheint.

»Hast du gemerkt, wie deine Frage nach Dad und Cece Onkel Joe aufgeregt hat?«, frage ich. »War das ein Schuss ins Blaue, oder hast du irgendwelche Hinweise darauf, dass sie sich mal näherstanden?«

»Gerüchteweise heißt es, sie hätten vor langer Zeit etwas miteinander gehabt.«

Ich muss durchatmen. »Wann genau?«

»Vor einer Ewigkeit. Als sie auf dem College waren oder so … Ich weiß es nicht genau. Es ist nur ein Gerücht.«

Ich sehe Onkel Joes Miene in dem Augenblick vor mir, als Ceces Name zum ersten Mal fiel. Als sei Sam über ein Geheimnis gestolpert, von dem Joe nicht wollte, dass es ans Licht kommt.

Wenn ich mir diese Reaktion ins Gedächtnis rufe, könnte es sein, dass mehr hinter dem Gerücht steckt.

Ich greife nach meinem Handy und starte eine Suche nach Cece Salinger, aber der Empfang ist schlecht, die Fotos werden nur teilweise geladen.

»Der Hauptsitz der Salinger Group liegt in Century City«, sagt Sam.

Ich hebe den Blick. »In Los Angeles?«

Er nickt. »Es wäre einen Versuch wert, mit Cece zu reden, meinst du nicht?«, sagt er. »Wir könnten versuchen, auf dem Weg zum Flughafen bei ihr vorbeizuschauen.«

Ich antworte nicht, was ihm als Antwort reicht.

Sam schaut in den Rückspiegel. »Im schlimmsten Fall könnte sie uns ein bisschen aufklären. Sie hat keinen Grund, über die Vergangenheit zu lügen.«

»Das wissen wir nicht.«

»Das ist erst recht ein Grund«, sagt er.

* * *

Jack ruft an, als wir auf dem 101 sind und die Ausfahrt nach Summerland hinter uns haben.

»Hey, ich wollte vor der Mittagshektik nur mal nachhören«, sagt er. »Alles klar bei dir?«

»Ja, wir sind auf dem Rückweg nach Los Angeles …«

Ich schaue zu Sam hinüber, der mit überhöhter Geschwindigkeit fährt. Er muss meinen Blick spüren, denn er dreht den Kopf in meine Richtung.

»Wer ist das?«, fragt er.

Sam und Jack kennen sich noch nicht. Vermutlich hat mein Vater ihm erzählt, dass ich in einer festen Beziehung bin, aber ich will mein Privatleben nicht vor ihm ausbreiten. Also schüttele ich den Kopf und antworte nicht.

»Wann landest du?«, fragt Jack.

»Morgen früh kurz vor sechs.«

»Ich mache dir Kaffee.«

Ich lächele und fühle mich traurig und glücklich zugleich. Meine Sehnsucht, nach Hause zu Jack zu fliegen, vermischt sich mit dem körperlichen Unbehagen, das ebendiese Aussicht mir bereitet.

Sams Handy vibriert, eine Textnachricht kommt.

»Scheiße«, sagt Sam und hält mir das Display hin, damit ich selbst lesen kann.

»Hey, Jack, ich rufe dich zurück, okay? Ich liebe dich …« Dann beende ich das Gespräch und schnappe mir Sams Handy. »Was ist los?«

»Mein Büro hat gerade geschrieben, dass Cece nicht in LA ist. Aber sie will mit uns reden, wenn du zu einem kleinen Umweg bereit bist.«

»Wohin genau?«

»Nach Santa Ynez.«

»Santa Ynez?«

»Wir können schätzungsweise um Viertel nach fünf da sein.«

Jetzt ist es kurz vor vier Uhr nachmittags. Er spricht von einer achtzigminütigen Fahrt weg von Los Angeles, vom Flughafen und dem Nachtflug nach Hause. Ich überschlage die Zeit, die uns für das Gespräch mit Cece bleibt, wenn ich den Flug erreichen will, auf dass Jack mich mit einer Tasse Kaffee empfangen kann.

»Dann müssen wir schnell reden.«

Sam wendet den Wagen. »Nach meiner begrenzten Erfahrung kann Cece Salinger gar nicht anders reden.«

LOS ALAMOS, WEIT WEG VON NEW MEXICO

Wir fahren nach Norden, mitten durchs Herz des Santa Ynez Valley.

Zuerst werden wir von Schildern am Straßenrand begrüßt, dann von Weinbergen. Wir befinden uns in der kalifornischen Central-Coast-Region, einem unberührten Weinanbaugebiet. Es ist rustikaler als Napa Valley oder Sonoma, mit kleinen Weinbergen, hübschen Restaurants am Straßenrand und dem westwärts zum Pazifik fließenden Fluss.

Sam fährt den 154 hinauf, den überwiegend zweispurigen Highway, auf dem wir im spätnachmittäglichen Verkehr hinter Lkws und langsam fahrenden Autos festhängen. Wir arbeiten uns voran, passieren Los Olivos, dann weisen die Schilder Richtung Norden nach Los Alamos.

Los Alamos. Sobald ich die Schilder sehe, fällt es mir wieder ein.

Letztes Jahr sind Jack und ich zur Hochzeit eines seiner Freunde ins nördliche Kalifornien gereist. Wir mieteten einen Airstream und fuhren nach der Feier die Küste hinunter, wobei wir immer draußen übernachteten. An kleinen Lagerfeuern bereitete Jack uns unglaubliche Essen zu. Wir unternahmen lange Spaziergänge am Strand, Jack gönnte mir meine achtstündige architektonische Pilgerfahrt zu den Konstruktionslabors der California Polytechnic State University. Und eine weitere zum Salk Institute.

Wir verbrachten viel Zeit damit, auf die lockere und gelassene Art Pläne zu schmieden, die man entwickelt, wenn man mit dem Menschen zusammen ist, den man am meisten liebt. Wir sprachen ganz entspannt darüber, dass Jack mich zu einer Konferenz nach Nashville begleiten wolle, etwas engagierter über Einzelheiten einer eventuellen Hochzeit im Winter, wobei wir darin übereinstimmten, dass wir uns keinen besseren Ort dafür vorstellen konnten als das Haus meiner Mutter. Acht Minuten von dort entfernt, wo wir uns in der achten Klasse begegnet waren.

Es war eine tolle Reise. Meine letzte vor dem Tod meiner Mutter. Die letzte, bei der mein Leben angenehm und unkompliziert genug war, um solche Pläne zu schmieden. Bevor wir uns auf die letzte Etappe nach San Diego machten, legten wir einen Stopp in Los Alamos ein, um einen mit Jack befreundeten Koch zu besuchen, der gerade aus Los Angeles dorthin gezogen war, ein glücklicher Exilant, der sich voller Elan in die aufstrebende Restaurantszene des Tals stürzte.

Jetzt, fünf Meilen vom Stadtzentrum entfernt, biegt Sam auf die Alisos Canyon Road, eine lange, gewundene Straße, die uns an einem Gestüt, Stallungen und Weinbergen vorbeiführt. Weiter die Straße hinunter werden die Hausnummern höher. Schließlich erreichen wir Ceces Adresse, eine private Zufahrt führt uns eine Passstraße hinauf.

Zuerst wirkt alles trostlos und staubig wie auf einer völlig abgelegenen Provinzstraße. Dann aber dringen wir weiter in die Berge vor und sind hingerissen von den gezackten Hügeln, wo Himmel und leere Landschaft zusammentreffen. Alles scheint in einen sanften Gelbton getaucht, in dem sich die Welt von ihrer besten Seite zeigen kann.

An der höchsten Stelle des Passes biegen wir nach links und fahren unter einem stählernen Bogen hindurch auf ein kleines Wachhaus zu. Am Hügel direkt dahinter liegt Ceces prächtiges Farmhaus. Es besteht vor allem aus Glas und wiederverwendetem Holz und besitzt riesige Türen aus Stahl. Sams Telefon vibriert.

Er senkt den Blick und steigt hart auf die Bremse. »Scheiße.«

»Was ist?«

»Cece hat gerade abgesagt.«

»Nein, ernsthaft?«

Er schüttelt den Kopf und liest von seinem Display ab. »›Eine unerwartete Familienangelegenheit beansprucht ihre Aufmerksamkeit. Sie lässt sich entschuldigen.‹ Das ist doch ein Witz!«

Sam scheint kurz nachzudenken, und ich gehe davon aus, dass er jeden Moment wendet. Dann aber nimmt er das Haus in den Blick, legt den Vorwärtsgang wieder ein und fährt am Wachhäuschen vor.

»Was wird das?«, frage ich, als er die Scheibe herunterlässt. Der Wächter tritt nach draußen, knöpft seine Sportjacke zu und nähert sich dem Fenster auf der Fahrerseite.

»Guten Abend«, sagt er. »Was kann ich für Sie tun?«

Sam greift zu seinem Führerschein und reicht ihn dem Mann. »Sam Noone«, sagt er. »Cece erwartet mich.«

Der Wächter wirft einen Blick auf den Führerschein und reicht ihn Sam zurück. »Sie hätten eigentlich informiert werden sollen. Ms. Salinger musste kurzfristig zu einem Abendessen in der Stadt.«

»Oh, tatsächlich? Hier draußen ist der Empfang so schlecht, da ist die Nachricht wohl nicht angekommen.«

»Das tut mir leid.«

»Die Sache ist die: Um ehrlich zu sein, sind wir ziemlich weit gefahren. Es geht um eine Art familiären Notfall. Vielleicht könnte sie jemand anrufen und fragen, ob wir irgendwo unser Auto hinstellen, das Radio anschmeißen und warten können, bis sie von ihrem Essen zurückkommt? Wir brauchen wirklich nur eine Minute ihrer Zeit.«

»Das wird nicht möglich sein.«

Sam grinst ihn an. »Doch, es ist möglich.«

»*Sam* …«, sage ich.

Er dreht sich zu mir um. »Was denn? Natürlich ist es möglich.«

Ich lege die Hand auf Sams Arm, beuge mich über ihn hinweg, nehme Blickkontakt mit dem Wächter auf und ringe mir ein Lächeln ab.

»Können wir kurz etwas fragen? Dann verschwinden wir auch gleich«, versuche ich es. »Wenn Sie sagen, dass Cece zu einem Essen in der Stadt ist, sprechen Sie von Los Alamos, richtig?«

»Genau, das ist hier die Stadt.«

Der Wächter neigt den Kopf und schaut mich an, als hätte ich die dümmste Frage seit Langem gestellt. Dann deutet er ein Stück die Zufahrt entlang auf einen Wendekreis.

»Sie müssen zurücksetzen und dort drüben drehen, danke.«

»Klar. Bitte entschuldigen Sie die Störung.«

Als er zurück ins Wachhaus geht, sieht Sam mich an. »Was zum Teufel sollte das? Ich war kurz davor.«

»Du warst kurz vor gar nichts«, sage ich. »Aber ich weiß jetzt, dass sie in Los Alamos ist. Ich war schon einmal dort, die Stadt ist klein, im Prinzip gibt es nur eine Hauptstraße. In den paar Blocks kann es höchstens vier oder fünf Restaurants geben.«

»Und?«

»Und ich vermute, dass es kein Ding der Unmöglichkeit ist, jemanden aufzuspüren, der dort zu Abend isst.«

Sam lehnt sich zurück, sein Arm liegt auf meiner Sitzlehne, sein Blick geht zum Rückfenster.

»Das ist dein Plan?«

»Wesentlich lieber wäre mir, dass du uns auf schnellstem Weg zum Flughafen bringst, weil Cece Salinger keinen Wert darauf legt, mit uns zu sprechen. Aber ich dachte, du findest es besser als nichts.«

»Sie könnte bei Freunden essen. Sie könnte auch da drüben im Haus sitzen, und der Wächter hat uns nach Strich und Faden belogen.«

»Stimmt«, sage ich. »Dann also doch zum Flughafen?«

Ich muss nicht in meinen Kalender schauen oder die Datei mit meinen Notizen lesen, um zu wissen, was ich dort finde. Stundenlange Wochenendarbeit erwartet mich am nächsten Tag, wenn ich halbwegs vorbereitet in eine arbeitsreiche Woche gehen will. Ich muss eine Präsentation für einen großen Auftrag fertig machen – eine Rehaklinik für Suchtkranke in Jackson Hole, Wyoming. Und dann ist da noch Jack. Jack, dessen Liebe und Sorge ich sogar auf diese Entfernung spüre.

Sam fährt die Passstraße hinunter und wirft einen verstohlenen Blick in meine Richtung. »Okay, aber ich will, dass du es aussprichst …«

»Was soll ich aussprechen?«

Er biegt auf die Hauptstraße und fährt Richtung Stadtzentrum. »Dass wir es heute nicht nach Hause schaffen.«

* * *

Das Zentrum von Los Alamos ist so, wie ich es in Erinnerung habe.

Der komplette Geschäftsdistrikt zieht sich mehr oder weniger die Bell Street entlang. Er ist still, freundlich und trotzdem von einer überraschenden Energie erfüllt. Leute betreten und verlassen Restaurants. Auf den Bänken sitzen Familien und essen ein abendliches Eis. Ein einsamer Gitarrist spielt Bob Dylan, die Klänge wehen über die von Laternen erleuchtete Hauptstraße.

Mehrere Geschäfte haben schon geschlossen – eine Bäckerei, ein Lunch-Restaurant –, aber Sam hält auf einem freien Parkplatz vor Charlie's Restaurant. Vor dem Eingang wartet eine Schlange hungriger Kunden.

Wir steigen aus, betreten das Restaurant und schauen uns dort und auf der seitlichen Terrasse um. Sams Miene verrät mir, dass er Cece nirgends entdeckt.

Zu Fuß gehen wir die Straße hinunter und versuchen es im Full of Life Flatbread, einer Pizzeria, deren Duft meinen Magen zum Knurren bringt, und in einer kleinen Weinbar auf der anderen Straßenseite. Ein paar Häuser weiter liegt Babi's Beer Emporium.

Keine Cece, nirgends.

»Na, das läuft ja toll«, sagt Sam.

»Nur Geduld«, antworte ich.

Wir überqueren die Centennial Street. Hier gibt es weniger geöffnete Lokale, die zudem weiter auseinanderliegen. In diesem Moment entdecke ich ein kleines Restaurant an der Ecke, Bell's Restaurant. Es ist wunderschön und hat einen Garten hinter dem Haus, eine breite blaue Tür mit einem Fenster, durch das man in den eleganten Gastraum sehen kann: antike Möbel und Windsor-Stühle, eine offene Küche mit Kupfertöpfen, Weinflaschen und Pflanzen.

Ich spähe noch durch das Fenster, da hämmert Sam schon dagegen.

»Ach du Scheiße!«, sagt er.

»Fast hätte ich deine Faust ins Gesicht bekommen.«

»Das ist sie.«

Er deutet auf eine Frau, die am Ecktisch sitzt, nahe bei der Küche. Sie tippt etwas auf ihrem Laptop. Ihr gegenüber sitzen zwei Personen, die uns den Rücken zukehren.

Mit ihren glatten silbernen Haaren und den großen, hinter dicken Brillengläsern liegenden Augen ist sie atemberaubend schön. In einer weißen Button-down-Bluse, Jeans und Cowboystiefeln wirkt sie außerdem unglaublich elegant. Ihr Anblick lässt mich weniger an eine Hotelmagnatin als an ein Ralph-Lauren-Model denken.

Sie schiebt sich die Haare hinter eine Schulter und tippt weiter auf dem Laptop.

»Also dann«, sagt Sam.

Er zieht die blaue Tür auf. An einem Tisch voller Blumen und Bücher vorbei gehen wir geradewegs zu ihr hinüber.

»Hey, Cece.«

»Sam …«

Dann sieht sie mir in die Augen und mustert mich anschließend von oben bis unten.

»Ich glaub's nicht«, sagt sie. »Die Tochter.«

»Anscheinend sind unsere Nachrichten aneinander vorbeigegangen«, sagt Sam. »Wir dachten, wir würden Sie oben im Haus treffen.«

Statt ihm zu antworten, konzentriert sie sich weiter auf mich. Die Art und Weise, wie sie das tut, fühlt sich ein bisschen zu vertraut an. Ich halte dem Blick stand, Sam deutet auf den Tisch.

»Ist es okay, wenn wir uns setzen?«, fragt er.

»Jetzt ist wirklich nicht der passende Zeitpunkt, Sam. Wir stecken gerade in einer Art Notfallübung.«

»Tatsächlich? Ihr Büro sprach von einer Familienangelegenheit.«

Endlich sieht sie ihn an und schenkt ihm ein Lächeln. Man könnte denken, sie genießt die Situation – ihre Widersprüchlichkeit, sein Unbehagen. Vielleicht genießt sie es aber auch, von ihm zur Rede gestellt zu werden.

»Manchmal kommt alles auf einmal, stimmt's?«

»Manchmal«, sagt er. »Wir können es schnell hinter uns bringen.«

Sie reibt sich die Hände, als überlege sie, wie sie mit der Sache umgehen soll. Dann wendet sie sich an ihre Mitarbeiter.

»Könnt ihr uns ein paar Minuten allein lassen?«

Die beiden stehen auf, Sam und ich nehmen die Plätze gegenüber von Cece ein. Sie greift nach der mitten auf dem Tisch stehenden Weinflasche und entkorkt sie. Ein Kellner taucht mit frischen Gläsern auf, Cece schenkt uns allen ein.

Sie schiebt eins der Gläser zu mir herüber. »Wir beide wären uns letztes Jahr fast begegnet, Sie und ich«, sagt sie.

»Tatsächlich?«

Sie nickt. »Ja. Ich bin ein großer Fan Ihrer Arbeit und weiß einiges über Sie.«

Ich antworte nicht und bemühe mich um eine neutrale Miene. Dabei würde ich am liebsten sagen: *Ernsthaft? Denn mein Vater hat Sie mit keinem Wort erwähnt.*

»Ihr Ausbau des Anwesens von Joanna Harrington in Taos hat mich sehr beeindruckt«, sagt sie. »Sie ist eine alte Freundin von mir.«

Joanna Harrington besitzt eine große Familienranch außerhalb von Taos, New Mexico. Ich habe ihr dabei geholfen, das Gelände als gemeinschaftsorientiertes Gestüt umzugestalten.

»Ich war so beeindruckt von Ihrer Arbeit für Joanna, dass ich Sie nach meinem Umzug hierher für mein Haus engagieren wollte«, fährt Cece fort. »Ich habe Joanna sogar gebeten, sich zu erkundigen, wann Sie Zeit haben. Aber offenbar waren Sie komplett ausgebucht.« Sie lächelt mich an.

»Das tut mir leid.«

»Nicht nötig. Als ich es Ihrem Vater gegenüber erwähnt habe, hat er meinem Plan sowieso einen Riegel vorgeschoben. Sie wissen, wie er war, wenn es darum ging, klare Grenzen zu ziehen.«

Klare Grenzen zu ziehen. So kann man es sicher ausdrücken. Trotzdem habe ich das Gefühl, sie will mich ködern. Oder etwa nicht? Ist das nicht der Zweck ihrer Anekdote? Sie will mich wissen lassen, wie gut sie meinen Vater kannte, und mich mit dieser Vertrautheit entwaffnen. Mit der Vertrautheit zwischen ihnen beiden.

»Sam hat mich noch nicht richtig informiert«, sage ich. »Woher kennen Sie meinen Vater?«

»Ich bin nicht weit von seinem Zuhause aufgewachsen. Wir sind zusammen zur Schule gegangen«, sagt sie. »Ich habe auch ein enges Verhältnis zu Ihrem Onkel Joe.«

Auch.

Sie blickt zwischen uns hin und her. »Ich sollte wohl Abbitte dafür leisten, dass ich Sie heute habe auflaufen lassen. Um ehrlich zu sein: Ihr Onkel Joe hat mich angerufen, und ich wollte nicht zwischen Sie geraten.«

»Uns war nicht bewusst, dass wir auf verschiedenen Seiten stehen«, sagt Sam. »Also vielen Dank für die Klarstellung …«

»Von verschiedenen Seiten würde ich nicht sprechen.«

»Wie würden Sie es denn ausdrücken?«, fragt Sam.

»Zuerst einmal möchte ich sagen, dass es mir schwerfällt, Sie überhaupt nur anzuschauen, Sam«, sagt sie. »Sie ähneln Ihrem Vater zu sehr.«

Sam zuckt zusammen. Ich sehe ihm sofort an, wie es sich für ihn anfühlt, das jetzt zu hören, wo unser Vater nicht mehr da ist. Diese Mischung aus Stolz und Betroffenheit – der Trauerschalter ist umgelegt. Genauso geht es mir, wenn jemand eine Bemerkung darüber fallen lässt, wie stark ich ihn oder sie an meine Mutter erinnere.

Ich springe in die Bresche und spüre eine Regung, die mich selbst überrascht – eine Art Beschützerinstinkt.

»Wir wollen Sie nicht von der Arbeit abhalten, Cece …«

»Ehrlich gesagt hatte ich bis jetzt einen anderen Eindruck.«

Ich zwinge mich zu einem Lächeln. »Wir haben in Windbreak Unterlagen gefunden, die darauf hindeuten, dass unser Vater Ihnen die Firma verkaufen wollte«, sage ich.

Sie trinkt einen kleinen Schluck Wein. »Bis er es sich anders überlegt hat.«

»Ich hatte ihn immer so verstanden, dass er die Firma um keinen Preis verkaufen wollte«, sagt Sam. »Wir wollen nur verstehen, was sich geändert hat.«

»Ich bin nicht sicher, ob ich Ihnen an der Stelle weiterhelfen kann. Ich würde es nie wagen, mir über die Beweggründe Ihres Vaters eine Meinung zu erlauben, egal zu welchem Thema. Aber so wie ich ihn verstanden habe, hatte er irgendwann von der Leitung der Firma einfach genug. Zufälligerweise bin ich im richtigen Moment auf ihn zugegangen. Nachdem ich es schon häufig im falschen Moment versucht hatte.«

»Warum ist der Verkauf dann nicht zustande gekommen?«

»Ich nahm an, dass er beschlossen hatte, Ihnen und Ihrem Bruder alles zu überlassen.«

»Hat er das gesagt?«

»Um ehrlich zu sein, hat er sich mir gegenüber praktisch nicht geäußert. Die meiste Zeit hatte ich mit Ihrem Onkel Joe zu tun.«

»Warum?«, frage ich.

Sie wendet sich mir wieder zu. »Wie meinen Sie das?«

»Wenn Sie beide sich schon so lange kannten …«

»Wir kennen uns alle schon lange. Außerdem stehen Joe und ich uns ziemlich nahe. Unsere Kinder sind zusammen aufgewachsen. Mein Mann hat immer noch ein Haus in derselben Straße wie er. Ex-Mann, sollte ich besser sagen …«

Ex-Mann. Auch wenn ich es mir nicht anmerken lassen will, fällt mir die Bemerkung auf. Offenbar geht es Sam genauso.

»Es ist noch nicht lange her?«, fragt er.

»Was soll noch nicht lange her sein?«

»Ihre Trennung.«

»Welche?« Ihr Lächeln verrät, dass sie sich ausrechnen kann, worauf er hinauswill. Steht das Ende ihrer Beziehung in irgendeinem Zusammenhang mit dieser Sache? Hatte es etwas mit dem Ende der letzten Ehe meines Vaters zu tun?

»Aber Sie müssen doch neugierig gewesen sein«, sage ich.

»Wie bitte?«

»Nach allem, was mein Bruder mir erzählt hat, waren Sie und mein Vater mit dem Verkauf schon ziemlich weit. Da hat eine vage Vermutung Ihnen gereicht, um einfach so zu akzeptieren, dass das Geschäft sich zerschlagen hat?«

So wie sie mich ansieht, passt ihr die Frage offenbar nicht. Vielleicht weil sie von mir kommt. Vielleicht weil sie nicht darauf antworten möchte, egal wer die Frage stellt.

»Meiner Erfahrung nach sind Menschen, die einen Rückzieher machen, sich über die tieferen Gründe meist nicht im Klaren. Und von unsicheren Erklärungen habe ich nichts.«

Sie greift zur Weinflasche und schenkt sich und Sam den Rest ein. »Ich muss mich bald wieder um meine Mitarbeiter kümmern. Wollen Sie mir nicht vorher sagen, warum Sie wirklich hier sind?«

Sam will antworten, aber Cece fällt ihm ins Wort.

»Nicht Sie.« Mit der Weinflasche zeigt sie in meine Richtung. »Sie.«

»Bitte?«

»Nach allem, was Ihr Vater über Sie erzählt hat, müsste seine Firma das Letzte sein, wofür Sie neunzig Meilen Autofahrt auf sich nehmen. Sosehr ich also das Rätselraten über seine Motive für den plötzlichen Rückzug schätze, würde ich doch gern wissen, was hier läuft.«

»Wir haben ein paar Bedenken, was den Sturz unseres Vaters angeht«, sage ich. »Am Abend seines Todes.«

»Was soll das heißen?«

»Nora!«, sagt Sam.

Cece hebt die Hand, um ihn zum Schweigen zu bringen.

»Was soll das heißen?«

Ich schaue Sam nicht an, lasse mich nicht von ihm bremsen.

»Wir versuchen herauszufinden, ob er an dem Abend vielleicht nicht allein war.«

Sie wirkt verwirrt, dann scheint der Groschen zu fallen. Ihre Miene verrät so etwas wie Angst. Oder ist es Wut?

»Sie glauben, dass jemand ihm etwas angetan hat?«

Sam hebt eine Hand. »Nein. Auf keinen Fall. Das will niemand behaupten«, sagt er, obwohl er der Erste war, der genau das behauptet hat.

»Und was soll das mit seiner Entscheidung zum Verkauf von Noone Properties zu tun haben?«

»Wahrscheinlich wollen wir genau das von Ihnen wissen.«

Aber Cece hört Sam nicht richtig zu. Sie schüttelt den Kopf, als stelle sie sich selbst diese Frage – was das eine auf irgendeine Weise mit dem anderen zu tun haben könnte.

Sie wirkt ehrlich bestürzt. So bestürzt, dass mir klar wird, dass ich genau das mit meiner Frage bezweckt habe. Zu sehen, ob der bloße Gedanke an diese Möglichkeit sie so überrascht, wie er mich überrascht hat.

»Die Beziehung zwischen Ihrem Vater und mir war ein bisschen kompliziert, aber ich habe ihn immer gemocht. Sehr sogar …«

Sie blickt auf, ihr Blick verrät Schmerz.

»Wir hatten mehrere Monate lang nicht miteinander geredet. Und ich bleibe bei dem, was ich vorher über Joe und seine Rolle gesagt habe. Trotzdem sah es Ihrem Vater nicht ähnlich, sich einfach gar nicht zu melden, sich zu dem Deal *überhaupt nicht* zu äußern. Aber Joe und er hatten einen speziellen Umgang miteinander, es war also eine Sache zwischen den beiden.«

Sie macht eine Pause, als wäge sie ab, ob sie wirklich sagen solle, was ihr auf der Zunge liegt. Als sie den Mund schließt, glaube ich, sie hat sich dagegen entschieden. Dann aber beugt sie sich vor und gibt sich einen Ruck.

»Aber getreu dem Motto, dass es Dinge gibt, die man nicht ohne

Not opfert, hat Ihr Vater versucht, mich zu erreichen. Er hat keine Sprachnachricht hinterlassen, also weiß ich nicht genau, warum. Vielleicht hat es nichts zu bedeuten, aber er hat mich angerufen. Zweimal.«

Sam setzt sich mit einem Ruck auf. »Wann?«

»Am Abend seines Todes.«

VOR 48 JAHREN

»Liam?«, sagte sie.

Er wusste, wer es war, noch ehe er sich umgedreht hatte. Er kannte den Klang ihrer Stimme, die leise durch Schnee, Wind und den Straßenlärm drang. Er spürte, wie die Luft ringsum für sie Platz machte, wie Cory allen Raum einnahm, auch wenn sie so tun wollte, als wäre es nur um eine erstaunte Begrüßung gegangen.

Es war das erste Weihnachtsfest, an dem er nach Hause fuhr. Er hatte es bisher vermieden, Midwood in den Ferien zu besuchen. Die einzige Ausnahme war am Ende seines zweiten Studienjahrs gewesen, als er aus Anlass von Joes Highschoolabschluss zurückgekommen war. Der natürlich auch Corys Highschoolabschluss war. Er sah sie in ihrer Robe dort stehen, unter deren Revers das geblümte Kleid hervorschaute. Ihre Locken wurden von einer farblich passenden Haarspange gebändigt. Sie sah wunderschön, glücklich und selbstsicher aus.

Er hatte Abstand gehalten, ihr großzügig Raum geben wollen, damit es an diesem Tag nicht um sie beide ginge. Aber das war nicht der einzige Grund. Er wollte sich auch selbst schützen, denn er wusste, was passieren würde, wenn sie sich Auge in Auge gegenübertraten. Genau das, was jetzt vor dem verdammen Weinladen auf der Avenue J passierte. Er löste sich in nichts auf.

Sie trug einen dicken Schal und eine Beanie, die langen Locken fielen ihr wild über die Schultern. Ihr schwarzer Mantel und die Weinflaschen, die aus ihrer Papiertüte herausschauten, waren mit Schneeflocken gesprenkelt. Sie wieder vor sich zu sehen, gab ihm das Gefühl, dass keine Sekunde vergangen war, keine einzige. Was von dem, das er seitdem erlebt hatte, war wichtiger als das hier?

»Cory«, sagte er.

»Wie geht's dir?«

»Prima. Gut.«

Beides stimmte nicht. Hätte man ihn am Tag zuvor gefragt, hätte er darauf bestanden, dass es ihm besser als gut ging. Am College blühte er auf, was er teilweise selbst in der Hand hatte (seine Noten, seine Prüfungen, seine außerschulischen Tätigkeiten), was teilweise aber auch überraschend kam (sein morgendlicher Lauf vom Wohnheim zur Bibliothek, bei dem er immer aufs Neue staunte, hier studieren zu dürfen und dazuzugehören).

Beim Anblick von Cory spielte das keine Rolle mehr. Nichts spielte mehr eine Rolle. Es gab nur sie.

»Und bei dir?«, fragte er.

»Ach, du weißt schon.«

Sie rang sich ein Lächeln ab und zuckte die Achseln. Sie hatte es ihm so leicht gemacht, sich von ihr zu lösen. Anfangs, in den ersten Wochen am College, hatte er versucht, sie anzurufen. Sie war nie an den Apparat gegangen. Zwar hatte er sich ausgemalt, in New Haven den Zug zu nehmen und einfach vor ihrer Haustür zu stehen, aber er tat es nie. Dann hatte er immer mehr zu tun und hörte auch auf, es sich auszumalen. Am Ende gab er sein Bestes, um sich keinen einzigen Gedanken mehr an sie zu gestatten.

»Joe hat erzählt, du bist am Brooklyn College«, sagte er. »Wie läuft es da?«

»Es ist toll.«

»Was ist aus Wellesley geworden?«

»Was meinst du?«

»Ich dachte, da gäbe es diese Professorin, bei der du unbedingt studieren wolltest.«

»Am Brooklyn College hab ich ein Vollstipendium bekommen, und ich kann von zu Hause aus hinfahren, das ergab mehr Sinn …«

Er nickte.

Sie neigte den Kopf zur Seite und musterte ihn. »Enttäuscht dich das?«

»Warum sollte es mich enttäuschen?«

»Weil ich dich kenne«, sagte sie. »Du denkst, ich hätte weiter weggehen sollen, statt gleich auf der anderen Straßenseite zu studieren.«

»Das Brooklyn College hat einen guten Ruf.«

»Du weichst meiner Frage aus.«

Er wandte den Blick von ihr ab. Es lief nicht so, wie er es wollte. Aber was wollte er denn wirklich? Wenn er ehrlich war, wollte er ihre Hand nehmen, als hätte er jedes Recht dazu. Er wollte dicht an sie herantreten und ihren kalten Atem spüren. Er wollte den Arm um sie legen und sie aus dem Wind und dem Schnee ins Warme bringen. Als bräuchte sie ihn für so etwas.

»Kaufst du auf den letzten Drücker Vorräte?«, fragte sie.

»Wie bitte?«

Sie deutete auf den Schnapsladen. »Joe hat mir gesagt, ihr beide geht heute Abend zu einer Weihnachtsparty. Er hat mich eingeladen.«

»Ja. Genauer gesagt laden unsere Eltern ein, und eine richtige Party wird es sicher nicht. Nur ein paar von ihren Freunden …«

»Keine Sorge, ich komme nicht.«

»Ich hab mir keine Sorgen gemacht.«

»Ich glaube nicht, dass das so ganz stimmt.«

Sie lächelte, diesmal ihr richtiges Lächeln. Es machte ihn fertig. Zwei Jahre. Vier Monate. Achtzehn Tage. Sollte all die Zeit seine Gefühle bei ihrem Anblick nicht lindern? Beim Anblick dieses Lächelns?

»Du solltest kommen«, sagte er. »Ich würde mich freuen. Wir können uns aufs Dach schleichen. Und heißen Grog trinken.«

Sie nickte und reagierte mit keinem Wort auf seine lahme Einladung. Zwei Jahre, vier Monate, achtzehn Tage.

»Es war schön, dich zu treffen, Liam. Pass auf dich auf.«

Sie wuchtete die Tüte mit den Flaschen ein Stück höher, wandte sich um und ging die Avenue J hinunter in Richtung ihres Hauses. Er sagte nicht, es wäre schön gewesen, sie zu treffen, denn eigentlich hätte er lieber etwas ganz anderes gesagt. Nämlich dass es schrecklich war. Es war schrecklich, daran erinnert zu werden, wie falsch es sich anfühlte, sie nicht jeden Tag zu sehen.

Er sah ihr hinterher, sah ihre Haare, ihren Rücken, noch in Reichweite. Lass sie gehen. Lass sie gehen. Er wandte sich dem Weinladen zu, öffnete die Tür. Die Hitze, die Pfefferminzkerzen und die Weihnachtsmusik ließen ihn würgen. Die Glocke über der Tür. Lass sie gehen, verdammt.

In diesem Moment hörte er ihre Stimme ein zweites Mal.

»Vielleicht wäre ich aber für ein anderes Angebot offen«, sagte sie.

Diese Erleichterung. Diese gewaltige scheiß Erleichterung. Er drehte sich um. Sie stand direkt vor der Tür.

»Woran hattest du gedacht?«, fragte er.

Sie zuckte die Achseln. »Ich will nicht zu eurer Party, und ich will nicht zu mir nach Hause, alles andere ist okay.«

Er ließ die Ladentür hinter sich zufallen. Keine Hitze mehr. Stattdessen die kalte Abendluft und ihre Haut, ihre Arme, ihr Gesicht nur Zentimeter entfernt.

Er nahm die Papiertasche aus ihren Armen, um ihr beim Tragen zu helfen. Die freie Hand legte er ihr auf den Rücken.

»Dann bin ich für alles andere.«

ALTE FREUNDE SIND DIE BESTEN FREUNDE

»Sie ist furchtbar«, sagt Sam.

»Mir kam sie nicht furchtbar vor.«

Er schüttelt den Kopf. »Genau das macht sie so furchtbar.«

Wir gehen zum Wagen zurück. Der Himmel ist dunkel und voller Sterne, die Hauptstraße still und fast menschenleer. Sam ist aufgewühlt, zu aufgewühlt, um rational zu denken. Also nehme ich ihm die Schlüssel aus der Hand und gehe im Kopf noch einmal alles durch. Warum könnte unser Vater Cece an jenem Abend angerufen haben? Hatte er es sich mit dem Verkauf noch einmal anders überlegt? Möglich. Aber für wahrscheinlicher halte ich es, dass er sein wiedererwachtes Interesse über andere, offiziellere Kanäle kommuniziert hätte. Über Onkel Joe.

Nein, es war um etwas anderes gegangen. Zwei vergebliche abendliche Anrufe. Keine Nachricht. Ich würde auf etwas Persönlicheres tippen.

»Ich sag's dir, sie verfolgt ihre eigenen Absichten«, erklärt Sam.

»Was soll das heißen, Sam?«

»Da ist etwas, das wir nicht wissen sollen.«

Ich ziehe den Pullover ein bisschen fester um mich und denke über seine Worte nach. »Da widerspreche ich dir gar nicht«, sage ich. »Cece hat ausweichend gewirkt.«

»Danke.«

»Aber als ich gesagt habe, wir würden uns Gedanken machen,

was an dem Abend mit ihm passiert ist, wirkte sie besorgt, Sam. So sehr um ihn besorgt, dass ich mich gefragt habe …«

»Wie nahe sie sich wirklich standen?«

Ich nicke. Ich rufe mir Ceces wunderschönes Gesicht ins Gedächtnis, ihr Selbstvertrauen, ihre Stärke. Dass mein Vater von ihr hingerissen war, kann ich mir ohne Weiteres vorstellen.

»So etwas in der Art.«

Er senkt den Blick und öffnet die Beifahrertür. Ich steige auf der Fahrerseite ein, lasse den Motor an und schalte die Scheinwerfer ein. Ich spüre, wie eine Ahnung in mir aufsteigt, die schon den ganzen Tag über in meinem Hinterkopf gelauert hat, eine mögliche Erklärung, warum mein Vater unangekündigt nach Windbreak gefahren sein könnte. Warum er gestolpert und über die Klippe gefallen sein könnte, obwohl er das Gelände wie seine Westentasche kannte.

»Du glaubst nicht, dass Dad sich etwas angetan haben könnte, oder?«, frage ich unwillkürlich.

Sam schaut zu mir herüber. »Dass er gesprungen ist? Niemals.«

»Ich weiß, dass Detective O'Brien die Möglichkeit ausgeschlossen hat. Andererseits hat mich keiner seiner Schlüsse überzeugt.«

»So weit bin ich deiner Meinung …«

»Ich finde ja bloß, dass wir die Möglichkeit durchsprechen sollten. Du sagst mir immer wieder, dass er nicht er selbst gewesen ist. Und dass er sein Testament überarbeitet hat. Jetzt hören wir auch noch, dass er seltsame Anrufe gemacht hat. Sollten wir nicht für alle Erklärungen offen bleiben?«

Sam wird still, ich kann sehen, wie er darüber nachdenkt. Am Ende könnten alle Details in diese Richtung deuten, vor allem nach dem heutigen Tag. Der abgesagte Verkauf, Onkel Joes Widerstand, die Anrufe bei Cece. Diese nicht zustande gekommenen Telefonate sind bisher das seltsamste Puzzleteil.

Bei meiner Arbeit als Architektin sind Puzzleteile oft ein hilfreiches Bild. Im Laufe der Zeit habe ich gelernt, dass eine wichtige Anforderung des Jobs darin besteht, simple und elegante Lösungen zu finden, die den mit jedem Projekt verbundenen komplexen Problemstellungen gerecht werden. Wenn ich diese Lösung vor mir sehe, kann ich beinahe hören, wie das ganze Gefüge einrastet und ein einheitliches Bild ergibt.

Aber bisher fügt sich nichts richtig zusammen. Unser Vater hatte ein Händchen für das Lösen von Problemen – deshalb war er in seinem Job so gut. Er hat immer gesagt, wir hätten diese Eigenschaft gemeinsam. Dadurch wurde es mir noch klarer: Selbst wenn er vor einem scheinbar unüberwindlichen Hindernis stand, war er zu stur zum Aufgeben. Er gab niemals auf, auch wenn er sich durch einen ganzen Berg von Problemen durcharbeiten musste.

Außerdem gab es noch einen anderen Grund, der ihn davon abgehalten hätte, sich etwas anzutun, egal in welcher Lage er sich befand. Seine Kinder. Und wenn er gegen seine Traurigkeit tatsächlich nicht angekommen wäre (wenn er dem, worunter er litt, nicht hätte beikommen können), hätte er uns Nachrichten hinterlassen, Erklärungen, Anweisungen. Er wäre nicht einfach so verschwunden.

»Nein«, sagt Sam. »Auf keinen Fall. Ich glaube es nicht. Wir haben es mit etwas anderem zu tun.«

Ich bin froh, dass er zum selben Schluss gekommen ist. Es erleichtert mich, dass wir beide darin übereinstimmen, dass, was immer geschehen sein mag, unser Vater sich nicht umgebracht hat.

Aber noch bevor die Erleichterung allzu groß wird, mache ich mir etwas anderes klar. Und diese mögliche Erklärung trifft mich hart. Wo sie bisher nur im Hintergrund lauerte, erscheint sie mir immer wahrscheinlicher. Bei jemandem, den ich weniger gut kenne, hätte ich sein seltsames Verhalten einer Depression zugeschrieben, einer Verstörtheit. Aber ich weiß, dass die Dinge bei meinem Vater nicht so einfach lagen.

Mein Vater war mit einer Situation konfrontiert, bei der er, vielleicht zum allerersten Mal, keinen Weg für sich sah.

DAS LATE-NIGHT SPECIAL IM HOLIDAY INN

Wir beschließen, ins The Ranch zu fahren.

In Windbreak oder bei Onkel Joe wollen wir beide nicht übernachten. Und die hundertvierzig Meilen bis Los Angeles sind zu weit, vor allem um diese Uhrzeit.

Um kurz nach neun biegen wir auf die lange, gepflasterte Zufahrt des Hotels. Ich fahre am Wachhaus vorbei zur Rezeption. An der Tür hängt ein unscheinbares Schild mit der Aufschrift WILLKOMMEN.

Sam steigt aus, um die Zimmerschlüssel zu holen. Ich bleibe am Steuer sitzen und starre auf das malerische, mit Laternen beleuchtete steinerne Haupthaus. Nichts an dem Gebäude lässt erahnen, was direkt dahinter liegt: achtundvierzig mit Weinreben bewachsene Cottages inmitten hügeliger Wanderwege und Gärten. Die Anlage erstreckt sich über großzügige zweihundert Hektar.

Nachdem mein Vater Hayes in Noone Properties and Resorts umbenannt hatte, eröffnete er The Ranch. Es war die Immobilie, mit der er die Neuorientierung der Firma einläutete, die nun keine kleine, regionale Hotelkette mehr war. Dieses Aushängeschild an der Westküste sollte zum Modell dafür werden, was seine Gäste in den zukünftigen Hotels zu erwarten hatten: luxuriösen Komfort und zukunftsweisendes Design. Darüber hinaus setzte er neue Maßstäbe, was die Möglichkeiten kleiner Hotels betraf. Nicht nur sollte jedes einzelne für sich stehen und eine Individualität verströmen, wie sie bislang für privat betriebene Hotels typisch war. Gleichzeitig orientierten sie sich an den globalen Standards, die in Häusern der dreifachen Größenordnung gepflegt wurden.

Als wäre das nicht genug, wollte er das bieten, was sich auch in den luxuriösesten großen Hotels nicht finden ließ: vollkommene, absolute Ungestörtheit. Keine Immobilie sollte mehr als fünfzig Zimmer haben, jedes Hotel war in erster Linie Rückzugsort und Zuflucht. Die Art Rückzugsort allerdings, bei der sämtliche Bedürfnisse der Gäste vorhergesehen und befriedigt wurden. Bei einem der wenigen Male, als wir darüber sprachen, beschrieb mein Vater es mir so: Er wollte den Gästen die Möglichkeit bieten, für eine Weile aus ihrem Leben zu verschwinden und jemand ganz anderes zu werden.

Im Moment wäre ich dankbar für diese Art von Aufenthalt. Was bedauerlicherweise nicht der Fall sein wird.

So wegweisend dieses Hotel auch für das Arbeitsleben meines Vaters gewesen sein mag (oder vielleicht gerade deswegen), ich bin erst zweimal hier gewesen – einmal mit meinen Eltern, kurz bevor sie mir gesagt haben, sie wollten sich scheiden lassen, und noch einmal zur Hochzeit meines Vaters mit seiner zweiten Frau Sylvia. Aus völlig unterschiedlichen Gründen lösten diese Besuche eine ähnliche Angst aus, wie ich sie jetzt spüre.

»Alles klar«, sagt Sam, als er zurück zum Auto kommt.

Er hat von unterwegs angerufen, sodass unsere Schlüssel schon bereitliegen. Es ist nur ein Cottage frei, das wir uns teilen müssen. Zum Glück hat es zwei Schlafzimmer. Letztlich können wir froh sein, überhaupt etwas bekommen zu haben, was nur dem Umstand zu verdanken ist, dass unser Cottage nach einem Kurzschluss vor wenigen Tagen immer noch ohne Strom ist.

Sam reicht mir den Lageplan, wir gehen zu Fuß. In den Eichen hängen weiße Lichter, die Pfade werden von magnolienfarbenen Lampen beleuchtet. Die frische Abendluft bringt mich zur Ruhe.

»Unter anderen Umständen wäre das ein Urlaub, den ich wirklich gebrauchen könnte«, sagt Sam.

Dann öffnet er die Tür. Und beeilt sich, das bessere Schlafzimmer für sich auszusuchen.

Ich bleibe im Eingangsbereich stehen und werfe einen Blick ins Wohnzimmer. Der Strom mag abgeschaltet sein, aber jemand hat das Kaminfeuer angezündet und überall Kerzen aufgestellt, sodass wir nicht im Stockdunkeln herumlaufen müssen. Der Geruch des Feuers und das warme Licht geben mir tatsächlich das Gefühl, an einem sicheren Zufluchtsort gelandet zu sein.

Das Cottage ist anders als das, in dem ich als Kind übernachtet habe, und anders als das, das ich von meinem Besuch bei der Hochzeit von Sylvia und meinem Vater kenne. Trotzdem herrscht dieselbe gemütliche, rustikale, von der Arts-and-Crafts-Bewegung inspirierte Atmosphäre. Ausstattung und Antiquitäten vermitteln einem das Gefühl, in einem Privathaus zu sein, nicht an einem von häufig wechselnden Gästen besuchten Ort.

Jetzt, als Erwachsene, verstehe ich es. Ich kann nachvollziehen, dass Menschen für eine Weile hier abtauchen wollen.

Ich schicke Jack eine Nachricht, damit er weiß, wo ich bin. Dass ich den Nachtflug doch nicht schaffe. Dann lege ich mein Handy auf den Beistelltisch und gehe ins Bad, um zu duschen und zum ersten Mal seit achtzehn Stunden frische Kleidung anzuziehen.

Als ich ins Wohnzimmer zurückkomme, sitzt Sam am Feuer. Er trägt einen Pullover und eine kurze Trainingshose, am Handgelenk ist die Orthese zu sehen. Vielleicht liegt es an dieser Kombination, jedenfalls sieht er wieder wie ein kleiner Junge aus, der gleich zu einem Spiel der Little League aufbricht und fast hinter seiner Sporttasche verschwindet.

Als ich mich ihm gegenüber aufs Sofa setze, nickt er in meine Richtung.

»Noch nichts von den Coopers«, sagt er.

»Ist das eine Frage?«

Er schüttelt den Kopf. »Eigentlich nicht. Ich hab in deinem Handy nachgeschaut, als du unter der Dusche warst.«

»Das habe ich lieber nicht gehört.«

Ich lehne mich in die weichen Kissen zurück, ziehe die Beine unter meinen Körper und bemerke erst jetzt die abgedeckten Tabletts auf dem Couchtisch.

»Was ist das alles?«

»Ich habe uns Abendessen bestellt, während du geduscht hast«, sagt er und nimmt die Deckel von den Tabletts. »Sandwiches mit Salat und Tomaten. Und Bier.«

Ich schaue auf das Tablett hinunter und kann meine Überraschung nicht verbergen. Genau solche Sandwiches hat mein Vater früher für mich gemacht – für mich und Sam, bei den wenigen Gelegenheiten, wenn Sam und ich gleichzeitig in der Wohnung unseres Vaters waren. Mag sein, dass die Kombination etwas seltsam klingt, aber als Kind habe ich es geliebt. Jedenfalls so, wie mein Vater sie für mich zubereitet hat (und, zufälligerweise, seine Mutter für ihn): dicke Tomatenscheiben auf in der Pfanne geröstetem Landbrot, knackiger Romanasalat, Mayonnaise und Salzflocken.

»Das war mein Lieblingssandwich als Kind.«

»Ich weiß, deshalb hab ich es ja bestellt«, sagt er. »Ich trinke nur das Bier.«

Es ist so lieb von ihm – lieb und überraschend –, dass er sich daran erinnert und es für mich bestellt hat. Für einen Moment weiß ich nicht, wie ich reagieren soll.

»Ich kann nicht glauben, dass du das noch weißt.«

»Wie hätte ich es vergessen können? Du und Dad mochtet beide das langweiligste Sandwich der Welt«, sagt er. »Du lässt dir die Hälfte entgehen. Wo ist der Bacon? Wo ist der Truthahn?«

Ich grinse ihn an. »Dad hat immer behauptet, dass Grandma

sich so etwas nicht leisten konnte«, sage ich. »Deswegen wurde er richtig gut darin, ein Sandwich ohne all das zu machen.«

»Schöne Geschichte«, sagt Sam. »Trotzdem solltest du es mal mit einem Cheeseburger versuchen.«

Ich greife nach einem Sandwich, beuge mich zum Abbeißen ein Stück vor und schließe die Augen, um es richtig genießen zu können. Die erste pure Freude an diesem verrückten Tag. Das perfekte Sandwich: eine ideale Mischung aus knusprig, salzig und süß. Nichts kann damit konkurrieren.

Sam nimmt sich eine Handvoll Pommes mit Zwiebeln, die der Zimmerservice dazugeliefert hat. Dann öffnet er eine Bierdose und lehnt sich zurück.

»Ich habe nachgedacht«, sagt er. »Siehst du irgendeinen Sinn darin, es morgen noch einmal bei Joe zu probieren?«

»Ich glaube nicht, dass er uns etwas anderes erzählt«, sage ich. »Was immer er weiß, will er für sich behalten.«

»Ja, das glaube ich auch.«

Ich versuche weiterhin, den tieferen Sinn zu entdecken. Will Onkel Joe meinen Vater schützen? Oder schützt er sich selbst? So etwas über Dads langjährigen besten Freund zu denken, ist verunsichernd. Niemand sonst hat meinem Vater so nahegestanden, jedenfalls nicht in seinem geschäftlichen Umfeld. Mit Ausnahme von Grace vielleicht oder dem Chefjustiziar meines Vaters. Bevor mir sein Name einfällt, sehe ich sein Gesicht vor mir: eisblaue Augen, zurückgegelte Haare. Er hat nicht so lange für meinen Vater gearbeitet wie Grace und Joe, war aber trotzdem lange dabei. Ganz sicher lange genug, um Dinge zu wissen, von denen wir nichts ahnen.

Jonathan. So heißt er. Wahrscheinlich würde das Anwaltsgeheimnis jedem Gespräch mit ihm ein Ende setzen, bevor es überhaupt richtig angefangen hat, aber bei Grace hätte es vielleicht anders ausgesehen.

»Ich habe oft über Grace nachgedacht, seit sie gestorben ist«, sage ich. »Ich weiß nicht. Schade, dass sie nicht hier ist. Ich behaupte nicht, dass sie zwangsläufig den Durchblick hätte, aber ich wette, sie würde uns helfen, wenn sie könnte …«

»Ich glaube, da überschätzt du sie. Ich mochte Grace, aber als besonders entgegenkommend habe ich sie nicht in Erinnerung.«

»Das habe ich anders wahrgenommen.«

»Sowenig ich eure Begegnungen relativieren möchte, hätte ich doch meine Zweifel, ob sie überhaupt mit uns sprechen würde. Wenn sie noch könnte, meine ich.«

Ich glaube, in diesem Punkt liegt er daneben. Ich habe Grace zwar nicht oft gesehen, aber im Laufe der Jahre doch hin und wieder. Mir gegenüber war sie immer offen. Während ich noch überlege, ob ich Sam widersprechen soll, vibriert mein Telefon. Ich nehme es vom Tisch. Auf dem Display wird Morgan als Anruferin angezeigt, Sams Verlobte.

Ich halte das Gerät hoch, damit Sam es sehen kann.

»Geh nicht dran«, sagt er. »Sie will bloß mit mir sprechen.«

»Woher weißt du das?«

»Weil ich sie schon achtmal auf die Mailbox hab sprechen lassen.«

»Egal, was zwischen euch los ist, ich will da nicht reingezogen werden.«

»Deswegen sage ich ja, du sollst nicht drangehen.«

Ich schalte das Telefon stumm, lege es wieder weg und sehe Sam zu, wie er die zweite Dose öffnet.

»Was ist los, Sam?«

»Was meinst du?«

»Wer ist die andere Frau?«

»Morgan.«

»Nein. Die andere Frau.«

»Morgan ist die andere Frau«, sagt er.

Verwirrt schaue ich ihn an. »Da komme ich jetzt nicht mit.«

»Ich war schon ziemlich lange mit jemandem zusammen, bevor ich Morgan kennengelernt habe. Sie hieß Taylor. *Heißt* Taylor. Wir haben uns vor neun Monaten getrennt …«

»Was ist passiert?«

»Offenbar hatte sie Zweifel, ob ich es ernst meine.«

»Also hast du dich mit Morgan verlobt, um zu demonstrieren, dass du in der Lage bist, eine Beziehung ernst zu meinen?«

»Na ja, wenn du es so formulierst …«

Ich weiß, dass er sich locker geben will, aber ich sehe, dass er nicht locker ist. Was auch für mich gilt. Im Gegenteil. All die Fragen über meinen Vater nagen an mir. Sie nagen auf die Art und Weise, wie es typisch ist, wenn man kurz vor der Entdeckung steht, dass alles noch schlimmer ist als gedacht.

Sam öffnet ein weiteres Bier und reicht es mir. Ich nehme einen kräftigen Schluck.

»Dad hat gesagt, du willst auch heiraten?«

»Das will ich.«

»Und bist du glücklich damit?«

»Sehr«, sage ich.

Es erleichtert mich, dass die Antwort wie aus der Pistole geschossen kommt. Diese Erleichterung sollte eigentlich nicht nötig sein, aber sie erinnert mich auf angenehme Weise daran, dass meine grundlegende Sicherheit in Bezug auf Jack noch da ist.

»Was ist aus dem Typen geworden, mit dem du vorher zusammen warst? Der mit dem Kind. Er war Tierarzt, oder?«

»Kinderkardiologe.«

»Hunde, Kinder. Beide laufen auf allen vieren.«

Ich grinse.

»Elliot, stimmt's? Er wirkte … stolz auf sich selbst.«

Sie sind sich ein einziges Mal begegnet. Durch Zufall. Sam kam zu Besuch bei meinem Vater, als Elliot und ich gerade auf dem Weg nach draußen waren.

»Warum fragst du nach ihm?«

»Er hat angerufen, als du unter der Dusche warst.« Er hebt zwei Finger. »Zweimal.«

»Es ist nicht so, wie du denkst.«

Er zuckt die Achseln. »Ich denke nur, dass er zweimal angerufen hat.«

Ich will nicht darüber nachdenken, dass Elliot zweimal angerufen hat. Ich will mich nicht mit dem beschäftigen, was nicht von der Hand zu weisen ist: Elliot sollte mich nicht anrufen und ganz sicher nicht so, wie er es tut. Ich räume das Essen beiseite, um mich auf die Tischkante setzen zu können, die Kante auf Sams Seite. Sodass wir uns auf Augenhöhe begegnen.

»Sam, ich will mich wirklich nicht einmischen«, sage ich. »In deine Beziehung zu Morgan, meine ich. Aber neun Monate, um sich kennenzulernen, sich zu verloben und nach Brooklyn zu ziehen, ist ziemlich kurz.«

»Wie sagt man so schön: Wenn man sicher ist, ist man sicher.«

»Bist du denn sicher? Denn eigentlich hast du gerade genau das Gegenteil gesagt.«

»Was ich gesagt habe, ist, dass du besser nicht ans Telefon gehst.« Dann räuspert er sich und trinkt noch einen Schluck Bier. »Und nur fürs Protokoll: Ich hätte kein Problem damit, wenn du es tätest ...«

»Wenn ich was täte?«

»Dich einmischen«, sagt er. »Langsam fühlt es sich an, als könnte ich ein bisschen Hilfe gebrauchen.«

Er klingt so ernsthaft, dass ich etwas überrumpelt bin. Ich weiß nicht, ob der Tod unseres Vaters Sams Verletzlichkeit und Emotionalität hervorgebracht hat oder ob sie schon immer da waren. So oder so fühlt es sich an, als hätte sich bei ihm etwas verändert. Massiv verändert. Er tut jetzt genau das Gegenteil von dem, wie ich ihn früher erlebt habe. Er zeigt sich mir gegenüber bedürftig.

Ich spüre das spontane und mächtige Bedürfnis, ihm entgegenzukommen und ihn zu beschützen.

Ich beuge mich ein Stück vor. »Hattest du gehofft, dieses Gespräch würde an den Punkt führen, wo wir einsehen, dass wir im selben Boot sitzen?«

»Von welchem Boot sprichst du?«

»Dem sinkenden.«

Er lacht. »Dann ja.«

Er zieht am Klettverschluss seiner Orthese, nimmt sie ab, streckt die befreiten Finger und lässt sie kreisen. Dehnt die Handfläche.

»Weißt du, es wäre gar nicht schlecht für mich gewesen, wenn wir als Kinder mehr Zeit miteinander verbracht hätten«, sage ich. »Ich wünschte, Dad hätte uns nicht …«

»Voneinander ferngehalten?«

Ich nicke. Er weiß so gut wie ich, dass es für meinen Vater das Beste war, auf diese Art für uns da zu sein. So konnte er sich leichter auf jeden von uns konzentrieren. Ohne die komplizierte Aufgabe, uns alle zusammenzubringen. Auch wenn er bei dem Versuch, alle glücklich zu machen, oftmals jemanden enttäuschte. Diesen Aspekt habe ich begriffen und weitgehend akzeptiert, denn mir ist auch klar, dass er in seinem Beharren, sich jedem von uns nur von seiner besten Seite zu zeigen, sich selbst wahrscheinlich am meisten aus den Augen verloren hat.

Aber es gibt noch einen anderen Aspekt, der mir nach und nach dämmert: Vielleicht hat er uns Kinder auch deshalb voneinander getrennt gehalten, weil wir, wenn wir unser jeweiliges Eckchen verlassen hätten, miteinander geredet hätten. Und weil dabei etwas ans Licht gekommen wäre, dem er sich nicht stellen wollte – oder etwas, das seine Kinder nicht sehen sollten. Den Teil von ihm, an dem er niemanden teilhaben lassen wollte.

»Ich glaube, es ging eher um ihn selbst als um uns«, sage ich. »Was es natürlich nicht besser macht.«

Er sieht auf und begegnet meinem Blick. »Wann kommen wir an die Stelle, wo du mir sagst, was ich tun soll?«

»Ich kann dir nicht sagen, was du tun sollst, Sam.«

»Dann ist es vielleicht okay, dass Dad uns getrennt gehalten hat.«

* * *

Kurz nach zwei Uhr morgens stehe ich aus dem Bett auf.

Ich nehme meine Decke und setze mich auf die kleine Terrasse. Der Mond scheint hell, der Himmel ist wolkenlos, sodass ich über die Hügel hinweg bis zum glitzernden Pazifik in der Ferne sehen kann.

Mit dem Handy mache ich ein Foto und stelle auf das Schimmern des entfernten Ozeans scharf. Bläuliche Linien ziehen sich durch die untere Hälfte des Bildausschnitts.

Meine Professorin an der Graduate School, deren Haus ich jetzt besitze, hat mal ein Seminar über Neuroarchitektur angeboten. Ihre Einleitung zur ersten Sitzung klingt heute noch in mir nach. Sie hat darüber gesprochen, wie Gebäude die Menschen kränker machen können. Oder aber zu ihrer Genesung beitragen. Dann schrieb sie eine Frage an die Tafel, eine Frage, die sie sich zu Beginn der Konzeptphase jedes Mal stellte, um das Wesentliche nicht aus den Augen zu verlieren: Wo kommt die Freude ins Spiel?

Für mich selbst steht dabei immer das Licht im Zentrum (oder der Winkel, in dem das Licht einfällt). Ich versuche, es bei der Konstruktion jedes Raums zu berücksichtigen. Natürlich hatte ich mit dem Entwurf dieses Cottages hier nichts zu tun, aber ich genieße die Vorstellung, dass es um genau diesen Sitzplatz, um genau diese Aussicht herum gebaut wurde. Und genau für den Moment, in dem jemand diese Aussicht braucht.

Denn ich frage mich immer wieder, was passiert, wenn jemand sein Zentrum verliert. Seit meine Eltern gestorben sind, fühlt es sich für mich so an. Als wäre dieses Zentrum – wie ein bestimmter Lichteinfall, wie ein Sicherheit schenkendes Gebet – ganz einfach verschwunden. Ich finde es nicht wieder. Ich bin nicht mal sicher, ob es noch existiert.

Ich denke an Sams Frage nach Jack. An meine beruhigende und ehrliche Antwort. Ja, ich will ihn heiraten. Ich will mit ihm zusammen sein und ihn weiter lieben. Aber was ist, wenn das stimmt und ich gegen den anderen Teil trotzdem nichts tun kann? Den Teil, der mich von ihm trennt – meine Trauer mit all ihrem Schmerz – und der eine unsichtbare Wand errichtet, über die ich nicht hinwegklettern kann. Zu ihm. Zu *uns*.

Ich schaue auf mein Handy und konzentriere mich auf das Foto, den Lichtstreifen – die weiche, sanfte Schönheit.

Wahrscheinlich steht Jack in ein, zwei Stunden auf und macht sich auf den Weg zum Restaurant, um mit den morgendlichen Vorbereitungen zu beginnen. Ich möchte ihn anrufen, möchte unser unterbrochenes Gespräch fortsetzen. Aber was soll ich sagen, wie es mir geht? Er wird eine richtige Antwort hören wollen. *Es geht mir gut. Ich bin einsam. Jedes Mal, wenn ich deine Stimme höre, frage ich mich ängstlich, wie und wann ich auch dich verliere.*

Also rufe ich lieber nicht an. Ich schicke eine Textnachricht und das Foto.

Dann schalte ich mein Handy aus und beschließe, mich ein bisschen zu bewegen.

* * *

Ich spaziere über das Gelände. Selbst wenn man die nächtliche Stunde berücksichtigt, ist es auf unheimliche Weise still. Weit und breit ist kein Mensch zu sehen. Ich gehe an den Landschaftsgärten und Zitronenhainen vorbei, um einen Seerosenteich herum. In den knorrigen Eichen hängende Laternen weisen mir den Weg.

Am Ende lande ich bei der Rezeption, dem einzigen erleuchteten Gebäude.

Der Rezeptionist sitzt in Button-down-Hemd und Hose hinter dem Empfangstresen. Er nickt mir zu, als ich in den Aufenthaltsraum gehe. Dort ist das Licht gedämpft, nichts ist zu hören. Im steinernen Kamin brennt ein Feuer.

An der Wand über dem Kamin hängen gerahmte Fotos. Gerahmte Artikel über das Hotel. Jede Immobilie meines Vaters hat diesen Bereich, der sich der Geschichte des Hauses widmet und eine mythologische Erzählung darüber entwirft, was es besonders und einzigartig macht.

Ich fange an, diese Artikel zu lesen, und konzentriere mich auf eine Titelgeschichte der *Santa Barbara News-Press*, die über den Verkauf von The Ranch an meinen Vater berichtet. Er hatte das Land von Zitrusfarmern gekauft, die jährlich im Durchschnitt fünfhunderttausend Zitronen und Orangen ernteten. Mein Vater wandelte das Gelände in ein Boutiquehotel um und versprach, den größten Teil der Anbaufläche zu erhalten.

Ich gehe weiter an der Wand entlang und entdecke ein Foto von mir als Sechsjähriger. Mein Vater trägt mich auf den Schultern und steht fast genau dort, wo ich jetzt stehe. Es war mein erster Besuch hier. Kurz vor der Trennung meiner Eltern. Meine Mutter war nicht auf dem Foto. Vielleicht wusste sie schon Bescheid.

»Sie haben sich nicht verändert«, sagt er.

Ich drehe mich um und sehe, dass der Rezeptionist aufgestanden ist und auf mich zukommt.

»Wie bitte?«

Er deutet auf die Wand mit dem Foto von mir. »Sie sehen noch genauso aus wie als Kind.«

»Finden Sie?«

Ich drehe mich wieder um und betrachte das Foto. Der Mann tritt neben mich, die Hände in den Taschen.

»Ihr Vater hat mir von Ihnen erzählt. Von Ihnen und Ihren Brüdern. Wenn er im Weinkeller zu Abend gegessen hatte, kam er oft rüber, dann haben wir Karten gespielt.«

»Welches Spiel?«

»Gin Rummy. Manchmal auch Poker, aber nur um Salzstangen.«

Ich lächele ihm zu. Wie seltsam – und wie nett –, jetzt davon zu erfahren. Mir vorzustellen, wie mein Vater hier mitten in der Nacht gesessen hat.

»Wie heißen Sie?«, frage ich.

»Carmen.«

»Und Sie arbeiten schon lange hier?«

»Sehr lange, ja.« Er deutet auf das Foto. »Ihr Vater war ein ziemlich guter Arbeitgeber.«

»Das höre ich nicht oft.«

»Klar, er konnte hart sein. Im Laufe der Jahre hab ich etliche Leute gesehen, die gefeuert wurden, weil sie ihren Job nicht ernst genommen haben«, sagt er. »Aber das machte er von Anfang an klar. Und er behandelte einen nicht von oben herab. Ich weiß noch, wie wir einmal abends Karten gespielt haben und die Toilette überlief. Der Klempner brauchte ziemlich lange, um herzukommen. Also holte er sich eine Spirale und reinigte den verdammten Abfluss selbst. Als er rauskam, war er voller Toilettenwasser und roch ein bisschen nach Scheiße. Er musste sich ein Hemd leihen, damit wir das Spiel zu Ende bringen konnten.«

»Das ist ja ekelhaft.« Ich lache leise.

»Ja, schon. Aber so war er halt. Soweit ich es beurteilen kann, war er ziemlich großzügig. Und anständig. Man musste hart arbeiten, um sich seinen Respekt zu verdienen. Aber wenn man den hatte, tat er alles für einen.«

»Was meinen Sie damit?«

»Meine Frau hatte vor einigen Jahren eine ziemlich komplizierte

Schwangerschaft. Er hat mir neun Monate bezahlten Urlaub gegeben, damit ich zu Hause bei den Babys bleiben konnte.«

Er zieht sein Handy aus der Tasche und scrollt durch seine Fotos. »Sie sind gerade drei geworden«, sagt er. »Aber am Anfang waren sie richtig winzig, sechzehnhundert Gramm. Er hat mir immer wieder gesagt, dass alles gut wird. Dann hat er mir Fotos von Ihren Brüdern gezeigt. Wie klein sie waren und was aus ihnen geworden ist.«

Er streckt mir das Gerät entgegen, um mir zu zeigen, wie groß und kräftig die Zwillinge – seine Töchter – inzwischen sind.

Ich nehme das Gerät und sehe mir die Mädchen an, die so süß sind – mehr als süß – und so glücklich wirken. Dann wische ich zu anderen Fotos von ihnen. Anderen Ausschnitten seiner Geschichte.

Ich male mir aus, wie mein Vater hier gestanden und ihm meine Brüder gezeigt hat. Seine eigene Geschichte. Die zeigen wir alle gern, oder? Wie Beweisfotos: Wir haben ihnen geholfen zu überleben. Sie werden überleben.

In diesem Moment begreife ich.

Ich beginne zu zittern, immer noch mit seinem Telefon in der Hand.

»Was ist los?«, fragt er. Denn meine wachsende Unruhe muss mir vom Gesicht abzulesen sein.

»Vielleicht nichts«, sage ich.

Aber ich reiche ihm das Handy, verabschiede mich und laufe zurück zum Cottage.

Im Wohnzimmerschrank finde ich eine Taschenlampe, mit deren Hilfe ich den Polizeibericht durchgehe, um zu prüfen, ob ich recht habe.

Dann gehe ich schnurstracks in Sams Zimmer und rüttele ihn wach. »Wo ist sein Handy?«, frage ich.

Er reibt sich die Augen. »Was? Wovon redest du?«

Ich halte den Polizeibericht hoch.

»In seiner Tasche sind sein Portemonnaie, eine Brille und ein Stift gefunden worden. Aber kein Handy«, sage ich. »Warum hatte er das nicht bei sich?«

»Weiß ich doch nicht ...«

»An dem Abend hat er Cece angerufen, stimmt's? So viel wissen wir. Wir wissen also, dass er es dabeihatte. Hast du es in Windbreak irgendwo entdeckt?«

»Nein ... In seinem Büro hab ich es jedenfalls nicht gesehen. Wir können Clark bitten, noch einmal nachzuschauen, aber ich glaube nicht, dass es da war.«

»Möglichweise ist es am Strand fortgeschwemmt worden«, sage ich. »Oder beim Sturz gegen die Klippe geschleudert worden.«

Er setzt sich auf und denkt nach. »Oder jemand hat es an sich genommen.«

Ich schaue noch einmal auf den Polizeibericht, dann wieder zu meinem Bruder. Die Sache, die schon die ganze Zeit im Hintergrund gelauert hat, rückt ein wenig näher ans Licht. Die Sache, die ich durchblicken muss, wenn wir vom Fleck kommen wollen.

»Vielleicht liegst du nicht ganz falsch«, sage ich.

»Natürlich nicht. Womit denn?«

»Du sagst immer wieder, dass Dad die Firma niemals verkauft hätte. Dass er niemals mit dem Entschluss aufgewacht wäre, plötzlich zu verkaufen ...«

»Das klingt jetzt nicht nach dem Punkt, mit dem ich recht hatte.«

Ich ignoriere seine Bemerkung.

»Wir haben alles von der falschen Seite aus betrachtet«, sage ich.

»Okay ...?«

»Was, wenn es nicht seine freie Entscheidung war? Wenn Dad aus irgendeinem Grund gezwungen war, die Firma zu verkaufen?«

Verwirrt schüttelt er den Kopf. »Wodurch gezwungen?«, fragt er. »Die Firma lief großartig. Das tut sie immer noch.«

»Wäre es nicht trotzdem möglich, dass irgendetwas lief, wovon du nichts wusstest? Das ihn ganz plötzlich zum Ausstieg zwang? Es wäre eine mögliche Erklärung für Dads Abwesenheit in letzter Zeit. Dafür, dass er so neben der Spur zu sein schien.«

Er schaut mich an. »Zum Beispiel?«

»Ich weiß noch nicht. Aber ich habe das Gefühl, dass wir all diesen Leuten nicht trauen können, mit denen wir über ihn sprechen.«

»Vorsicht, jetzt klingst du langsam wie ich.«

»Na ja. Onkel Joe, Cece, Detective O'Brien. Es kommt mir vor, als würden sie alle ihre eigenen Ziele verfolgen und uns nur ein kleines Stück des Puzzles zeigen. Damit wir das Bild nicht zusammensetzen können. Da bin ich inzwischen sicher.« Nach einer Pause füge ich hinzu: »Mit ihnen zu reden, bringt uns der Lösung nicht näher.«

»Okay. Mit wem sollen wir stattdessen reden?«

Ich muss an Carmen denken. An die Fotos meines Vaters an der Wand. Er hat sich immer auf dieselbe Weise dargestellt: clever und motiviert und solide. Er hat sich von seiner besten Seite gezeigt. Das ist auch das einzige Bild, das er mir von sich vermittelt hat – in den Bruchstücken, den Ausschnitten, die er mich hat sehen lassen. Aber was wollte er mir nicht zeigen? Was wollte er keinem seiner Kinder zeigen? Und warum?

»Nora? Mit wem sollten wir reden?«

»Mit Dad«, sage ich.

TEIL II

Architektur tritt zum ersten Mal in Erscheinung, wenn Sonnenlicht auf eine Wand fällt. Bevor es auf die Wand traf, wusste das Sonnenlicht nicht, was es ist.

Louis Kahn

NICHT ALLE REISEN BRINGEN DICH NACH HAUSE

Irgendwo über Colorado schmieden wir einen Plan.

Ich lege das Testament meines Vaters und den Polizeibericht auf unsere Klapptischchen, Sam fährt seinen Laptop hoch. Er dreht den Monitor so, dass ich ihn auch sehen kann.

»In der Firma gibt es eine Menge gemeinsam genutzte Dateien, sodass ich auch von hier aus auf manches zugreifen kann. Siehst du? Die Kalender und Terminpläne werden von allen genutzt. Dadurch habe ich von den Treffen mit den Anwälten erfahren.« Er zeigt auf ein Datum auf seinem Monitor. »Hier ist Inez' Event vom letzten Monat eingetragen …«

»Dann waren Dads sämtliche Termine hier einsehbar?«

»Nicht alle, aber viele. Sicher alles, was mit wichtigen Vorgängen bei Noone zu tun hatte«, sagt er. »Aber auf seinem Computer müsste sich eine vollständige Liste finden.«

Ich deute auf Sams Laptop. »Hatte Dad auch so einen?«

»Ja. Alle leitenden Angestellten haben einen.«

»Steht er in seinem Büro?«

»Wahrscheinlich«, sagt Sam. »In Windbreak war er jedenfalls nicht. Ich habe in seinem Arbeitszimmer gesucht. Und Clark hat noch einmal nachgeschaut.«

Er klickt sich durch seine aktuellsten iMessages. Clark hat mehrere Fotos geschickt, die er im Arbeitszimmer unseres Vaters in Windbreak aufgenommen hat. Dazu eine detaillierte Liste all dessen, was sich noch in seinem Schreibtisch und in den Regalen befindet. Er bestätigt, was wir schon befürchtet haben: Das Handy unseres Vaters ist auch nicht in Windbreak.

»Nehmen wir mal an, wir finden sein Telefon nicht doch noch«, sage ich. »Was ist der aussichtsreichste Ort für eine Suche nach dem Back-up? Kann es auf einem Server der Firma liegen? Oder auf seinem Bürocomputer?«

Sam schüttelt den Kopf. »Ich weiß nicht. Wenn es auf einem Firmenserver läge, könnte ich von hier aus darauf zugreifen, aber das kann ich nicht.«

»Wer außer ihm hatte Zugriff auf seine Daten?«

»Auf den persönlichen Laptop? Onkel Joe wahrscheinlich. Aber wie wir gesehen haben, landen wir bei ihm in der Sackgasse.«

Ich nicke und gehe im Geist Dads inneren Kreis durch, seine engsten Berater: Joe, der den Mund nicht aufmacht, zumindest uns gegenüber; Grace, die nicht mehr da ist. Wieder muss ich an den Chefjustiziar denken. Jonathan hat nicht so lange für meinen Vater gearbeitet wie Grace und Joe, aber sicher lange genug, um Informationen zu besitzen, an die wir nicht herankommen.

»Was ist mit Jonathan?«

Sam schüttelt den Kopf. »Verschlossen wie ein Tresor.«

»Warum? Das Anwaltsgeheimnis?«

»Zum Teil. Außerdem blockt er sämtliche Fragen nach Dad mit dem Hinweis ab, es gebe nichts zu wissen, was ich nicht schon wüsste …«

»Sehr hilfreich.«

»Sag ich doch.«

Er zuckt die Achseln und wendet sich wieder seinem Laptop zu.

»Er ist Anwalt, und zwar ein guter. Wenn er etwas Heikles wüsste, würde er nicht damit herausrücken. Ich meine, am Tag nach Dads Tod hat er ein neues Schloss in die Tür von Dads Büro einbauen lassen, für das nur sehr wenige Leute einen Schlüssel haben.«

»Ist das nicht ein bisschen paranoid?«

»Jonathan ist paranoid. Deshalb ist er so gut in seinem Job.«

Auf dem Polizeibericht mache ich eine Notiz über das Handy und den Computer meines Vaters.

»Könnte Tommy uns bei Jonathan irgendwie helfen?«, frage ich.

»Warum sollte er das tun?«

»Ich weiß nicht. Sie sind beide Anwälte. Vielleicht tun sie sich leichter miteinander. Wie steht Jonathan zu Tommy?«

»Wie steht irgendwer zu Tommy?«

Ich schaue ihn an. »Okay, mir reicht's jetzt mit deinen nebulösen Andeutungen. Was ist los zwischen euch beiden?«

»Er ist bei einem Bauprojekt in der Provinz. Wir stehen kurz vor der Fertigstellung einer neuen Immobilie im Columbia County.«

»Das hab ich nicht gefragt.«

Er antwortet nicht. Er sieht nicht mal in meine Richtung.

»Warum gibt es in dieser Familie so viele Geheimnisse?«

»Ich weiß nicht«, sagt er. »Man wiederholt, was man kennt.«

»Was soll das bedeuten?«

Sam wendet sich wieder seinem Laptop zu. »Das alles hat nicht mit uns angefangen.«

VOR 43 JAHREN

»Ich will nicht mehr darüber reden«, sagte Cory. »Es gibt nichts mehr zu sagen.«

»Warum nicht?«

»Du arbeitest hundert Stunden pro Woche. Du wirst mich nicht mal vermissen.«

»Ich vermisse dich jetzt schon. Dabei bist du noch hier.«

Sie schlenderten durch den Strand Bookstore, Cory betrachtete den Tisch mit den Neuerscheinungen. Sie blätterte Bücher durch, versuchte, ihn und das Gespräch zu ignorieren, von dem Liam wusste, dass sie es nicht führen wollte.

Mit seiner Arbeitsbelastung hatte sie recht. Er war seit drei Monaten bei Hayes und hatte mehr Stunden gearbeitet als die meisten Leute im ganzen Jahr. Niemand verstand, warum er den Job überhaupt angenommen hatte.

Er hatte im Sommer bei Bain Consulting gearbeitet, und alle rechneten damit, dass er dort eine feste Stelle annehmen würde. Mit allen damit verbundenen Vorteilen: eine Mietwohnung in Midtown Manhattan, ein sechsstelliges Einstiegsgehalt. Aber Liam hatte sich bei Bain um ein Projekt gekümmert, das seine Ambitionen in ganz neue Bahnen gelenkt hatte. Er sollte eine große Hotelkette mit Drei- und Vier-Sterne-Häusern in der ganzen Welt analysieren, insgesamt mehr als zwölfhundert Immobilien. Seine Aufgabe bestand im Aufspüren von Einsparmöglichkeiten, darin, Vorschläge zum Abbau überflüssiger Stellen und zum Verkauf beziehungsweise Neuerwerb einzelner Immobilien zu erarbeiten, mit dem Ziel, effizienter zu wirtschaften. Effizienter im Sinne von billiger, nicht notwendigerweise besser.

Bei dieser Arbeit verliebte er sich in die Branche, sein Plan wurde konkreter. Auch wenn ihm die konkrete Ausgestaltung längst nicht klar war, würde Liam alles dafür tun, um genau das Gegenteil dieser Haltung in die Praxis umzusetzen.

»Komm schon, Cory, du kannst mir nicht erzählen, dass es in New York keine guten Programme für Schriftsteller gibt«, sagte er.

Cory griff nach einem Exemplar von *Das Hotel New Hampshire* und legte es auf den kleinen Stapel, den sie schon in den Armen hielt, darunter auch ein neues Exemplar von *Barfuß im Park*. Ihr eigenes hatte sie, wie viele andere Stücke von Neil Simon, Liam geschenkt. Neil Simon war einer ihrer Lieblingsautoren.

»Die University of Southern California hat eins der besten Programme für Schriftsteller im ganzen Land«, sagte sie. »Ich bekomme ein Vollstipendium und kann mich komplett aufs Schreiben konzentrieren. Kein Kellnern, kein Babysitten.«

»Das hast du schon erwähnt.«

»Und es ist nur für ein Jahr«, fügte sie hinzu.

»Dann ist Zeit nur ein Konstrukt?«

»Warum machst du so eine große Sache daraus?«

»Deshalb. Es wäre nicht nur für ein Jahr.«

»Wie kommst du darauf?«

»Weil niemand so blöd wäre, dich gehen zu lassen.«

Sie ignorierte die Bemerkung und stöberte weiter in den Büchern herum. Er trat näher, legte ihr die Arme um die Schultern und zog sie an sich.

»Cory …«

»Würdest du dich bitte schon mal in die Schlange an der Kasse stellen, während ich hier zu Ende suche? Ich will wirklich nicht, dass wir zu spät ins Kino kommen. Indiana wartet mit der Rettung der Bundeslade nicht, bis wir kommen.«

»Und wenn wir heiraten?«

»Heiraten?«

Sie lachte. Sie lachte so laut, dass die Frau auf der anderen Seite des Tisches erschreckt zurückwich.

»Was ist daran so lustig?«

»Tut mir leid«, sagte sie leise zu der Frau. Dann lehnte sie sich dichter an Liam heran. »Bitte. Das Heiraten hat meine Eltern nicht gerettet und wird auch uns nicht retten.«

»Was würde uns denn retten?«

»Wer sagt, dass wir gerettet werden müssen?«

»Ich will mit dir zusammen sein.«

»Das bist du doch. Und ich mit dir. In der Weise, auf die es ankommt.«

»Du liebe Güte. Jetzt geht das wieder los.«

»Wir sind Zeugen des Lebens des jeweils anderen«, sagte sie. »So war es abgemacht.«

»Ich wünschte, ich hätte dir dieses Gedicht nie gezeigt …«

»… Kein Annähern und Zurückweichen, keine Versprechen, die jemand brechen müsste. Nur Menschen, die sich kennen. Die sich lieben. Die sich sehen. Beste Freunde. Geliebte. Egal wie du es nennst oder nicht, einfach so, wie es immer zwischen uns war. Nicht so, dass wir uns verlieren können.«

»Warum schließt eine Heirat das aus?«

»Tut es nicht. Nicht für alle. Aber wenn ich mir manche Leute anschaue, würde es sie ruinieren. Du bist noch nicht so weit. Du bist nicht mal annähernd bereit für eine Ehe, wie ich sie will. Und meiner überschaubaren Erfahrung nach …«

»Könntest du aufhören, mir ständig mit deiner Erfahrung zu kommen?«

Sie lächelte ihn an. »Ich glaube, man kann versuchen, eine Verbindung mit juristischen Papieren und Versprechen zu fixieren. Es liegt in der Natur des Menschen, sich diese Art von Sicherheit zu wünschen. So wie es in seiner Natur liegt, dann dagegen anzukämpfen. Weil es um diese Dinge geht, aber auch um vieles andere. Und wir haben das Glück, dieses Viele zu haben.«

»Du machst es kompliziert«, sagte er.

»Du machst es kompliziert«, sagte sie. »Ich bin nur vorsichtig. Falls wir zum Heiraten bestimmt sind, können wir das später noch tun. Du weißt so gut wie ich, dass es nicht funktionieren würde, wenn wir es jetzt täten.«

»Warum nicht?«

»Zum Beispiel, weil ich zum Studium an eine dreitausend Meilen entfernte Hochschule gehe.«

»Vielleicht.«

»Auf jeden Fall«, sagte sie. »Aber abgesehen davon hätte ich das alles nicht mehr. Das Gute.«

»Was ist das Gute?«

»Du.«

Sie sah ihn mit so viel Liebe an, mit so viel Verständnis, dass er ihr für einen kurzen, strahlenden Moment glaubte.

Wie sagte Cory so gern? Vertrauen ist, wem du deine Geschichten erzählst. Wenn er nie aufhörte, ihren zuzuhören, würde sie dann irgendwann darauf vertrauen, dass er tatsächlich nichts anderes wollte, als hier (bei ihr) zu sein? Dass er sich bei ihr niemals in der Falle fühlen würde? Dass das Zusammensein mit ihr ihn im Gegenteil frei machen würde?

»Und wenn ich dir sage, dass ich einen Ring habe?«

»Du hast einen Ring?«

Er nickte. Der Ring steckte in seiner Tasche. Er steckte oft in seiner Tasche. Ein simpler Ring, nichts zum Protzen, aber das, was er ihr bieten konnte. Sein Beweis, dass er wissen würde, wie er es lebendig halten würde. Wie er ihre Beziehung lebendig halten würde.

»Ich würde dir sagen, dass ich keinen Ring brauche. Und wenn du mich drängen würdest, würde ich dich daran erinnern, wie schrecklich es wäre, mit dir verheiratet zu sein.«

»Na, herzlichen Dank.«

»Bitte schön.«

Er küsste ihren Hals, seine Hand lag auf ihrem Kopf. »Also … Wirst du darüber nachdenken?«

Sie lachte und drückte ihre Wange fest an sein Gesicht. »Frag mich noch mal, wenn die richtige Antwort Ja lautet.«

»Und wenn ich so lange nicht warten will?«

»Dann wirfst du deinen Ring besser weg.«

EIN WAHNSINNSTRIP AUF DER ELEVENTH AVENUE

Auf dem Weg zur Taxischlange am JFK summt mein Handy.

Auf dem Display erscheint »Unbekannte Nummer«. Ich nehme ab und höre eine Stimme, die ich nicht kenne.

»Nora? Hier ist Meredith Cooper.«

Meredith Cooper, die meinen Vater am Strand gefunden hat. Die Rettungssanitäterin. Die Ehefrau. Ich suche Sams Blick, stelle das Telefon laut und halte es zwischen uns, sodass er mithören kann.

»Meredith, ich freue mich wirklich, dass Sie zurückrufen ...«

»Klar, ich helfe gern. Aber ich muss Sie warnen. Wir sind gerade in der Toskana und haben schlechten Empfang, es kann also sein, dass das Gespräch abbricht.«

Ihre Stimme wird von einem Knistern überlagert, ich verpasse einige Worte. Ich will mich dafür bedanken, dass sie versucht hat, unserem Vater zu helfen, dass sie bei ihm geblieben ist, obwohl ihm niemand mehr helfen konnte. Aber sie kann mich wegen der schlechten Verbindung entweder nicht hören oder hat für meine Dankesworte keine Zeit. Stattdessen fällt sie mir ins Wort.

»Ich bin mit meinem Mann alles noch einmal durchgegangen«, sagt sie. »Um ehrlich zu sein, waren wir völlig auf Ihren Vater konzentriert. Der Jogger trug eine dieser grünen Cargohosen und ein Sweatshirt. Etwas in der Art.«

»Zum Joggen?«, fragt Sam mich lautlos. Genau das habe ich auch gerade gedacht.

»Und Sie haben ihn vorher nie gesehen?«, frage ich.

»Nein. Wir leben erst seit ein paar Monaten dort, aber die Gemeinde ist klein …«

»Dann treffen Sie normalerweise immer dieselben Leute?«

»Na ja, wir gehen jeden Abend ungefähr zur gleichen Zeit mit unserem Hund raus. Man hat halt seine Gewohnheiten.«

Sam und ich starren uns an, als würde das irgendetwas beweisen. Zumindest beweist es, dass der Mann, den Detective O'Brien und seine Kollegen nicht ausfindig machen konnten, nicht regelmäßig abends um halb neun dort draußen war.

»Glauben Sie, es wäre hilfreich, wenn ich ein Foto hätte?«, frage ich. »Würden Sie ihn dann möglicherweise erkennen?«

»Vielleicht«, sagt sie. »Ich weiß nicht. Draußen war es ziemlich dunkel.«

Sam tut so, als würde er sich ein Telefon ans Ohr halten, und formt mit den Lippen die Worte: »Dads Handy.«

Mit einem Nicken nehme ich seinen Hinweis zur Kenntnis.

»Darf ich Sie noch eine Sache fragen? Können Sie sich zufällig erinnern, ob Sie das Handy meines Vaters gesehen haben?«

»Nein, das hab ich nicht gesehen …« Sie denkt kurz nach. »Ich bin ziemlich sicher, dass es nicht in seiner Jackentasche war. Ich hätte es sicher gespürt, als ich die Herzdruckmassage versucht habe.«

»Das hilft uns sehr. Danke. Und entschuldigen Sie die sonderbaren Fragen.«

»Kein Problem. Wenn man trauert, gibt es keine sonderbaren Fragen.«

Der Satz berührt mich im Innersten, denn er ist wahr. Und sehr einfühlsam. Während ich noch nach Luft schnappe, bricht die Verbindung ab, das Gespräch mit Meredith Cooper ist zu Ende.

* * *

Das Starrett-Leigh-Gebäude, Hauptsitz von Noone Properties, war schon immer einer meiner Lieblingsbauten in West Chelsea.

Wegen des expressionistischen Designs, wie man es bei gewerblichen Gebäuden selten zu sehen bekommt, wird es vor allem in neuroarchitektonischen Kreisen häufig gepriesen. Es erschafft eine Stimmung, eine Emotionalität, und zieht einen mit den horizontalen Fensterbändern geradezu hinein. Backstein- und Betonzwickel wechseln sich ab, es gibt Rücksprünge und ein unglaubliches Mauerwerk. Sämtliche Designelemente sind einem Gesamteindruck untergeordnet, der einen erfasst, wenn man das Haus betritt. Trotz all der Gründe, aus denen ein großes Gebäude in New York City eigentlich kaum Persönlichkeit entwickeln kann, gelingt es diesem hier, eine Art Behaglichkeit zu verströmen.

Die Firmenzentrale von Noone Properties nimmt die beiden obersten Stockwerke ein. Sie ist als Großraumbüro konzipiert und hat bodentiefe Fenster mit Blick auf den West Side Highway und den Hudson River. Die spätnachmittägliche Sonne hüllt das Wasser in weißliches Licht.

Wir sitzen im Büro meines Vaters, das sich noch in dem Zustand befindet, in dem er es zuletzt verlassen hat. Aber natürlich ist es auch erst einen Monat her, seit er hier gearbeitet hat. Mitten im Raum steht ein großer Konferenztisch, an den Wänden hängen noch gerahmte Auszeichnungen für seine Hotels, sein PC ist eingeschaltet. Sam und ich hocken uns davor.

Onkel Joes Ostküsten-Assistentin, eine kleine und grimmig wirkende Frau, geht vor der Tür auf und ab. Sie kann kaum den Wunsch verbergen, dass wir es möglichst schnell durchziehen. Ich mache ihr keinen Vorwurf. Die ungenierte Art, wie sie uns durch das Glas im Auge behält, legt die Vermutung nahe, dass Onkel Joe einen ausführlichen Bericht über jeden Schritt erwartet, den wir hier tun.

Trotzdem durchsucht Sam die Dateien im PC unseres Vaters auf alles, was irgendwie mit Cece oder dem Verkauf zu tun hat, während wir auf Nate, den IT-Spezialisten von Noone Properties, warten, der Fragen nach dem Handy unseres Vaters, nach möglichen Back-ups in der Cloud und dem Verbleib des fehlenden Laptops beantworten soll.

Sam schüttelt den Kopf. »Keine Hinweise in irgendwelchen E-Mails. Auch nicht in den internen Memos, die ich finde.«

Er beugt sich näher an den Monitor.

»Von seinem Handy scheint nichts heruntergeladen worden zu sein. Ich finde keine geteilten Nachrichten, keine persönlichen Fotos oder Texte.«

Das zu hören, überrascht mich nicht sonderlich. So wie Sam das System beschrieben hat, habe ich das Gefühl, dass wir auf dem PC unseres Vaters nichts finden, was nicht auch auf Sams Laptop gewesen wäre.

»Okay, das ist nicht toll …«, sagt Nat.

Ich blicke auf und sehe ihn ins Büro eintreten. Er tippt auf seinem Tablet und setzt sich uns gegenüber an den Schreibtisch.

»Das letzte Mal, dass das Handy Ihres Vaters einen Mobilfunkmast angepingt hat, war vor achtzehn Tagen in Santa Barbara, Kalifornien.«

Nate dreht sein Tablet, sodass wir den Monitor sehen können.

Santa Barbara. Also in der Nähe von Carpinteria, aber nicht in Carpinteria selbst. Was hatte das Handy unseres Vaters dort zu suchen? Und warum ist es dort vor achtzehn Tagen aufgetaucht – fast zwei Wochen nach seinem Tod? Wäre das Gerät beim Sturz unseres Vaters zerstört worden oder im Ozean gelandet, hätte es danach keine Signale mehr senden können. Das bedeutet entweder, dass es den Sturz überstanden hat und jemand es an sich genommen hat. Oder dass irgendwer es aus Windbreak geholt hat.

So oder so ist es im Besitz von jemandem, der es nicht haben dürfte. Sam setzt sich gerade auf, und ich frage mich, ob er denselben Gedanken hat.

»Wenn das Gerät nach seinem Tod noch online war, gibt es dann irgendeine Möglichkeit, die Aktivität zu rekonstruieren?«, frage ich.

»Theoretisch ja. Vorausgesetzt, es gab eine Aktivität. Aber dann reden wir über die Polizei und richterliche Anordnungen und solche Dinge, die meine Befugnisse überschreiten.«

»Was ist mit seinem Laptop?«, fragt Sam.

»Nicht im Gebäude«, sagt er. »Und ich habe gerade von der Security erfahren, dass es auch nicht in seiner New Yorker Wohnung ist.«

Sein Laptop und sein Handy – die beiden einzigen Geräte, die möglicherweise etwas Licht ins Dunkel bringen könnten, sind auch die beiden einzigen Gegenstände, die aus seinem ansonsten unangetasteten Büro verschwunden sind. Das kann kein Zufall sein. Es kann kein Zufall sein, dass ausgerechnet die Gegenstände fehlen, denen er seine privatesten Gedanken anvertraut hatte.

»Sollten nicht Back-ups in der Cloud liegen?«, frage ich.

»Doch, sollten sie«, sagt er. »Wenn Sie eine Zeitreise unternehmen und Ihrem Vater beibringen, dass er solche Sicherungen autorisieren soll. Jede externe Speicherung wurde auf seine persönliche Anordnung hin unterlassen.«

»Sie wollen also sagen, dass seine Handydaten nirgendwo gesichert wurden?«, fragt Sam.

»Dass sie nirgendwo gesichert wurden, kann ich nicht behaupten. Aber jedenfalls nicht in der Firma. Was sein Telefon und seinen Laptop angeht, hat er jegliche Speicherung oder Datenübertragung ins Netzwerk der Firma untersagt.«

Dahinter muss eine Absicht stecken. Offensichtlich hat er bestimmte Dinge für sich behalten wollen. In diesem Moment sehe ich Sam wieder vor mir, wie er mit seinem Firmenlaptop im Flugzeug saß und darüber gesprochen hat, dass er manche Daten hatte finden können, andere aber noch nicht. Ich frage mich, ob wir vielleicht auf andere Weise an Dads Daten kommen können.

»Gilt das nur für seinen Laptop?«, frage ich.

Nate sieht mich fragend an. »Wie meinen Sie das?«

»Galt das nur für seinen persönlichen Computer oder auch für andere Geräte innerhalb des Netzwerks?«

»Anscheinend sind die Laptops fünf bis zehn alle ans Netzwerk angebunden. Darunter auch der von Tommy und Ihrer, Sam.« Er sieht auf und nickt Sam kurz zu. Dann sucht er weiter. »Aber richtig, nicht nur beim Laptop Ihres Vaters waren Datensicherung und Filesharing deaktiviert.«

»Bei wem noch?«, will ich wissen.

»Okay, es betrifft die Laptops ein, zwei, drei und vier«, sagt er. »Laptop eins war das Gerät Ihres Vaters. Zwei das von Joe, drei gehörte dem Chefjustiziar, und Nummer vier …«

Sam und ich haben denselben Gedanken.

»Grace«, sagt er.

Ich wende mich Sam zu. »Und wenn diese Computer nun miteinander vernetzt waren? Dann könnten die anderen Zugriff auf seine Dateien haben.«

Sam deutet auf Nate. »Befindet sich Grace' Laptop noch im Besitz der Firma?«

»Nein. Er wurde zusammen mit sämtlichen anderen persönlichen Gegenständen in ihre Wohnung gebracht.«

»Aber der Laptop gehörte ihr doch nicht persönlich, oder?«, wendet Sam ein. »Er ist Eigentum der Firma.«

»Nun, anscheinend spielte diese Unterscheidung für Ihren Vater keine Rolle«, erklärt er. »Aber da könnte Terry Ihnen sicher Genaueres sagen.«

»Terry war Grace' persönliche Assistentin«, erklärt mir Sam. »Nach Grace' Tod ist sie in den Ruhestand gegangen.«

Nate tippt etwas auf seinem Tablet. »Hier steht, dass Terry in

Burlington wohnt, in Vermont. Keine E-Mail-Adresse, aber ich habe eine Telefonnummer und die Adresse.«

Sam steht auf. »Könnten Sie mir die Kontaktdaten schicken? Danke. Nummer und Adresse.«

Ich schaue zu ihm hoch. »Bitte sag mir, dass wir nicht nach Vermont fahren.«

»Kommt darauf an, ob sie abnimmt«, sagt er.

Sam macht sich auf den Weg zur Tür. Nate und ich schauen ihm nach. Dann wirft Nate mir einen fragenden Blick zu. »Er macht Witze, oder?«

Mein Handy summt. Auf dem Display sehe ich, dass eine Textnachricht von Elliot eingegangen ist.

Alles klar bei dir?

Ich habe ihn nicht zurückgerufen. Jack übrigens auch nicht. Ich schicke Elliot eine kurze Nachricht, dass ich ihn später anrufe. Aber Jack schulde ich mehr als eine SMS. Ich habe nur kurz auf der Fahrt nach Santa Ynez mit ihm gesprochen. Vor 24 Stunden. Vor einem ganzen Leben.

Seufzend stehe ich auf. »Vielleicht, würde ich sagen.«

ALLE WEGE FÜHREN ZU CECE

Terry geht an den Apparat.

Ohne lange nachzudenken, kann sie uns bestätigen, dass Grace' persönliche Habseligkeiten, einschließlich der Geräte, in die Wohnung in Brooklyn gebracht wurden, die sie zusammen mit ihrem Mann bewohnt hat.

Eilig gehen Sam und ich die Tenth Avenue entlang zur nächsten Subway-Haltestelle.

»Was glaubst du, wie weit Dad sie auf seine Daten hat zugreifen lassen?«, frage ich.

»Weit mehr als mich, wie es aussieht. Aber ich weiß nicht, ob sie so viel sehen durfte wie Onkel Joe. Früher wahrscheinlich schon …«

»Kommt da noch ein *Aber* …?«

Sam schüttelt den Kopf. »Na ja, vor einigen Jahren hatte sie Herzprobleme. Sogar einen Infarkt, soweit ich weiß. Vor dem … du weißt schon …, an dem sie dann gestorben ist. Der erste Infarkt war relativ leicht, aber sie hat es danach in der Firma ruhiger angehen lassen. Zwar hat sie Dad noch bei kreativen Aufgaben und dem Branding geholfen, aber ich weiß nicht, inwieweit sie ins Tagesgeschäft eingebunden war. Joe hat einfach mehr übernommen, jedenfalls, was neue Projekte anging.«

»Gab es Spannungen zwischen den beiden?«

»Zwischen Joe und Grace? Nein, eigentlich nicht.«

»Haben sie nicht darum konkurriert, auf wen Dad mehr hört?«

»Ich glaube, da verwechselst du sie mit Tommy und mir.«

Ich verkneife mir ein Lächeln.

»Wenn diese Computer also vernetzt waren, könnte sie theoretisch auf all die Dinge Zugriff gehabt haben, über die anscheinend keiner mit uns reden will …«

»Theoretisch ja.«

Wir biegen links zur Subway ab. Der Wind frischt auf und bringt eine frühabendliche Kühle mit sich.

»Wie verstehst du dich mit ihrem Mann?«, frage ich.

»Die Gelegenheiten, bei denen wir uns getroffen habe, kannst du an einer Hand abzählen. Wir kennen uns kaum.«

»Meinst du, es läuft gut?«

Wir erreichen die Treppe und machen uns auf den Weg nach unten. »Schlechter kann es eigentlich nicht werden«, sagt er.

* * *

Grace' Wohnung befindet sich in einem Beaux-Arts-Gebäude in Brooklyn Heights.

Das Haus ist eine Art Brooklyner Sehenswürdigkeit. Es liegt nicht weit von der Promenade und hat einen unverbaubaren Blick auf den New Yorker Hafen und die Skyline von Manhattan. Trotzdem ist es von den berühmtesten Brownstone-Häusern in Brooklyn Heights umgeben.

Ich kenne diese Wohnungen gut. Einer von Jacks Freunden wohnt im fünften Stock, vor ein paar Monaten waren wir zu einer Dinnerparty eingeladen. Ich bezweifele, dass der Pförtner mich erkennt, aber er begrüßt uns mit einem freundlichen Hallo, schickt uns sofort hoch in die achte Etage und ruft Grace' Mann erst an, als wir schon fast im Aufzug sind.

Als wir oben aussteigen, öffnet er die Wohnungstür und begrüßt uns mit einem Lächeln.

Er kommt mir auf verwirrende Weise vertraut vor. Dabei bin ich sicher, dass wir uns noch nie begegnet sind. Ich habe zwar Grace' Tochter kennengelernt, aber ihrem Mann bin ich nie vorgestellt worden. Und er wirkt nicht nur vertraut, sondern ziemlich eindrucksvoll: eine große, kräftige, robuste Erscheinung in Jeans und Flanellhemd. Der Blick seiner haselnussbraunen Augen ist bohrend, jetzt gerade bohrt er sich in mich.

Er schüttelt Sams Hand und führt uns in den Eingangsbereich. In diesem Moment lichtet sich meine Verwirrung. Es kommt mir vor, als wären wir in das Studio eines Künstlers getreten, nicht in eine Wohnung. Das Wohnzimmer ist vollgestellt mit allem, was zu einer Fotoausrüstung gehört, an den Wänden hängen wunderschöne Aufnahmen und Porträts.

Deshalb kam er mir so vertraut vor. Nicht weil ich ihm begegnet wäre oder ihn gar persönlich kennen würde. Aber ich kenne ihn trotzdem. Er ist Paul Turner, der bekannte Pressefotograf. Im College hatte ich eine Freundin, die ihren ganzen Schlafraum mit seinen Zeitschriftencovern dekoriert hatte. Ich habe Ausstellungen seiner Bilder im International Center for Photography und im Brooklyn Museum gesehen. Drucke seiner Arbeiten zieren die Wände mehrerer Wohnungen, in denen ich gearbeitet habe, darunter die von Jacks Freund ein paar Stockwerke unter uns.

Ich nicke und kann meine Verwirrung nur mit Mühe verbergen. Paul Turner war Grace' Mann? Komisch, dass ich das nicht wusste. Andererseits: Woher hätte ich es wissen sollen? Turner ist ein verbreiteter Nachname. Und natürlich habe ich meinen Vater nicht nach den Ehepartnern seiner Mitarbeiter gefragt.

»Ich glaube, wir sind uns noch nicht begegnet«, sagt er jetzt. »Paul Turner.«

Er lächelt mir zu und streicht sich mit den Händen durch die Haare. Ich bemerke, dass er noch seinen Ehering trägt. Grace ist inzwischen fast ein Jahr tot, aber er trägt noch immer den Ring.

Ich weiß nicht, ob er registriert, dass ich es bemerke. Falls ja, hoffe ich, dass es ihn nicht traurig macht, denn bei mir hat dieses Detail praktisch das Gegenteil ausgelöst. Für mich ist es eine liebevolle Geste. Ein Ausdruck der Loyalität.

»Schön, Sie kennenzulernen«, sage ich. »Ich glaube, Grace hat nie erwähnt, dass sie in diesem Gebäude wohnte.«

»Das hat sie eigentlich auch nicht. Wir haben drüben auf der Pierrepont Street gewohnt. Das hier war nur mein Studio. Aber seit kurz nach ihrem Tod wohne ich hier …« Er legt eine Pause ein, als müsste er darüber nachdenken. »Seit acht Monaten.«

»Ein Neuanfang«, stelle ich fest.

»Etwas in der Art.«

Er räuspert sich. Schon die bloße Erwähnung von Grace lässt ihm die Stimme stocken. Eigentlich will ich keinem trauernden Mann gegenüberstehen, der noch seinen Ehering trägt, an einem Abend, den er besser ohne uns verbringen sollte.

»Es tut mir leid, ich weiß, dass ich gesagt habe, Sie könnten vorbeikommen. Aber meine Tochter hat gerade angerufen und gesagt, sie ist auf Besuch in der Stadt. Wir müssen es also leider kurzhalten. Sie ist im sechsten Monat. Und wenn sie anruft, bin ich für sie da.«

»Klar …«, sagt Sam. »Wir möchten eigentlich nur wissen, ob Sie noch Grace' Bürosachen hier haben.«

»Ihre Akten und so?«

»Terry hat erwähnt, dass ihr Firmencomputer zu Ihnen gebracht wurde, als ihr Büro ausgeräumt wurde.«

Er neigt den Kopf und betrachtet Sam aufmerksam. »Sie meinen ihren Laptop?«

»Genau«, sagt Sam.

Paul sieht zwischen uns hin und her. »Darf ich nach dem Grund fragen?«

»Um es kurz zu machen: Das Handy unseres Vaters wird vermisst«, sage ich. »Und Grace könnte Zugriff auf die Daten des

Geräts gehabt haben. Familienfotos, Textnachrichten, bestimmte andere Mitteilungen, die uns besonders am Herzen liegen, jetzt wo er nicht mehr … da ist.«

»Warum sollte so etwas auf ihrem Laptop sein?«

»Offenbar hat Grace zu Hause oft auf dem Laptop gearbeitet, vor allem, nachdem sie beschlossen hatte, kürzerzutreten«, sagt Sam. »Die IT-Abteilung glaubt, ihr Laptop konnte möglicherweise auf Dateien zugreifen, die nicht auf dem Firmenserver lagen.«

»Wenn sie nicht auf dem Server der Firma gespeichert waren, wird es dafür einen guten Grund gegeben haben, oder?«

»Ja, es waren persönliche Daten«, sagt Sam.

Paul schüttelt den Kopf. »Jetzt bin ich verwirrt. Suchen Sie nach Privatfotos? Oder nach Firmendaten?«

»Die Sache ist die«, sagt Sam. »Wir möchten Grace oder Ihnen natürlich keine Scherereien machen …«

»Warum sollte ich irgendwelche Scherereien bekommen?«

Als ich den Blick sehe, den er Sam zuwirft, gehe ich schnell dazwischen.

»Ich glaube, Sam will sagen, dass wir nicht sicher sind, was genau sich auf ihrem Computer befindet. Wir würden das gern mit eigenen Augen sehen. Natürlich ist uns klar, dass es ein etwas seltsamer Wunsch ist …«

»Nur etwas.«

»Darum geht es nicht«, sagt Sam.

Paul verschränkt die Arme vor der Brust, sein Ton wird gereizter. »Wenn Sie sich etwas aus dem persönlichen Besitz meiner Frau ansehen wollen, geht es sehr wohl darum.«

»Genau genommen«, sagt Sam, »gehört der Computer der Firma, sodass mir nicht ganz klar ist, warum er sich überhaupt hier befindet.«

»Worum auch immer es hier geht, ich möchte nichts damit zu tun haben, okay?«

»Wenn Sie auf eine Entschädigung hoffen, werden wir den Computer gern ersetzen.«

Paul lacht. »Ich will Ihr Geld nicht.«

»Was wollen Sie dann?«

»Im Moment will ich Ihnen beiden einen guten Abend wünschen, damit ich mich in die Subway setzen kann und meine Tochter nicht in der Eiseskälte warten lasse.«

Ich werfe Sam einen warnenden Blick zu. Die Sache läuft falsch, und es wird immer schlimmer.

»Das verstehe ich. Wir *beide* verstehen es. Bloß hat mein Bruder die Sorge – wir beide haben die Sorge –, dass unserem Vater etwas Schlimmes zugestoßen sein könnte. Und niemand ist bereit, uns zu sagen, was mit ihm los war.« Ich halte kurz inne. »Ich habe Grace über alles geschätzt, und ich glaube, dass sie als Erste gewusst haben könnte, was mit ihm los war.«

Als er das hört, wird seine Miene ein bisschen weicher. »Das verstehe ich. Und wahrscheinlich haben Sie recht.«

Dann schenkt er mir ein sanftes Lächeln. Die Traurigkeit in seinem Blick verrät mir, dass er meint, was er sagt.

»Vielleicht könnten Sie uns, bevor Sie gehen, in einem speziellen Punkt weiterhelfen«, sage ich. »Hat Grace je erwähnt, dass Cece Salinger daran interessiert war, die Firma zu kaufen?«

Er versucht, keine Reaktion zu zeigen, aber ich sehe ihm an, dass die Frage ihn überrascht. »Alle Wege führen zu Cece, hm?«

»Wie meinen Sie das?«, frage ich.

»Das würde ein längeres Gespräch werden, für das unsere Zeit nicht reicht«, sagt er. »Um Ihre Frage zu beantworten: Ja, Grace hat irgendwann davon erzählt. Sie hat von Ceces Interesse gesprochen, aber ich habe es so verstanden, als sei Ihr Vater nicht interessiert gewesen. Das ist allerdings ziemlich lange her.«

Er schaut mir in die Augen. Ich sehe, dass er das längere Gespräch nicht führen möchte. Weder heute noch sonst wann. Was wusste Grace sonst noch über Cece? So wie er mich ansieht, gewinnt auch diese Frage an Bedeutung.

»Die Wahrheit ist, dass ich das meiste von ihren Firmenunterlagen, Geräten und was sonst noch da war, nicht behalten habe. Ich habe nicht viel aus Pierrepont mitgenommen. Es war leichter für mich, nicht ständig mit so vielem konfrontiert zu werden, was mich an sie erinnert.«

Ich schaue mich im Eingangsbereich um – und im dahinterliegenden Wohnzimmer. Auf dem Kaminsims stehen Familienfotos: Aufnahmen ihrer Tochter Jenny, Grace mit dem Baby, die Hochzeit von Paul und Grace. Auf den ersten Blick sieht es aus, als habe er nicht die Wahrheit gesagt. Aber was weiß ich schon, wie seine wahren Gefühle aussehen? Vielleicht ist das hier – diese wenigen Fotos und was er sonst noch mitgebracht hat – nur ein Bruchteil des Ganzen. Des gemeinsam verbrachten Lebens.

»Ich verstehe, dass der Tod Ihres Vaters verwirrend für Sie ist«, sagt er. »Ehrlich gesagt ist er das für mich auch, dabei habe ich ihn nicht besonders gut gekannt. Aber ich bezweifele, dass ich den Laptop überhaupt habe. Wie ich Tommy schon gesagt habe, hat Joe nach dem größten Teil ihrer Sachen gefragt, kurz nachdem das Büro sie hierher hat bringen lassen. Ich habe sie ihm geschickt …«

»Moment«, fällt ihm Sam ins Wort. »Sie haben mit Tommy darüber gesprochen? Wann genau war das?«

Paul schaut zwischen uns beiden hin und her. »Ich denke, dieses Gespräch führen Sie besser mit Ihrem Bruder.«

Pauls Handy summt, auf dem Display taucht der Name JENNY auf. Seine Tochter. Grace' Tochter. Er hebt den Blick.

»Also«, sagt er. »Grace hat hart gearbeitet und zu Hause wenig von ihrer Arbeit gesprochen. Aber zwei Dinge hat sie mir gesagt: Sie mochte Ihren Vater. Sie hielt ihn für einen guten Mann, trotz allem, was andere über ihn verbreitet haben. Das weiß ich aus ihrem eigenen Mund.«

Nachdenklich sehe ich ihn an.

»Allerdings hat sie mir auch gesagt, dass seinen Kindern nicht zu trauen sei.«

Dann tritt er an die Wohnungstür, hält sie uns auf und wartet, dass wir hinausgehen.

WENN DU ABSTÜRZT, MACH ES RICHTIG …

»Er hat eindeutig euch beide gemeint, nicht mich«, sage ich.

Wir stehen im Aufzug auf dem Weg in die Lobby. Sam hat das Telefon schon am Ohr und versucht, Tommy zu erreichen.

»Klar, das ist genau die Frage, mit der wir uns jetzt beschäftigen sollten …«, sagt er. »Abgesehen davon hätte Grace das niemals gesagt. Er wollte uns nur loswerden.«

Mein Instinkt sagt mir, dass Sam recht hat. Aber warum war Paul so scharf darauf, uns loszuwerden? Ging es nur darum, dass er zu spät zu seiner Tochter kommen würde – oder war da noch etwas anderes, das er uns nicht sagen wollte?

Aus Sams Handy höre ich den Piepton von Tommys Mailbox. »Hey, warum redest du mit Paul Turner?«, sagt Sam laut. »Was zum Teufel läuft hier, Tommy?«

Er beendet den Anruf und schüttelt den Kopf.

»Kannst du versuchen, dich zu beruhigen?«, schlage ich ihm vor.

»Das ist typisch. Ich arbeite mit all diesen Leuten zusammen, aber keiner will mir irgendetwas verraten. Dad hat alle möglichen Geheimnisse gehabt, und was macht Onkel Joe jetzt? Laptops klauen?«

»Das wissen wir nicht mit Sicherheit.«

»Nein, aber ich kenne meinen Bruder. Wenn er sich mit Paul in Verbindung setzt, hat er irgendetwas vor.«

Die Aufzugtür öffnet sich, und wir durchqueren schnell die Lobby.

»Hast du mit Tommy über Dads Unfall gesprochen?«, frage ich. »Vielleicht ist er zu denselben Schlüssen gekommen wie wir.«

»Nein, wir haben kein Wort darüber gesprochen. Er hätte bloß gesagt, ich wäre verrückt. Abgesehen davon interessiert sich Tommy nur für Dinge, die Tommy betreffen. Mir ist klar, dass du von mir wahrscheinlich genauso denkst.«

»Das sind ziemlich harte Vorwürfe.«

»Unter dem Strich läuft es darauf hinaus, dass wir mit Tommy persönlich reden müssen.«

»Hast du nicht gesagt, er sei in der Provinz?«

Er nickt. »Nördlich von Hudson. Aber mit dem Auto sind es höchstens drei Stunden.«

»Ach, mehr nicht?«

»Wenn ich fahre, brauchen wir nur etwas mehr als zwei«, erklärt er. »Wir sollten gleich morgen früh aufbrechen.«

»Ehrlich gesagt hab ich keine große Lust, mich von dir irgendwohin fahren zu lassen.«

Sam wirkt außer sich und völlig erschöpft. Was mich betrifft, bekomme ich langsam das Gefühl, dass es nicht nur um das geht, was wir eigentlich herausfinden wollen. Jedenfalls nicht, solange er so aussieht, als wollte er Tommy die Augen aus dem Schädel reißen.

»Ich glaube, das ist eine Sache zwischen euch beiden. Mein einziges Interesse bei alledem ist, herauszufinden, was mit Dad passiert ist.«

»Nur dass alles miteinander zusammenhängt.«

Tut es das? Ich gehe im Kopf durch, was wir bisher sicher herausgefunden haben. Unser Vater wollte seine Firma verkaufen, nachdem er genau das sein Leben lang ausgeschlossen hatte. Dann machte er aus Gründen, die wir nicht kennen, einen Rückzieher und beschloss, die Firma seinen Söhnen zu vererben. Acht Tage später rief er zweimal bei einer früheren Geliebten an und fiel dann von einer Klippe, die er kannte wie seine Westentasche.

Falls das alles zusammenhing, wer hatte dann einen Grund, sich an jenem Abend mit ihm zusammen auf der Klippe aufzuhalten? Und wer hatte einen Grund, falls es nicht zusammenhing?

»Was will mir dieser Blick sagen?«

»Dachte«, sage ich. »Ich *dachte* genauso über dich.«

Verwirrt sieht er mich an. »Wovon redest du?«

»Du hast gesagt, für Tommy gehe es immer nur um Tommy und ich dächte über dich wahrscheinlich dasselbe«, sage ich. »So war es tatsächlich. Aber ich habe mich geirrt.«

Wir treten hinaus auf den Bürgersteig. Sam nickt mir knapp zu. Er bemüht sich um den Anschein von Lässigkeit, aber ich sehe, wie viel ihm meine Bemerkung bedeutet.

Morgen soll eine neue Arbeitswoche beginnen. Ich habe eine Telefonkonferenz wegen eines großen Auftrags in Sag Harbor angesetzt. Außerdem stehen eine Besichtigung vor Ort und ein lange geplantes Mittagessen mit einer Innenarchitektin an, mit der ich oft zusammenarbeite. Ich habe Arbeit – die Arbeit für mehrere Tage – einfach liegen lassen, was mir sonst nie passiert. Gar nicht zu reden von Jack. Am wichtigsten ist Jack, zu dem ich an diesem Wochenende lieber auf Abstand geblieben bin. Als wäre mir der Abstand wichtig, nicht das Bemühen, ihn wieder zu überbrücken. Zu unserem normalen Leben zurückzukehren. Zu der Intimität und Tiefe, die normalerweise zwischen uns herrschen.

Aber Sams Bedürftigkeit strahlt von ihm ab wie eine Schallwelle. Wie ein Alarm. Ich kann ihn nicht ignorieren.

»Du musst morgen früh um halb zehn vor meinem Haus warten, klar? Sonst bin ich raus aus der Sache.«

Meine Worte mindern seinen inneren Druck sichtbar, sein Energielevel steigt, ein Lächeln bricht sich Bahn.

»Ich warte mit laufendem Motor«, sagt er.

Ich biege um die Ecke auf die Clark Street und will zur Subway, als ich noch einmal Sams Stimme höre.

»Bist du bereit zuzugeben, dass du mich langsam ein bisschen magst?«

»Gute Nacht, Sam.«

»Ein bisschen?«, ruft er.

Ich schüttele den Kopf und drehe mich nicht um.

»Kein Problem!«, sagt er. »Lassen wir es unausgesprochen.«

PURPURMOND IN DITMAS PARK

Als ich nach Hause komme, liegt das Haus im Dunkeln.

Es ist zehn Uhr abends, Jack ist noch im Restaurant. Statt das leere Haus zu betreten, ziehe ich meinen Mantel enger um mich und setze mich auf die Stufen vor dem Eingang. Um diese Uhrzeit herrscht entspannte Ruhe in unserem Block. Die Ushers führen ihren Hund aus, aber die meisten Nachbarn haben sich schon in ihre Häuser zurückgezogen. Hinter den Fenstern werden späte Abendessen eingenommen, brennen Nachttischlampen, schimmert das blaue Licht von Fernsehern.

Bei einem seiner letzten Besuche in Ditmas Park kam mein Vater spätabends an. Es war vor etwas mehr als einem Jahr, auf den Tag genau zwei Monate nach dem Tod meiner Mutter. Damals zählte ich noch die Tage. Ich zähle sie bis heute.

Mein Vater war auf dem Rückweg von einem Event in Midwood. Dort ließ er sich nur noch selten blicken.

Er hatte mir per Textnachricht mitgeteilt, er wolle mich im Sheet Music treffen, aber ich arbeitete noch. Also sagte er, er werde mich zu Hause besuchen und ein wenig *Sheet Music* mitbringen.

Wir saßen auf den Stufen, teilten uns eine Erdbeer-Soffritto-Pizza und tranken Champagner aus Kaffeebechern.

»Haben wir etwas zu feiern?«, fragte ich.

»Wenn ich etwas gelernt habe, dann, dass du keinen Anlass für Champagner brauchst«, sagte mein Vater.

Ich grinste ihn an.

»Aber wenn du einen Grund brauchst: Ich hätte heute Abend

zum Ehemaligentreffen meiner Highschool gehen sollen.« Er zuckte die Achseln. »Aber dann hab ich mir klargemacht, dass ich in meinem Alter nirgendwo mehr hinzugehen brauche, wo ich nicht hingehen möchte.«

Ich lachte. »Das klingt nach einem guten Grund zum Feiern.«

Während wir aßen, fragte er, woran ich gerade arbeitete, und ich erläuterte ihm einen Auftrag in Connecticut. Es war eine Einrichtung zur Betreuung Demenzkranker, deren Erweiterung ich zusammen mit einem Geriater betreute. Unser Ziel war es, die Art von kohärentem Raum zu erschaffen, der bei der Orientierung hilft und die Verwirrung lindert. Wir tendierten zu einem biophilen Designkonzept, das allen dreißig Bewohnern einen engen Kontakt mit der Natur und ein Leben in einem beruhigenden Ambiente mit viel natürlichem Licht ermöglichen würde.

Ich dachte, ich würde ihn langweilen, aber er stellte weitere Fragen und interessierte sich für jedes Detail. Schenkte Champagner nach und stellte noch mehr Fragen. Das war sein Modus Operandi: Er war unglaublich stolz auf mich, er konnte nicht genug von dem hören, was mir etwas bedeutete.

Aber in jener Nacht schwang noch eine andere Ebene mit. Ich hatte das Gefühl, mein Vater wolle mir irgendetwas mitteilen. Etwas, das ihm mehrmals auf der Zunge lag. Aber er sprach es nicht aus.

Ich fragte mich, ob es dabei um die Distanz hätte gehen sollen, die ich zu ihm hielt – ob er unsicher war, auf welche Weise er das Thema ansprechen könne. Aber das schien es nicht zu sein. Eher hatte ich das Gefühl, er wolle mir eine gute Neuigkeit mitteilen, etwas, das ihn glücklich machte.

Ich nehme das Handy aus meiner Reisetasche und klicke, ohne nachzudenken, seinen Namen an.

Elliot geht beim ersten Klingeln dran.

»Dir müssen die Ohren geklungen haben«, sagt er. »Austin hat beim Abendessen über dich gesprochen.«

»Wirklich? Was hat er gesagt?«

»Ich soll dich an seinen Klavierabend am Dienstag erinnern.«

Ich spüre einen stechenden Schmerz in der Brust, als ich an Austins letzten Klavierabend denke, an die Begeisterung, mit der er sich auf sein neuestes Stück konzentriert hatte. Mein Vater hatte mich begleitet und saß da mit einer großen Schachtel Plätzchen auf dem Schoß. Stolz.

»Ich komme hin«, sage ich.

»Dann bist du also zurück?«

»Ich bin zurück.«

»Was hast du in Kalifornien gemacht?«

»Das ist eine lange Geschichte.«

»Ich habe Austin bei seiner Mutter abgeliefert«, sagt er. »Ich habe Zeit ohne Ende.«

Ich höre, wie er es sich bequem macht. Seine Stimme wird leiser, als habe er sich hingelegt. Ich sehe ihn vor mir, einen Arm hinter dem Kopf, die langen, aus dem Bett hängenden Beine, seine Brille auf dem Nachttisch.

»Kann ich dich vorher etwas fragen?«, sage ich. »Erinnerst du dich an das letzte Mal, dass du meinen Vater gesehen hast?«

»Wie kommst du jetzt darauf?«

»Das ist ein Teil der langen Geschichte.«

Er macht eine Pause und denkt nach. »Wir waren vor fünf oder sechs Wochen zusammen zum Abendessen.«

Ich setze mich kerzengerade auf. Es ist nichts Besonderes, dass Elliot und mein Vater sich noch vor so kurzer Zeit gesehen haben. Sie sind sich in ihrem Haus hin und wieder über den Weg gelaufen. Und in Kontakt geblieben. Kurz nachdem Elliot und ich unsere Beziehung beendet hatten, erkundigte sich mein Vater bei mir, ob ich ein Problem damit hätte, wenn sie ihre Freundschaft fortsetzten. Ich hatte kein Problem. Wenn mein Vater jemanden an sich heranließ, so wie er es mit Elliot getan hatte, hielt er gern an diesem Menschen fest.

»Warte«, sage ich. »Also zwei Wochen vor seinem Tod?«

»Das könnte hinkommen. Warum?«

»Erinnerst du dich, worüber ihr geredet habt?«

»Worüber wir geredet haben?«

Ich versuche, es ein bisschen genauer zu sagen und mir klarzumachen, was ich überhaupt wissen will. »Habt ihr jemals über seine Arbeit geredet?«

»Selten. Nora, was ist los?«

»Was seinen Tod angeht, gibt es ein paar unklare Punkte. Ich versuche einfach ... Ich versuche, das Ganze zu entwirren, damit ich weiß, was ich übersehe. Oder übersehen habe.«

»Okay ...« Ich nehme die Besorgnis in seiner Stimme wahr. »Natürlich hat dein Vater nach Austin gefragt. Dann haben wir ein bisschen übers Krankenhaus gesprochen. Ich glaube, er hat sich nach einem meiner Patienten erkundigt ...«

»Er hat nicht davon gesprochen, dass ihn irgendetwas beunruhigt?«

»Er hat kaum von sich selbst gesprochen. Du weißt ja, wie dein Vater war. Er wollte wissen, was bei mir los war.«

Richtig. Mein Vater konzentrierte sich ganz auf die Person, mit der er gerade zusammen war, vor allem, wenn sie ihm am Herzen lag. Aber plötzlich bin ich nicht mehr sicher, ob das der einzige Grund war, warum er wenig über sich preisgab. Ich bezweifele, dass ich es Elliot erklären kann. Oder ihm mein Gefühl begreiflich machen kann, dass das, was ich in der letzten Lebensphase meines Vaters übersehen habe, zum Greifen nahe ist, ohne dass ich es zu fassen bekomme. Und dass ich in dem Moment, in dem ich diesen Punkt geklärt habe, bestimmt alles erfahre, was ich sonst noch über ihn wissen will.

»Kann ich dich etwas ganz anderes fragen? Kennst du im Krankenhaus jemanden, der sich mit Sturzverletzungen auskennt? Vielleicht einen Pathologen, der sich einen Autopsiebericht auf die Frage hin ansehen würde, ob der Tote gefallen ist oder gestoßen wurde?«

»Okay, das geht jetzt aber wirklich in eine seltsame Richtung«, sagt er.

»Ja hallo …«

Jacks Stimme lässt mich zusammenfahren, mir gleitet das Telefon aus der Hand. Ich drehe mich um und sehe ihn vor dem Eingang stehen, zwischen der offenen Haustür und dem Fliegengitter. Seine Haare sind zerwühlt, seine Füße nackt. Hinter ihm liegt das Haus im Dunkeln, von dort, wo ich sitze, sieht Jack nach einem bedrohlichen Schatten aus.

»Verdammte Scheiße«, sage ich. »Du hast mich fast zu Tode erschreckt.«

»Das wollte ich nicht. Ich komme in Frieden.«

Ich hebe das Handy auf und drücke das Gespräch weg, ohne mich zu verabschieden. »Ich dachte, du wärst noch im Restaurant«, sage ich.

Er tritt heraus und setzt sich neben mich auf die Stufen. »Ich bin früher gegangen. Ich wollte hier sein, wenn du nach Hause kommst.«

Während ich noch um Atem ringe, summt das Telefon in meiner Hand. ELLIOT steht auf dem Display. Wieder drücke ich den Anruf weg, aber Jack sieht das Gerät in meiner Hand und schaut mir dann wortlos in die Augen.

»Tut mir leid«, sage ich. »Ich bin ein bisschen schreckhaft.«

»Das merke ich.«

Er küsst mich auf die Schulter und rückt näher an mich heran. Ich drehe mich zur Seite und mustere ihn gründlicher – sein zerknautschtes T-Shirt, seine glasigen Augen, die Kissenabdrücke im

Gesicht. Meinem Lieblingsgesicht. Ich strecke die Hand aus und berühre es.

»Bist du auf dem Sofa eingeschlafen?«, frage ich.

»Möglich.«

»Nur möglich?«

Er beugt sich mir entgegen und lächelt mich an. Anscheinend ist er glücklich, dieses Lächeln teilen, einen Moment aufrichtiger Verbindung genießen zu können.

»Wie ist es gelaufen?«, fragt er. »In Windbreak?«

»Langsam glaube ich, dass Sam recht hat.«

»Ernsthaft?«

Ich nicke. Jetzt, wo ich es laut ausspreche, verfestigt sich mein Gefühl.

»Ich weiß, dass du glaubst, aus mir spricht nur die Trauer.«

»Das würde ich nicht sagen …«

»Sondern?«

»Ich denke, dass du tust, was du tun musst. Und klärst, was du klären musst.« Er hält inne, dann wird seine ohnehin schon leise Stimme noch leiser. »Was hast du herausgefunden?«

Ich habe herausgefunden, dass mein Vater möglicherweise ein Geheimnis hatte. Und ich versuche nachzuvollziehen, wie das mit seltsamen Anrufen zusammenhängt. Die von einem inzwischen vermissten Handy aus getätigt wurden. Und mit einem mysteriösen Jogger, der das Handy an sich genommen haben könnte. Und, na ja, dem Rest der Geschichte.

Ich glaube, es gibt einen Grund dafür, dass ich mir den Moment kurz vor dem Sturz meines Vaters immer wieder ausmale. In keinem dieser Bilder sehe ich ihn allein vor mir.

Ich schaue Jack an und sage nichts von alledem. Ich spreche nur über das, was mir schon klar ist. Über das, was ich sicher weiß.

»Am Ende war ich eine ziemlich miese Tochter.«

»Nora …«, sagt er. Sanft. Freundlich. Er schaut mir in die Augen, wie um mir zu versichern, dass das Gegenteil zutrifft. Ich kämpfe gegen die aufsteigenden Tränen an.

Aber er fängt keine Diskussion mit mir an. Er versucht nicht, mich davon zu überzeugen, dass ich mich irre. Stattdessen rückt er noch näher. Sein Bein berührt meins, seine Schulter meine, er legt den Arm um mich und hält meinen Kopf, seine Finger fühlen sich stark und beruhigend an.

Ich spüre es. Ich spüre es unter seinen Fingern, pulsierend wie Herzklopfen. Ein kleines, weiches Etwas. Das kleine, weiche Etwas, das zwischen uns existiert. Eine lebendige Erinnerung daran, dass wir zusammengehören.

Plötzlich zucke ich zusammen, schrecke vor der Intensität seiner Berührung unwillkürlich zurück. Eine instinktive Reaktion. Etwas in mir muss sich vor dieser Nähe verschließen. Etwas in mir macht dicht.

Jack spürt es und reagiert. Beinahe entschuldigend zieht er die Hand zurück. In diesem Moment meldet sich mein Telefon erneut, wieder erscheint der Name ELLIOT auf dem Display.

Ich werfe es in die Tasche und schiebe sie von uns weg. »Ich dachte, ich hätte es ausgeschaltet«, sage ich.

Jack lacht leise.

»Nein«, sagt er. »Okay.«

Er zieht sich zurück, weg von mir. Aber er schaut mir noch einen Moment in die Augen, eine kurze, schreckliche Pattsituation. Es ist schlimmer, als wenn er mich zur Rede stellen würde. Bettele ich ihn nicht geradezu an, mich wegen der Anrufe, wegen meiner Distanz, wegen meiner Unehrlichkeit zur Rede zu stellen?

»Grüß Elliot von mir«, sagt er.

Dann steht er auf und geht ins Haus.

THE ACRES

Sobald wir das obere Hudson-Tal erreichen, sind wir von Farmland umgeben.

Ich tippe eine E-Mail. Draußen gleiten Brücken über kleine Flüsschen vorbei, Postämter, amerikanische Flaggen und Anhänger aus Stahl. Große Teile der Landschaft sind mit altem Schnee bedeckt, dabei strahlt die Sonne. Ich lasse das Fenster gerade so weit herunter, dass ein bisschen kalte, frische Winterluft hereinströmt.

Auf dem Weg hierher haben wir mehrere Anrufe getätigt in der Hoffnung, eine vertrauenswürdige Person zu finden, die einen gründlichen Blick auf den Polizeibericht und die Autopsieergebnisse werfen kann. Auf Detective O'Briens lückenhafte Ermittlungen. Ich wollte Elliot nicht noch einmal darauf ansprechen, als könnte so das gestrige Gespräch mit Jack ungeschehen gemacht werden. Als könnte ich dadurch meine Loyalität wiederherstellen. Stattdessen wendete ich mich an eine Hirnforscherin, mit der ich häufig zusammenarbeite, um mich zu erkundigen, ob sie mir einen Experten ihres Vertrauens empfehlen konnte. Sie stellte den Kontakt zu einem Neurokriminologen her, der mich wiederum an zwei Rechtsmediziner verwies.

Während Sam fuhr, mailte ich den beiden Rechtsmedizinern sämtliche Informationen, über die ich verfüge – den Autopsie- und den Polizeibericht, den Lageplan von Windbreak, einen geologischen Bericht über die Klippe selbst. Ich erhoffte mir, dass sie sich Detective O'Briens fragwürdige Ermittlungsergebnisse unvoreingenommen anschauen würden.

»Eine Sache stört mich seit gestern Abend«, sage ich.

Sam wirft mir einen fragenden Blick zu. »Nur eine?«

Ich lächele ihn an.

»Pauls Reaktion auf Cece war ziemlich heftig«, sage ich. »Vielleicht hat es mit dem Grund zu tun, aus dem auch Onkel Joe uns von ihr fernhalten wollte.«

»Soll heißen?«

»Onkel Joe hatte eindeutig Angst, dass sie etwas über Dad erzählt, was wir nicht wissen sollten. Und irgendwie glaube ich, dass Grace irgendwann einmal mit Paul darüber gesprochen hat … Das müssen wir bei unserem Gespräch mit Tommy im Hinterkopf behalten.«

»Warum? Was hat das mit Tommy zu tun?«

»Ich denke, es ist das Erste, was wir ihn fragen sollten.«

Sam biegt auf eine lange Schotterstraße, neben der immer noch ein Schild mit der Aufschrift ROSE VALLEY APFELPLANTAGE steht.

Darunter hängt ein viel kleineres Schild mit dunklen schwarzen Großbuchstaben: THE ACRES.

Wir fahren an einer Farm mit Apfelplantage und einem großen Hühnerstall vorbei. Ringsum verlaufen mehrere Wanderwege.

Sam hält auf einem kleinen Wendeplatz und stellt den Motor ab. Ich steige aus und betrachte den Haupteingang zum Gelände. Am Ende eines malerischen Kieswegs liegt ein riesiges Haus mit Außenveranda. Gleich dahinter schließt sich eine große zentrale Rasenfläche an.

Das Haus mit der Veranda ist noch nicht fertig, aber was ich sehe, ist umwerfend: zwanzig Meter hohe Eichenbalken, Holzmöbel und im Innenraum wachsende Bäume. Alles ist um eine zentrale Feuerstelle herum arrangiert.

Aber das Spektakulärste ist die Aussicht auf die riesige Rasenfläche und die Hügelkette. Das Gelände ist mit Hütten aus Stahl und

Holz gespickt, die sich in verschiedenen Stadien der Fertigstellung befinden. Ich sehe die Unmenge an Arbeit, die in diese mit wiederverwendetem Holz verkleideten und von versetzten Satteldächern gekrönten Hütten gesteckt wird. Schon im unfertigen Zustand ist ihre Ausstrahlung bemerkenswert. Sie sind rustikal und zurückhaltend, kein Störfaktor in der Landschaft, sondern eher ein Teil von ihr.

Das ganze Erweiterungsprojekt verblüfft mich schon aus diesem Grund. Es ist einem Projekt nicht unähnlich, an dem ich nicht weit von hier gearbeitet habe, in Woodstock, New York. Ein privates Gelände, dessen Besitzer eine moderne Interpretation des aus dem achtzehnten Jahrhundert stammenden Gehöfts wollten. Ich habe mehrere traditionelle Gebäude und eine zentrale Feuerstelle für Familientreffen geschaffen – ein perfektes, friedliches Refugium in den Catskill Mountains.

»Erinnert es dich an Woodstock?«, fragt Sam.

Ich drehe mich überrascht zu ihm um. »Woher weißt du das?«

Sam reicht mir einen Schutzhelm. »Beim ersten Planungstreffen hat Dad ein Foto davon aus dem *Record* hochgehalten und ›Etwas in der Art.‹ gesagt.«

Ich setze den Schutzhelm auf. Dabei spüre ich die Wirkung seiner Worte in der Brust, im Magen. Der Stolz meines Vaters auf mich, auf uns alle, war unerschütterlich, auch wenn wir nicht dabei waren, um es mitzuerleben. Wäre ich dabei gewesen, hätte ich ihm dann irgendwie sagen können, dass in allem, was ihm an meinen Gebäuden gefiel, auch ein Stück von ihm steckte? Dass ich die Architektin, die ich bin, zum Teil dadurch geworden bin, dass ich ihm bei seiner Arbeit zugesehen habe? Er hatte große Freude an bedeutungsvollen Orten. Er arbeitete mit Freude daran, dass Dinge funktionierten und sich richtig anfühlten. Ich glaube nicht, dass ich ohne diesen Einfluss die Künstlerin wäre, die ich bin. Das habe ich ihm nie gesagt. Ich habe es meiner Mutter zugeschrieben, ihrem Sinn für Rhythmus und Schönheit. Aber es kam auch von ihm. Es kam von ihm. Dass er es nie aus meinem Mund gehört hat, erscheint mir plötzlich wie ein weiteres Unrecht.

Sam deutet auf eine größere (und bereits fertige) Hütte am Rand der Rasenfläche, auf die wir nun zugehen.

»Das ist Ridge House«, sagt er. »Da wohnt Tommy.«

»Langsam wird die Zeit knapp.«

»Wofür?«

»Dass du ausspuckst, was zwischen euch los ist. Bevor wir ihn treffen.«

Er schüttelt den Kopf, als gäbe es nichts zu sagen. »Hab ich nicht erwähnt, dass wir seit sechs Wochen praktisch kein Wort gewechselt haben?«

Ich starre ihn ungläubig an. »Nein. Hast du nicht.«

Er zuckt die Achseln. »Es ist kompliziert. Ich glaube, er war nicht besonders glücklich darüber, dass Dad uns beiden die Leitung übertragen hat. Nicht nur ihm.«

»Aber du hast ihm gesagt, dass wir kommen, oder?«

Sam geht die Stufen zur Hütte hinauf, wobei er immer zwei auf einmal nimmt.

»Nicht so deutlich.«

»Hast du es ihm *überhaupt* gesagt?«

Bevor er antworten kann, öffnet sich die Eingangstür. Tommys Frau Kira steht vor uns. Die wunderschöne Kira, die außerdem hochschwanger ist.

Sie schaut zwischen uns hin und her. »Was zum Teufel macht ihr beide hier?«

Ich werfe Sam einen Blick zu, den er ignoriert.

»Zunächst einmal: dein Mann ist ein Lügner«, sagt Sam.

»Erzähl mir was, was ich noch nicht weiß«, gibt Kira zurück. Dann tritt sie zur Seite, um uns hineinzulassen.

»Wie geht's dir, Kira?«, frage ich.

»Als hätte ich zwei Vier-Pfund-Babys in mir. Ich habe mal gehört, Zwillinge würden immer eine Generation überspringen.«

»Nicht immer«, sagt Sam.

»Ach was!«, entgegnet sie.

Sie wendet sich mir zu und betrachtet mich von oben bis unten. »Lange nicht gesehen.«

Womit sie recht hat. Ich habe Kira seit ihrer Hochzeit mit Tommy vor sechs Jahren nicht gesehen. Bei der Trauzeremonie war ich dabei, aber vor dem Empfang habe ich mich davongeschlichen. (Die kühle Begrüßung durch Tommys und Sams Mutter an jenem Nachmittag hat ausgereicht, um mich daran zu erinnern, dass ich eigentlich nur für die Zeremonie gebraucht wurde.) Tommy und Kira waren seit dem letzten Jahr im College zusammen. Unsere ausführlichste Unterhaltung ergab sich, als Kira in der Anfangszeit ihrer Beziehung merkte, dass Tommys Mutter ihr fast dieselbe Geringschätzung entgegenbrachte wie mir. Daran war Kira nicht gewöhnt, sie konnte nicht damit umgehen. Sie war Künstlerin, eine junge, erfolgreiche Designerin, unabhängig und in Tommy verliebt. Dass Sylvia sich so abweisend verhielt, war unfair und brachte Kira für eine Nanosekunde auf den Gedanken, sich mit mir anzufreunden.

»Du hast dich verändert«, sagt sie jetzt. »Bist du auch schwanger?«

Der Moment, in dem sie meine Freundschaft suchte, ist lange her.

Ich zwinge mich zu einem Lächeln. »Nein, bin ich nicht.«

»Ich schätze mal, du willst keine Kinder.«

»Das würde ich nicht sagen.«

Ich führe es nicht weiter aus. Mit meiner Schwägerin über die Familienplanung zu plaudern, habe ich nicht vor. Vor allem nicht in einem Augenblick, der sich besonders kompliziert anfühlt. Jack und ich haben darüber gesprochen, wie sehr wir uns beide ein

Baby wünschen. Wir haben über ein Baby und meine Pläne zur Vergrößerung der Firma und seine Idee für ein zweites Restaurant gesprochen. Wir haben intensiv über die Zukunft gesprochen. Bis ich das Gefühl bekam, es könnte Unglück bringen, darauf zu vertrauen, dass meine Pläne Wirklichkeit werden und dass einfach alles kontinuierlich weitergeht.

»Mit diesen beiden schwanger zu werden, war ein Albtraum«, erklärt Kira. »Wenn ich dir also einen kleinen Rat geben darf …«

»Ich komme schon klar«, sage ich.

»Ich würde nicht so lange damit warten«, fährt sie fort, als hätte ich nichts gesagt. »Nimm's mir nicht übel, aber für dich tickt die Uhr schon viel lauter, als sie es bei mir getan hat.«

Dann tritt sie ins Wohnzimmer.

Ich lächele Sam zu. »Wie charmant sie doch sein kann.«

Sam lacht. Dann folgen wir ihr ins andere Zimmer, wo sie den Fensterplatz einnimmt. Hinter ihr wird die geschlossene Hügelkette vom Sonnenlicht angestrahlt.

»Hier ist es schweinekalt. Ich ertrage das nicht.«

»Immerhin hast du keine schlechte Aussicht«, sage ich.

Sie schließt die Augen und wickelt sich fest in eine Decke. »Die kann mir gestohlen bleiben.«

Ich habe nicht das Gefühl, dass die Stimmung sich bessert, wenn ich die Innenausstattung dieser Hütte und die bereits erkennbare besondere Atmosphäre von The Acres lobe, wofür Kira zumindest teilweise verantwortlich ist. Sie ist die leitende Innenarchitektin bei Noone Properties, und ihre Handschrift findet sich hier überall: wiederverwertetes Holz, Antiquitäten, Drucke mit botanischen Motiven, ein helles, klares, luxuriöses Ambiente, das perfekt zur Aussicht auf die Hügel passt.

Kira legt die Hände an ihren Bauch und seufzt. »Im Kühlschrank ist Wasser. Ansonsten kann ich euch nur Lutscher mit Ingwergeschmack anbieten.«

»Wir wollten bloß mit Tommy reden«, sagt Sam.

»Sie versuchen gerade, am Naturspielplatz fertig zu werden. Weißt du überhaupt, wo der ist, Sam?«

Er geht mit einem Lachen über ihre unverhohlene Spitze hinweg. Die Andeutung, dass statt ihr und Tommy er hier in der Provinz festhängen sollte. Oder dass Sam wenigstens dabei sein und seinen Teil der Arbeit leisten sollte. Vielleicht sollte er das. Wie auch immer, Sam ist klug genug, den Köder nicht zu schlucken. Wenn sie dieses Gefühl hat, geht das letztlich auf den Menschen zurück, der sie mit entsprechenden Informationen versorgt hat: Tommy. Sam wird sie so oder so nicht überzeugen, dass sie unrecht hat.

»Nimm eine Karte mit.«

»Ich denke, ich weiß schon, wohin ich muss«, sagt er. »Aber danke.«

»Spiel hier nicht den Helden, Sam. Die Grundstückskarte liegt in der Kiste auf der Veranda. Spoileralarm: Es geht bergauf.«

Dann schließt sie die Augen, offenbar hat sie genug von uns. Also verlasse ich mit Sam im Gefolge die Hütte.

Er zieht die Tür hinter uns zu. »Wow«, sagt er. »Sie hat Angst, dass ich mich verlaufe. So freundlich war sie schon lange nicht mehr zu mir.«

Ich grinse ihn an. »Meinst du das ernst?«

»Na klar. Und dann die Sorgen, die sie sich deinetwegen gemacht hat.«

Ich schaue ihn verwirrt an.

»Sie hat recht. Du wirst nicht jünger.«

Jetzt grinse ich nicht mehr. »Sehr witzig.«

»Ich meine ja bloß. Vielleicht solltest du die Sache mit dem Tierarzt in Ordnung bringen. Du magst seinen Sohn richtig gern …«

»Hol die Karte«, sage ich.

SPIELPLÄTZE HABEN VERSCHIEDENE FORMEN UND GRÖSSEN

Kira hatte nicht unrecht. Die Pfade auf dem Gelände sind noch nicht richtig angelegt und schwer zu begehen, vor allem in diesem Wind und der Kälte. Es geht eine Weile durch Waldstücke und über steile Hügel, bis wir den Naturspielplatz entdecken.

Trotz der Kälte schwitzen wir beide. Außer Atem erklimmen wir schließlich den letzten Hügel und erreichen eine Lichtung, auf der ein Team von Bauarbeitern beschäftigt ist. Es gibt eine in die Bäume gebaute Seilrutsche, eine Kletterwand in einem hohen Felsblock und unten im Tal ein sicher in den Boden eingelassenes Trampolin.

Auf diesem Trampolin finden wir Tommy. Er hüpft in seiner bauschigen Daunenweste und Jeans auf und ab. Dabei redet er mit einem der Arbeiter.

Aus der Entfernung könnte man den Eindruck bekommen, dass er Spaß hat. Aber so wie ich Tommy kenne, ist Spaßhaben nicht sein Ding. Wahrscheinlich geht es eher darum, während der Arbeit ein bisschen zu trainieren. Denn Leistung ist das, wovon Tommy am meisten hält.

Er hebt den Blick und sieht uns näher kommen. Wie jedes Mal bin ich irritiert. Seine Augen, die meinen so stark ähneln, starren mich an. Sein Gesicht sieht fast so aus wie meins.

»Ich glaub's nicht. Was macht ihr denn hier? Und beide zusammen?«, begrüßt er uns. »Wenn Dad nicht schon tot wäre, würde ich vermuten, dass er gestorben ist.«

Ich schüttele den Kopf und habe jetzt schon die Nase von ihm voll. »Wahnsinnig komisch, Tommy.«

Er lächelt unbeholfen. »Wollte nur das Eis brechen. Kira hat geschrieben, dass ihr beide wegen irgendwas auf dem Kriegspfad seid. Oder hat sie das falsch verstanden? Wollt ihr mich nur kontrollieren? Oder euer Beileid aussprechen?«

»Lass den Scheiß, Tommy«, sagt Sam. »Sag mir lieber, warum du mit Paul Turner über Cece Salinger redest.«

Tommy wendet sich Sam zu. »Wer hat dir das gesagt?«

»Wer mir das gesagt hat?«, fragt Sam. »Mehr fällt dir dazu nicht ein?«

Tommy starrt Sam an, sein Lächeln verschwindet. Dann steigt er vom Trampolin herunter und tritt auf mich zu.

»Wenn ihr darüber sprechen wollt, sollten wir ungestört sein«, sagt er.

»Nach dir«, sagt Sam.

Tommy macht sich auf den Weg zum Airstream. Wir folgen ihm die schmalen Stufen hinauf. Die Kabine ist überhitzt und eng, ein Heizgerät läuft auf vollen Touren. Tommy zieht die gefütterte Jacke aus, unter beiden Armen sind große Schweißflecken zu erkennen.

Er nimmt sich einen Kombucha, setzt sich hinter seinen improvisierten Schreibtisch und überlässt es uns, auf der mit Aktenkartons und Kombuchakisten vollgestellten Einbaucouch Platz zu finden.

»Ehe ihr euch unnötig aufregt«, sagt er, »Dad hat mir nichts davon erzählt. Ich hab erst vor ein paar Wochen herausgefunden, dass er vorhatte, an sie zu verkaufen.«

»Wie bist du darauf gekommen?«

»Einer der Anwälte hat nach der Testamentseröffnung mit Joe gesprochen. Ich hab zufällig mitgekriegt, dass von Salinger die

Rede war, also hab ich nachgeforscht. Vor ein paar Wochen hab ich von einem Paar aus Ceces Firma die Bestätigung bekommen.«

»Und du bist nicht auf die Idee gekommen, mir etwas davon zu sagen?«

»Was soll ich darauf antworten?«

»Du könntest mir zum Beispiel erklären, warum du es nicht getan hast.«

Sam sieht Tommy in die Augen, und ich nehme die ganz eigene Chemie zwischen ihnen wahr: diese Mischung aus Wut und Liebe und Feindseligkeit. Die stille Übereinkunft, dass sie in allem gemeinsam drinstecken und dass diese Nähe manchmal, wie auch jetzt, in ihr Gegenteil umkippt.

»Du willst mir das Leben wirklich schwermachen, hm? Du warst die ganze Zeit nicht da, Mann.«

»Seit Dads Tod?«, erwidert Sam. »Ich denke, das ist verständlich.«

»Seitdem ist es noch viel schlimmer, ja. Aber wenn wir schon ehrlich sein wollen, dann auch richtig: Du bist hier alles andere als der Partner, der du angeblich sein willst.«

»Was für ein Blödsinn«, sagt Sam. »Du willst nur glauben, dass du allein das Sagen haben solltest.«

»Du weißt, dass das nicht stimmt«, sagt er. »Du bist großartig in deinem Job, wenn du es wirklich willst.«

»Da werd ich glatt noch rot.«

Tommy schüttelt den Kopf, als hätte er für alles Mögliche Zeit, nur nicht dafür, Sam von der Wahrheit zu überzeugen. Natürlich kann ich nicht beurteilen, ob das, was Tommy sagt, der Wahrheit entspricht, aber ich sehe, wie klein Sam sich jetzt fühlt. Ich spüre das Bedürfnis, einzugreifen.

»Wir müssen das jetzt nicht alles durchkauen, Tommy«, sage ich. »Wir versuchen nur herauszufinden, was mit Dad los war.«

»Ich hab nicht die leiseste Ahnung, was ihr hier sucht.«

»Ehrlich gesagt sind wir dann schon zu zweit.«

Er schaut mich an, seine Miene wirkt jetzt weicher.

»Mit Dad war irgendetwas los, von dem wir nichts wussten«, sage ich. »Von dem wir alle nichts wussten.«

»Zum Beispiel, dass er mit Cece zu tun hatte?«, fragt Tommy.

Zum Beispiel, dass er möglicherweise ermordet wurde.

Ich nicke. »Unter anderem.«

»Dazu kann ich nur sagen, dass Joe mir kategorisch erklärt hat, dass alles, was zwischen den beiden vorgefallen ist, schon furchtbar lange her ist.«

»Und? Was hat deine Kontaktaufnahme mit Paul Turner ergeben?«, frage ich.

Er greift in seine Schreibtischschublade und nimmt ein Exemplar von *Forbes* heraus. Von der Titelseite starrt uns Cece Salinger entgegen, die Arme vor der Brust verschränkt.

Er reicht mir die Zeitschrift. Eine Seite ist mit einer umgeknickten Ecke markiert. »Die ist vor fünf Monaten rausgekommen«, sagt er. »Seite dreiundachtzig.«

Ich schlage die Zeitschrift auf der markierten Seite auf und werde von einem großen Foto von Cece begrüßt, die durch den kleinen Weinberg ihres Anwesens in Los Alamos spaziert – des Anwesens, an dem Sam und ich vor zwei Tagen abgewiesen wurden.

Ich lese die Zwischenüberschriften. Sie konzentrieren sich auf Ceces gewaltige Erfolge, auf die Neuausrichtung der Salinger Group nach ihrer Scheidung, vor allem, was das Lifestylesegment betrifft.

Ich betrachte das Foto und das fett gedruckte Zitat darunter, das ich laut vorlese: »›*In naher Zukunft wird Salinger sich darauf konzentrieren, das Portfolio im Bereich Gastgewerbe und Resorts auszubauen. Eine große Rolle spielen vor allem abgelegene Luxushotels mit starker Betonung der Privatsphäre.*‹«

»Gleich darunter«, sagt Tommy. »Direkt über dem nächsten Absatz.«

»›*Salinger war zwar zurückhaltend, was Aussagen über ihr Privatleben betrifft, aber sie bestätigte, dass sie ein neues Haus für sich und ihren jetzigen Partner eingerichtet hat, den sie geheimnistuerisch als alten Freund bezeichnet hat.* Aber das will ich hier nicht vertiefen, *sagt Salinger und verweigert das Gespräch über weitere Details ihres Privatlebens.*‹«

»Klingt das vertraut?«

»Es klingt, als könnte Dad gemeint sein«, stellt Sam fest.

»An welcher Stelle kommt Paul Turner ins Spiel?«, frage ich.

»Einmal dürft ihr raten, wer die Fotos für den Artikel gemacht hat …«

Ich hebe den Blick und sehe Tommy in die Augen.

Er nickt. Und ich füge diese Information zu meiner immer länger werdenden Liste von Dingen hinzu, die an der Oberfläche nicht zusammenhängen und sich im seltsamen Grenzbereich zwischen unbehaglich und gruselig bewegen.

»Was für ein Zufall«, bemerkt Sam.

»Anscheinend arbeitet er häufig für die Zeitschrift. Jedenfalls dachte ich, er könnte Einblick in das Verhältnis zwischen Dad und Cece haben. Und kein nachvollziehbares Interesse, sein Wissen für sich zu behalten.«

»Hat er irgendetwas bestätigt?«, frage ich.

»Nicht das, was ich dachte. Er schien aus dem Wenigen, was er wusste, den Eindruck gewonnen zu haben, dass das Verhältnis zwischen Cece und Dad eine uralte Geschichte war. Paul schien sich recht sicher zu sein, dass, falls Cece mit jemandem aus der Firma enger zu tun hatte, es dabei jedenfalls nicht um Dad ging.«

Sam schaut ihn verwirrt an. In diesem Moment zähle ich zwei und zwei zusammen.

»Du meinst Cece und Onkel Joe?«, frage ich.

»Das war jedenfalls mein Schluss«, sagt Tommy. Ich spüre die Spannung in meinem Kiefer.

»Hat Paul gesagt, sie wären zusammen?«

Tommy schüttelt den Kopf. »Als ich meine Vermutung auf den Tisch gelegt habe, hat er etwas anderes gesagt.«

»Nämlich?«, hake ich nach.

»Dass ich mich irre.«

VOR 39 JAHREN

»Ich mag sie sehr«, sagte Cory. »Rachel.«

Sie saßen in einem Sandwichladen in der Nähe von Liams Büro in Midtown und teilten sich ein Stück Kokosnusskuchen. Cory strich mit einem Finger über den Rand ihres Kaffeebechers.

Sie war wieder zu Hause. Sie war zurück nach New York, zurück nach Brooklyn gezogen. Aus dem einen Jahr waren dreieinhalb geworden, wie ihm von Anfang an klar gewesen war. Auch jetzt war sie nicht hier, weil sie das wollte, sondern weil ihre Mutter krank war und ihr Vater zu nichts zu gebrauchen. Irgendjemand musste sich um die beiden kümmern.

Und das war offensichtlich sie.

Sie liebte die Graduate School. Sie liebte den Schreibkurs und liebte es, die Tage mit Menschen zu verbringen, die über Bücher und Theaterstücke und Poesie sprechen wollten. Sie liebte die Wohnung, die sie sich mit zwei anderen Studentinnen teilte. Sie lag in einer alten Feuerwache, die in weitläufige Lofts mit hohem, offenem Dachstuhl und einem riesigen Bücherregal umgewandelt war, das sich die ganze Wohnzimmerwand entlangzog. Von ihren Fotos hatte sie ihm als Erstes dieses gezeigt: das wunderschöne, endlose weiße Regal, auf dem all ihre Bücher standen, ihre Lehrbücher und auch die antiquarischen Exemplare, die sie jedes Wochenende auf dem Trödel kaufte.

Wie elend sie sich im Haus ihrer Eltern fühlte, war ihr am Gesicht abzulesen. Aber welche Wahl blieb ihr? Die Rente ihrer Mutter reichte nicht aus, ihr Vater war arbeitslos. Cory war drei Semester vom Abschluss ihrer Promotion und noch weit von der Fertigstellung eines Buchs entfernt. Als Lehrerin würde sie mit ziemlicher Sicherheit keine Stelle finden. Was auch für die Arbeit bei einem New Yorker Verlag galt. Dort waren kaum Jobs zu bekommen, und wenn, dann waren sie schlecht bezahlt, zumindest für Neueinsteiger.

Außerdem hatte sie keine Zeit, sich um all das zu kümmern. Also absolvierte sie ein Vorstellungsgespräch bei einer Marketingfirma, bei der ihre Freundin Sally gearbeitet hatte. Die Firma suchte eine Werbetexterin und verbuchte es als Vorteil, dass sie die Kunden mit ihrem Masterabschluss ködern konnte. Wahrscheinlich würde daraus über Nacht ein Doktortitel, schließlich waren sie im Marketing. Das Entscheidende war, dass sie eine Menge Geld verdienen würde, um ordentlich für ihre Eltern sorgen zu können. Der Rest würde sich später finden.

Über den Tisch hinweg streckte Liam den Arm nach ihr aus. Es machte ihn fertig, sie unglücklich zu sehen. Aber er hatte keine Ahnung, wie er ihr helfen sollte. Sie wollte sich sowieso nicht von ihm helfen lassen. Er war kein Künstler. Er stand nicht unter diesem inneren Zwang. Ihm war klar, dass sie die Sache wahrscheinlich lieber mit Rachel besprochen hätte, obwohl die beiden sich gerade erst kennengelernt hatten. Rachel wusste, was es bedeutete, die eigene Kunst aufzugeben (oder zumindest den Gedanken, mit dieser Kunst den eigenen Lebensunterhalt bestreiten zu können) und zu versuchen, sich eine andere Existenz aufzubauen. Dieses Verständnis war einer der Gründe, warum sie so gut miteinander auskamen. Warum sie wunderbar miteinander auskamen. Irgendwie machte es das für Liam noch schwieriger.

Rachel war aufgebrochen, um den Zug zurück nach Croton zu nehmen, sodass sie nur noch zu zweit waren. Nur Cory und Liam. Cory hielt den Blick von ihm abgewandt, starrte den verdammten Becher an und weigerte sich, ihn näher an sich heranzulassen.

»Ich kann die Hochzeit noch absagen«, sagte er.

»Mach dich nicht lächerlich. Sie ist wunderbar. Ich mag sie. Und vor allem magst du sie. Dass du sie heiraten willst, hat einen Grund.«

»Ich habe nicht geglaubt, dass du zurückkommst.«

»Aber ich bin hier.«

»Cory …«

»Nenn mich nicht Cory«, sagte sie. »Das erinnert mich an meinen Vater.«

»Was soll ich sagen? Alte Angewohnheiten sind schwer abzulegen.«

Sie konnte sich ein Lächeln nicht verkneifen.

»Lass mich dir helfen«, sagte er. »Mit deinen Eltern.«

»Schon angeboten. Schon abgelehnt.«

»Du bist ziemlich stur«, sagte er.

»Vielleicht«, sagte sie. »Vielleicht stimmt das.«

Sie zuckte die Achseln und versuchte, es zu überspielen, aber das funktionierte zwischen ihnen beiden nicht. Auch wenn sie es nicht aussprechen wollte, wusste Cory, dass es nicht nur darum ging, wie sich ihr Schicksal gewendet hatte. Vielleicht war da noch etwas, das sie selbst nicht so leicht benennen konnte. Sie war so daran gewöhnt, dass er sie bat, ihn zu heiraten, dass sie sich nie vorgestellt hatte, diese Fragen könnten irgendwann aufhören. Dabei wollte er gar nicht aufhören zu fragen. Wie waren sie nur in diese Situation geraten?

»Ich hasse den Grund, aus dem du wieder hier bist, wirklich, aber …«

»Aber was?«

»Ich bin auch froh, dass du wieder hier bist«, sagte er. »Ich weiß, dass es egoistisch ist. Ich weiß, dass es das Egoistischste ist, was ich sagen kann.«

»Du bist einfach ehrlich. Abgesehen davon verstehe ich es.«

»Wirklich?«

Endlich sah sie ihm in die Augen. »Wir dürfen nicht noch mal so lange getrennt sein.«

»Nein«, sagte er. »Nein, das machen wir nie wieder.«

»Aber was dann?«

Er öffnete den Mund, aber sie schüttelte den Kopf und ließ ihn nicht zu Wort kommen.

»Das kannst du nicht entscheiden. Und was du sagen wirst, ist nicht das, was ich will.«

»Was willst du denn?«

Er nahm ihre Hand und hielt sie zwischen seinen.

»Jetzt im Moment?«, erwiderte sie. »Noch ein Stück Kuchen.«

NUR UMWEGE FÜHREN NACH HAUSE

»Cece und Joe«, sagt Sam. »Scheiße. Natürlich.«

»Das könnte das ein oder andere erklären«, sage ich.

»Es *könnte*?«

Wir gehen zurück zum Wagen. Kälte und Wind brennen auf meinen Wangen, meiner Haut.

Sam nimmt sein Handy aus der Tasche und fängt an zu suchen. »Cece Salinger und ihr Mann lassen sich nach einunddreißig Jahren scheiden.«

Er wirft mir einen Blick zu.

»Das war vor acht Monaten. Das Timing stimmt«, sagt er. »Wahrscheinlich hat Joe Dad überredet, alles seiner Freundin zu verkaufen …«

»Wann hätte Dad sich je zu etwas überreden lassen?«

»Aber es würde auch erklären, warum Dad in den letzten Monaten neben sich stand, vor allem, wenn Onkel Joe die Beziehung vor ihm geheim gehalten hat. Das wäre nach allem, was Dad für ihn getan hat, ein ziemlich mieser Verrat gewesen.«

Ich schaue Sam an und frage mich, von welchem Verrat er spricht: Dass Joe unseren Vater überredet haben könnte, die Firma an eine Frau zu verkaufen, mit der er etwas hatte? Oder schon der Umstand, dass Joe und Cece überhaupt eine Beziehung hatten? So oder so finde ich die Annahme gewagt – vielleicht sogar völlig falsch. Denn selbst wenn Paul (und Tommy) mit Joe und Cece richtigliegen, heißt das noch nicht, dass mein Vater nichts davon wusste. Welche verborgene gemeinsame Geschichte müsste er mit Cece gehabt haben, damit Joe ihm so etwas vorenthält?

Wir überqueren einen weiteren Hügel, im Hintergrund taucht der Parkplatz auf. Sam streckt die Hand aus, er will seine Schlüssel.

»Nichts von alledem verrät uns, wer an dem Abend mit Dad auf der Klippe war«, sage ich.

»Wenn Joe und Cece ihre Beziehung Dad gegenüber verschwiegen haben, stellt sich doch die Frage, was sie uns jetzt verschweigen.«

»Aber warum hätte Cece dann von sich aus gesagt, dass Dad sie an dem Abend erreichen wollte? Damit hätte sie uns doch bloß ermuntert, genau das zu tun, was wir jetzt tun. Mehr Fragen zu stellen statt weniger.«

Er schüttelt den Kopf, als weigerte ich mich, etwas Offensichtliches zur Kenntnis zu nehmen.

»Vielleicht war ihr klar, dass wir sowieso dahinterkommen«, sagt er.

»Das ergibt keinen Sinn, Sam. Und es passt nicht zu dem Eindruck, den sie auf mich gemacht hat.«

»Nämlich?«

Ich denke daran, wie traurig darüber sie wirkte, dass sie die Anrufe verpasst hatte. Vor allem, weil es die letzte Chance gewesen wäre, mit ihm zu reden.

»Sie hat Dad wirklich gemocht.«

»Das schließt sich nicht aus.«

Er öffnet die Wagentür und steigt ein.

Ich will Sam nicht noch weiter anstacheln, also nehme ich auf dem Beifahrersitz Platz und ziehe die Tür zu. Und verkneife mir die Bemerkung, die mir auf der Zunge liegt: *Wenn sich das nicht ausschließt, wie muss unser Dad sich gefühlt haben?*

Sam legt die Hände aufs Lenkrad, lässt den Motor aber noch nicht an.

»Ich will nicht mir dir darum konkurrieren, wer Dad besser kannte«, sagt er. »Wirklich nicht. Aber ich glaube, dass Tommy und ich durch die tägliche Zusammenarbeit mit ihm etwas begriffen haben, das du vielleicht nicht siehst.«

»Nämlich?«

»Dass die Firma ihm alles bedeutete.«

»Ich glaube nicht, dass es so einfach ist.«

»Viel komplizierter dürfte es nicht gewesen sein«, sagt er. »Alle um ihn herum haben das gesehen. Die Freude, wenn er auf einer Baustelle war, seine außerordentliche Konzentration vor einer Neueröffnung. Selbst wenn er nur im Büro war … Ich sage nur, dass man so etwas spürt. Wenn jemand auflebt. In solchen Situationen hat Dad sich am lebendigsten gefühlt.«

Ich starre Sam an. War er in der Lage gewesen, etwas zu erkennen, das mir völlig entgangen ist?

Sams Hände umklammern das Steuer. Immer noch lässt er den Motor nicht an.

»Mit dem anderen Punkt liegt er auch nicht daneben«, sagt Sam. »Tommy, meine ich …«

»Mit welchem anderen Punkt?«

»Ich war in letzter Zeit nicht ich selbst. Willst du den Grund wissen?«

»Verletze ich deine Gefühle, wenn ich Nein sage?«

»Sehr witzig. Ich möchte dir etwas zeigen.«

»Nein, danke.«

»Um ehrlich zu sein, ist es ein Umweg.«

»Es wird immer schlimmer.«

Daraufhin dreht er den Zündschlüssel und legt den Gang ein.

* * *

Wir überqueren den Hudson River und fahren eine gute Stunde lang, bis wir die Stadt Kingston erreichen.

Upper Kingston. Das verdächtig nach einem Filmset aussieht, vor allem mit der winterlichen Beleuchtung und der Weihnachtsdekoration.

Kingston war die erste Hauptstadt des Staates New York, und die Architektur ist jener Zeit verhaftet. Eine unglaubliche Mischung aus Steinhäuschen im Kolonialstil, farbenfrohen Häusern und schmiedeeisernen Balkonen. Obwohl ich gegen meinen Willen hier bin, finde ich es interessant und einzigartig.

Sobald wir das Stadtzentrum hinter uns gelassen haben, wird alles ringsum wieder ländlicher – geschlossene Gemüsestände, Trauerweiden und Wohnmobile bestimmen das Bild.

Bei einer Farm mit weitläufigen Obstplantagen vor bewaldeten Hügeln hält Sam am Straßenrand. Auf einem Schild über der Zufahrt steht FITZGERALD-GROVE STONE FRUIT.

»Warum halten wir hier?«, frage ich.

Sam deutet auf die Landschaft hinter der Windschutzscheibe. »Ursprünglich wollte Dad The Acres hier bauen«, sagt er. »Auf der Fitzgerald-Farm.«

»Okay …«

»Hundertzehn Hektar, wunderschöne Zuckerahornbäume, Plantagen mit drei verschiedenen Obstsorten: Äpfel, Pfirsiche, Kirschen. Und wenn ich dir sage, ich habe noch nie bessere Pfirsiche gegessen, dann ist das nicht gelogen.«

»Und was wollen wir jetzt hier?«

»Ich war es, der die Farm entdeckt hat. Nachdem ich mir über Monate hinweg achtzig Farmen überall im Hudson Valley angeschaut hatte. Ich fuhr her und versuchte, das Gelände zu kaufen. Die Familie war nicht sonderlich interessiert, was anfangs oft so geht. Aber meistens ändern die Leute ihre Meinung, wenn sie hören, wie Dad bei seinen Käufen vorgeht. Achtzig Prozent der

Landschaft werden erhalten, garantiert. Auf dem Gelände wird eine kleine Farm weitergeführt, um die sich die Familie kümmert, wenn sie möchte. Und natürlich können sie in ihrem Haus wohnen bleiben. Zwei Hektar werden für sie abgetrennt, auf denen sie unbegrenzt wohnen dürften. Sie müssen also nicht weggehen oder umziehen. Und sie bekommen mehr Geld, als sie mit der Bewirtschaftung der Farm bis an ihr Lebensende verdienen könnten.«

Er macht eine Pause.

»Die Tochter, die auch auf der Farm gelebt hat, ist Anwältin und hat ziemlich schnell eingelenkt, aber es gab noch mehr Geschwister, die von einem Verkauf nichts wissen wollten, also hat die Familie letztlich abgelehnt. Aber so haben wir uns kennengelernt.«

»Da komm ich nicht mit.«

»Taylor. Ich spreche von Taylor. Das ist die Farm ihrer Familie.«

Ich sehe ihn fragend an. »Deine Ex-Freundin?«

»Es wird noch verrückter. Wir waren uns vorher schon begegnet, Taylor und ich. Damals, als ich an der Hotchkiss Baseball unterrichtet habe. Laut den Schulregeln musste jeder Trainer auch einen Kurs geben, also bot ich einen Naturwissenschafts-Wahlkurs in Sportpsychologie an. Was im Wesentlichen darauf hinauslief, dass ich einem Haufen Kids erklärt habe, wie sie auf und neben dem Platz seelisch widerstandsfähig bleiben.«

Ich grinse ihn an.

»Jedenfalls war Taylors Nichte in meiner Klasse. Eine Stipendiatin, superklug. Taylor kam sie oft besuchen. Und ich weiß nicht, wie ich es erklären soll … es war einfach … es hat mich vom ersten Moment an erwischt. Natürlich wollte ich nicht der eklige Lehrer sein, der die Tante einer Schülerin anbaggert, also hab ich nichts unternommen. Dann sind wir uns Jahre später unter komplett anderen Umständen wiederbegegnet. Wie stehen die Chancen für so etwas?«

»Wahrscheinlich nicht gut.«

»Genau.«

Er fährt Richtung Zufahrt.

»Was hast du vor?«

»Ich zeige dir das Gelände. Es ist fantastisch. Sogar einen See gibt es.«

»Sam.«

»Vielleicht sollte ich eher von einem Teich sprechen.«

»Das ist gruselig.«

»Warum? Taylor und ich verstehen uns gut. Außerdem ist sie nicht hier. Sie arbeitet. Sie ist Familienanwältin. Absolut brillant und richtig cool.« Er schaut auf die Uhr am Armaturenbrett. »Sie ist noch im Gericht.«

Er wendet sich mir zu, in seinen Augen blitzt etwas auf. Anscheinend hat er eine Idee.

»Willst du sie kennenlernen?«

»Sam …«

»Fahren wir zu ihr.«

* * *

Wir fahren ins Stadtzentrum, es beginnt wieder zu schneien.

Nachdem wir das Senatsgebäude und das Gericht des Ulster County hinter uns gelassen haben, überquert Sam die Hauptstraße – Bäckereien und Buchläden und Cafés –, bevor er in eine ruhigere Straße biegt und vor einem grauen Ziegelgebäude parkt. Auf einer kleinen goldenen Tafel steht FITZGERALD LAW LLC, der einzige Hinweis auf eine Anwaltskanzlei.

Sam steigt aus. »Willst du den besten Donut, den du je gegessen hast?«, fragt er.

»Was machen wir hier?«

»Sie müsste jeden Moment aus dem Gericht kommen. Hoffentlich bin ich zurück, bevor sie kommt. Warte hier, für alle Fälle.«

Er deutet auf die Treppe vor dem Haus.

»Im Schnee?«

»Stell dich nicht an. Es kommt doch praktisch nichts runter.«

Sam geht davon. Ich steige aus, setze mich auf die Treppe und schaue mich um. Ich entdecke eine weitere Anwaltskanzlei, eine Kirche und eine Gruppe hinreißender Kinder, die nach Schulschluss mit dem Rad nach Hause fahren.

Ich setze mich eine Stufe höher, sodass ich durch den Dachvorsprung geschützt bin, und gehe die Nachrichten auf meinem Handy durch. Jack hat kurz auf die Mailbox gesprochen und ein paar Textnachrichten geschickt. Er hat gesagt, er sei auf dem Weg ins Restaurant, um nach dem Rechten zu sehen, und wolle wissen, wann ich nach Hause komme.

Ich würde gern mit dir reden

Es fühlt sich an wie ein Messer in meiner Brust. Ich weiß, dass dieses Gespräch nötig ist, und will gleichzeitig nicht, dass es nötig ist.

Gerade will ich eine Antwort tippen, als eine E-Mail eingeht. Sie kommt von einem der beiden Rechtsmediziner, genauer gesagt: von einem Assistenten, der mir mitteilt, sein Chef sei bis zum Wochenende in Seattle, wo er als Zeuge bei einem Prozess aussagen müsse. Danach werde er sich bei mir melden.

So schnell, wie er verschwunden ist, taucht Sam wieder auf. Er hat eine Tüte mit frischen Donuts und drei orangefarbene Getränke.

Er setzt sich neben mich, reicht mir einen Donut und einen Becher. »Mangotee. Taylor tunkt ihren Donut darin ein.«

»Das klingt krass.«

»Findest du?«, entgegnet er. »Salat und Tomate? Nicht mal Käse?«

Ich grinse ihn an und nehme einen Becher Tee.

»Ich glaub's nicht«, sagt sie.

Wir blicken beide auf und sehen eine Frau, die vom Gericht herüberkommt.

Taylor. Sie hat ein frisches Gesicht und ist hübsch – und eine Spur zerzaust. Ihre feuchten Haare sind zu einem Knoten gesteckt, der Steppmantel ist zu breit für ihre Schultern. Trotz der ledernen Kuriertasche hält sie jede Menge lose Papiere in den Armen.

Sam setzt ein breites Lächeln auf, strahlt sie an.

»Gerade musste ich an dich denken, Samuel«, sagt sie.

»Was hast du gedacht?«

»Jedenfalls nicht, dass du hier auf der Treppe sitzt.«

Sie mustert ihn. Ich sehe ihr an, wie sie nachdenkt. Was es bedeutet, dass Sam hier vor ihr sitzt. Aber es fällt mir schwer, mich auf ihre Reaktion zu konzentrieren, weil ich derart auf Sam, meinen Bruder, fixiert bin. Die letzten 72 Stunden haben wir größtenteils zusammen verbracht, aber in all der Zeit habe ich nichts gesehen, was diesem Lächeln auch nur nahegekommen ist. Dieser Freude.

Er steht auf, um sie richtig zu begrüßen. Seine Wangen sind rot, seine Augen leuchten, er zieht die Schultern zurück. Als ginge es ihm vor allem um eins: darum, sie zu beeindrucken.

»Wir kommen gerade von The Acres …«, sagt er.

»Also nicht von so weit her«, stellt sie fest.

»Nein, nicht so weit.«

»Aber um die Ecke ist es auch nicht«, sagt sie.

Sie steckt ihre Papiere in die Tasche, streckt die Hand aus und berührt seine Wange.

»Alles in Ordnung?«

Dann schaut sie herunter, beide schauen herunter, als würden sie jetzt erst bemerken, dass hier noch jemand sitzt.

Ich winke ihr zu. »Hi. Sorry, dass ich lausche. Ich bin die Schwester.«

»Ah. Die Normale.« Sie schenkt mir ein warmes, aufrichtiges Lächeln. »Na, das wurde aber langsam auch Zeit …«

Sam öffnet die Tüte mit den warmen Donuts und streckt sie ihr entgegen. »Ich dachte, ich bringe etwas fürs leibliche Wohl mit.«

»Oh, Mann, danke«, sagt sie. »Anscheinend hast du geahnt, wie sehr ich das heute brauche.«

Sie nimmt einen Donut aus der Tüte, tunkt ihn sofort in den Tee, dreht ihn im Becher und beißt ein großes Stück ab.

»Mein Fall geht den Bach runter«, sagt sie. »Der Anwalt der Gegenseite macht sich zum Brandschatzen und Plündern bereit. Stadtmenschen, ihr wisst schon.«

»Gehörst du inzwischen nicht auch dazu?«, fragt Sam.

Sie hält beim Abbeißen inne. »Ja, vermutlich.«

Sie betrachtet ihn mit einem entschuldigenden Achselzucken, warum auch immer. Dann tritt sie näher an ihn heran.

»Das mit deinem Vater tut mir leid, Samuel. Ich wollte mich melden, als ich erfahren hatte, dass du ihn verloren hast. Aber andererseits … wollte ich mich auch nicht melden.«

Er sieht sie auf eine Art an, als würde er ihr gleich sagen, was wir niemandem weitererzählen wollten. Dass er den Verdacht hegt, er habe ihn nicht verloren, sondern er sei ihm genommen worden.

Aber Sam schluckt die Bemerkung herunter und zwingt sich zu einem Lächeln.

»Danke, dass du es gewollt hast«, sagt er. »Und dass du es nicht getan hast.«

Sie nickt. Sie wechseln einen Blick, einen langen Blick, bei dem ich mich abwenden muss. Denn meinem Bruder steht alles ins Gesicht geschrieben. Ob man es Verletzlichkeit oder Sehnsucht nennt. Er kann nicht verbergen, was sie ihm bedeutet. Vielleicht ist das auch für Taylor zu viel, denn mit einem Räuspern macht sie der Situation ein Ende.

»Ich muss jetzt wirklich rein«, sagt sie.

»Okay …«

Ich stehe auf, um den Abgang leichter zu machen. Einen Abgang, für den Sam eindeutig nicht bereit ist. Den Taylor aber zu brauchen scheint.

»War schön, dich kennenzulernen«, sage ich.

Sie neigt sich herüber und legt mir eine Hand auf die Schulter. »Gleichfalls«, sagt sie. Ihre Stimme klingt plötzlich tiefer, sie scheint alles um uns herum vergessen zu haben.

»Sei vorsichtig mit ihm«, sagt sie.

Sie spricht so sanft und so schnell, dass ich zuerst glaube, mich verhört zu haben. Aber natürlich habe ich das nicht. Am liebsten würde ich sie fragen, wie sie es meint – hält sie Sam für so zerbrechlich, dass ich auf ihn aufpassen soll? Oder hält sie ihn für raffiniert und will mir zur Vorsicht raten? Vielleicht meint sie sogar beides.

Bevor ich nachfragen kann, hat sie sich wieder Sam zugewandt.

»Ich werde dich vermissen«, sagt sie.

Dann küsst sie ihn auf die Wange.

Und verschwindet.

EINE SACHE, DIE WIR NOCH ERLEDIGEN MÜSSEN

Statt wieder in den Wagen zu steigen, geht Sam zu Fuß los.

Ich versuche, Schritt zu halten, als er erst in die Green Street und dann in die Crown Street biegt. Er scheint zu wissen, was er will, und marschiert in hohem Tempo weiter, bis er sein Ziel erreicht: Rough Draft Bar & Books, offenbar halb Buchladen, halb Bar, denn er geht an den Bücherregalen vorbei zu einer Theke, wo er zwei IPA bestellt.

»Ich will keins«, sage ich.

»Das passt. Die sind nämlich beide für mich.«

Er legt einen Zwanziger auf die Theke, nimmt beide Gläser an sich und bringt sie zu einem Zweiertisch.

»Dann muss ich wohl fahren.«

Er ignoriert meine Bemerkung. »Wie findest du sie?«

»Warum ist das wichtig?«

»Ich bin neugierig«, sagt er.

Aber das glaube ich nicht. Er ist auf eine Art und Weise verrückt nach ihr, dass die Meinung anderer ihn nicht interessiert.

Also frage ich mich, was er wirklich wissen will. Und ich frage mich, was Taylor mir zu sagen versucht hat. *Sei vorsichtig mit ihm.*

»Mein Eindruck war, es ist vielleicht noch nicht zu spät, wenn du nicht willst, dass es vorbei ist mit ihr«, sage ich.

»Doch. Es ist zu spät.«

Er spricht es mit einer Endgültigkeit aus, die mich überrascht.

»Woher weißt du das?«

»Zum Beispiel, weil sie vor zwei Wochen geheiratet hat.«

»Was?«

Er nickt. »Der Typ ist ein Freund ihres älteren Bruders. Sie behauptet, sie hätten vor unserer Trennung nichts miteinander gehabt. Ich weiß nicht genau, wie sie das definiert«, sagt er. »Er ist Kieferorthopäde und heißt Sherman. Er läuft Triathlon und ist Schlagzeuger in einer lokalen Band. Und verdammt alt. Älter als du.«

»Besten Dank.«

»Willst du ihn kennenlernen? Seine Praxis ist gleich um die Ecke.«

»Nein, das will ich nicht.«

»Er hat Kinder im Teenageralter. Sie liebt die Kids. Sie liebt ihn. Sie ist in sein Haus gezogen, obwohl sie mir gesagt hatte, sie würde ihre Farm niemals verlassen.« Er hält inne. »Ich dachte, ich wäre das Problem, weißt du? Unsere Familie wäre ihr zu chaotisch, oder sie hätte keine Lust, in der Stadt zu leben, oder ich hätte zu lange mit einem Heiratsantrag gewartet ... Aber ich hab mich geirrt.«

»Wie meinst du das?«

»Es lag an alledem und an nichts davon«, sagt er. »Sie wollte einfach ihn.«

Ich spüre es selbst, in der Brust, im Herzen, wie sehr es ihn fertigmacht. Was er verloren hat. Und dass er sich gerade fragt, ob er es überhaupt je hatte.

Vor zwei Wochen. Es ist zwei Wochen her, dass Sam das Herz gebrochen wurde – zweieinhalb Wochen, nachdem er seinen Vater verloren hat. Und kurz nachdem er zu dem Schluss gekommen ist, dass der Verlust unseres Vaters sich anders abgespielt hat, als es auf den ersten Blick aussah.

Ich stelle meine Frage so sanft wie möglich.

»Warum wolltest du dann hier vorbeischauen?«

»Ich kann es nicht ändern. Ich will immer bei ihr vorbeischauen.«

* * *

Sam starrt aus dem Fenster.

Er ist in Gedanken versunken. Und eindeutig nicht an einer Unterhaltung interessiert.

Ich konzentriere mich aufs Fahren. Der Schnee fällt wieder stärker, legt sich aufs Ackerland und erschwert mir die Sicht. Wir kommen langsam voran, aber ich habe es auch nicht besonders eilig. Ich will meinen Bruder nicht absetzen, ohne für ihn da zu sein. Und für jemanden da zu sein, bedeutet manchmal, den Mund zu halten. Manchmal bedeutet es aber auch, das zu sagen, was niemand anders sich auszusprechen getraut hat.

»Haben die Leute dir gesagt, Dad wäre immer noch bei dir?«

Er starrt auf die Windschutzscheibe und sagt kein Wort.

»Denn mir sagen sie das immer wieder, dass er noch bei mir wäre. Manchmal hilft es, so etwas zu hören, aber manchmal erinnert es mich bloß daran, wie allein ich mich fühle, seit ich ihn verloren habe. Als hätte ich mein Leben lang ein unsichtbares Sicherheitsnetz unter mir gehabt, das plötzlich nicht mehr da ist …«

»Anscheinend ticken unsere jeweiligen Bekannten ziemlich verschieden.«

»Was ich nur sagen will, ist, dass wir nicht immer die besten Entscheidungen treffen, wenn wir trauern.«

»Was genau meinst du? Dass ich heute nicht bei meiner verheirateten Ex-Freundin hätte auftauchen sollen?«

»Zum Beispiel. Aber auch, dass du mit dem Verschicken von Hochzeitseinladungen vielleicht besser wartest, bis du sicher bist, dass du es wirklich willst.«

»Ich dachte, wir hätten geklärt, dass du in solchen Dingen nicht die beste Ratgeberin bist.«

»Es soll kein Rat sein«, sage ich. »Eher eine Beobachtung.«

Wie aufs Stichwort summt mein Telefon. Auf dem Display taucht eine Terminerinnerung auf: ELLIOT/AUSTIN. Es geht um Austins Auftritt. Village Auditorium. Morgen um 10:30 Uhr. Ich drehe das Handy um, aber Sam hat den Namen Elliot schon entdeckt.

»Wie war das mit dem Beobachten?«

»Ich muss mein Leben auch auf die Reihe bekommen. Das ist mir klar, glaub mir. Aber das bedeutet nicht, dass ich mich bei deiner Sache irre.«

»Schön. Deine Beobachtung läuft also darauf hinaus, dass ich, weil Dad tot ist, mein Leben nicht weiterleben sollte?«

»Nein«, sage ich. »Was ich sehe, ist, dass du dabei bist, dich mit einem Leben zufriedenzugeben, das du eigentlich nicht willst.«

Ich überlege, wie ich ihm am besten beibringe, was ich wahrnehme, wenn ich ihn beobachte. Was mir erst so richtig klar geworden ist, als ich gesehen habe, wie auch Tommy ihn beobachtet hat.

»Ich glaube, du willst eigentlich nicht in der Firma arbeiten. Ganz sicher willst du ihr nicht dein Leben widmen.«

»Ich bin gut in dem, was ich mache.«

»Davon bin ich überzeugt. Aber das ist etwas anderes, als es aus den richtigen Gründen zu tun.«

»Wovon redest du eigentlich?«

»Wenn ich nun beschwören könnte, dass es nie Dads Vorstellung war, dass du in der Firma bleibst? Würdest du dann immer noch da sein wollen? Denn ich kann dir sagen, dass es ihm nie darum ging, dass du in der Firma oder mit ihm arbeitest. Wichtig war ihm nur, dich in seiner Nähe zu haben.«

»Das kannst du nicht wissen …«, protestiert er.

»Doch, das kann ich. Außerdem weiß ich, dass man nur wenige große Verluste ertragen kann, bevor man aufhört, noch irgendwelche Risiken einzugehen. Deine Verletzung, die Trennung von Taylor. Jetzt Dad. Wann kommst du zu der Erkenntnis, dass du genug verloren hast?«

»Ist das deine Vorstellung von einer aufmunternden Rede?«

»Ich will nur auf möglichst sanfte Weise sagen, dass ich glaube, auch bei Morgan geht es um diese Sehnsucht. Das Gefühl, auf festem Boden stehen zu wollen. Aber ich bin nicht davon überzeugt, dass der Boden für uns noch einmal so fest sein wird.«

Er wirkt erschüttert, als sei etwas in ihm hochgekommen, an das er eigentlich nicht rühren will. Was ich verstehe. Mir geht es auch so. Zumindest was das betrifft, geht es uns ähnlich. Wenn man kurz hintereinander zu viel verliert, glaubt man, nichts mehr riskieren zu dürfen.

»Ich glaube im tiefsten Inneren, dass wir schlechte Entscheidungen treffen, wenn wir uns von Angst leiten lassen«, sage ich. »Mach daraus, was du willst. Aber ich habe das Gefühl, dass dein weniger ängstliches Ich immer noch auf etwas anderes hofft.«

»Und was genau soll das sein?«

»Ein anderes Leben.«

Ich rechne damit, dass er weiter diskutiert. Ich rechne damit, dass er sagt, ich würde mich irren und am Thema vorbeireden. Aber er verstummt. Er öffnet das Fenster und richtet den Blick auf die Straßenbeleuchtung.

»Weißt du, kurz nachdem wir zusammengekommen sind, hat Taylor mich gefragt, wie es sich anfühlt, Baseball zu spielen«, sagt er. »Ich hab ihr ausführlich erklärt, wie Dad mein Little-League-Team trainiert hat, als ich fünf war. Dann die Auswahlteams während meiner ganzen Kindheit, dass ich als Zwölfjähriger wusste, dass Baseball das Einzige war, was ich in meinem Leben machen wollte.«

Er wendet den Kopf und sieht mich an.

»Aber ich hab nicht verstanden, dass es ihr nicht um meine Biografie ging. Um die Geschichte. Sie wollte wissen, wie es sich anfühlt. Das hatte mich nie jemand gefragt, deshalb hab ich es nicht kapiert.« Er schüttelt den Kopf. »Jedes Mal, wenn ich sie jetzt sehe, will ich ihr sagen, dass ich es inzwischen beantworten kann, als würde das irgendwas ändern.«

»Dann sag es mir.«

»Es hat sich immer wie eine Art Beweis angefühlt.« Er zuckt die Achseln. »Ich weiß, es klingt kitschig, aber so war es. Kein Beweis von etwas so Großem wie Gott und dem Tod, aber auch nicht so weit davon entfernt. Vielleicht wie ein Beweis, dass ein bestimmter Moment tatsächlich real war. Da sind meine Arme, da ist mein Atem, was mache ich jetzt damit? Wie schaffe ich es, von hier nach dort zu kommen? Ich hatte immer eine Antwort. Ohne überhaupt danach zu suchen, hatte ich eine Antwort. Nach meiner Verletzung habe ich diese Art Sicherheit überall gesucht. Ich weiß nicht. Das Zusammensein mit Taylor ist der Sache am nächsten gekommen …«

Darüber denke ich nach, während ich über den Henry Hudson Parkway fahre. Auf der anderen Seite des Flusses taucht New Jersey auf, Upper Manhattan kommt in Sicht.

»Vielleicht ist es jetzt das Gegenteil«, sage ich.

»Wie meinst du das?«

»Vielleicht musst du, seit sie gegangen ist, es dir allein beweisen«, sage ich. »Dass eure Beziehung etwas bedeutet hat.«

Er seufzt. »Was für eine scheiß Autofahrt.«

Ich lache. Er dreht sich wieder zum Fenster. Erste Schilder nach Harlem kommen in Sicht. In der Ferne sind die glitzernden Lichter von New York City zu erkennen. Ich sehe etwas über sein Gesicht huschen, eine Traurigkeit, die er nicht verscheuchen kann.

»Ich weiß nicht, wie es bei dir war, aber mir hat Dad praktisch nie irgendwelche Ratschläge in Liebesdingen gegeben, was nach drei Scheidungen vielleicht vernünftig war. Aber als Taylor und ich uns getrennt hatten, hat er mich zum Abendessen eingeladen. Wir haben beide ein bisschen viel getrunken, und irgendwann konnte er nicht mehr davon aufhören, dass man nicht allzu viele Chancen bekommt.«

»Chancen wozu?«

»In Ordnung zu bringen, was man versaut hat.«

Ein schmerzhafter Volltreffer. Wie recht er hatte.

»Das hat Dad gesagt?«

Er nickt. Und ich versuche, mir unseren Vater als Ratgeber vorzustellen. Unseren Vater, der es grundsätzlich vermied, sich in unser Leben einzumischen. Deshalb frage ich mich, ob er dabei über Sam sprach oder ob der Alkohol ihn dazu brachte, seine eigenen Entscheidungen infrage zu stellen. Und wenn ja, was glaubte er in seinem Leben falsch entschieden zu haben? Und nicht mehr in Ordnung bringen zu können?

Ich schüttele den Kopf und weiß nicht, was ich damit anfangen soll. »Das klingt überhaupt nicht nach Dad«, sage ich.

»Was glaubst du, warum ich mich so gut daran erinnere?«

VOR 34 JAHREN

»Du magst ihn. Das sehe ich doch.«

Cory hatte einen neuen Freund. Liam und Rachel waren ihnen ausgerechnet vor Liams Büro über den Weg gelaufen. Cory und ihr Freund kamen aus einer Matinee von Neil Simons neuestem Stück *Lost in Yonkers*. Der Umstand, dass Cory ihn mitgenommen hatte, hatte etwas zu bedeuten. Hatte es auch etwas zu bedeuten, dass er auf eloquente Art all die Gründe darlegte, aus denen es ihm nicht gefallen hatte? Liam hatte Mühe, sich auf diese Gründe zu konzentrieren. Seine Aufmerksamkeit galt allein der Hand des Freundes, die auf Corys Hüfte lag, auf ihrem Beckenknochen.

Heute, zwei Tage nach der Begegnung, trafen sie sich mittags im Central Park. Sie erzählte ihm nicht viel.

»Und will er dich heiraten?«, fragte Liam.

»Der Einzige, der das Wort bisher in den Mund nimmt, bist du.«

»Ich dachte, du glaubst nicht an die Ehe.«

»Das hab ich nicht gesagt. So etwas hab ich niemals behauptet.«

»Natürlich hast du das.«

»Was ich gesagt habe, ist, dass die Ehe dich und mich nicht rettet. Ein offizielles Dokument oder was auch immer. Das Einzige, was zwei Menschen rettet, ist das, was zwei Menschen immer rettet.«

»Und das wäre?«

»Da zu sein.«

»Ich bin da«, sagte er.

»Genau. Worum machst du dir also Sorgen?«

Sie legte sich ins Gras zurück, die Sonne schien ihr ins Gesicht, auf ihre nackten Schultern, auf ihre Haare. Er starrte sie an.

»Wie kannst du mit jemandem zusammen sein, der Neil Simon nicht mag?«

Sie legte einen Arm über ihre Augen. »Ich könnte mich irren, aber ich glaube, Paare haben schon Schlimmeres überstanden.«

»Cory …«, sagte er.

»Ich nenne mich nicht mehr Cory. Das ist ein alter Spitzname.«

»Okay, schön … wie auch immer du jetzt heißt.«

Sie lachte.

»So ungern ich es zugebe, er kommt mir wie ein guter Mann vor.«

»Das denkt er von dir nicht.«

Sie zuckte die Achseln, als sei es unwichtig. Was es auch war. Dann nahm sie den Arm von ihren Augen, stützte sich auf die Ellbogen hoch und suchte seinen Blick.

»Die Sache ist … dass ich ihn nie angelogen habe. Nicht über dich und mich, über nichts von alledem. Ich glaube nur … dass es ihm – und auch mir – gegenüber fair ist, wenn wir eine neue Form für unsere Beziehung finden.«

»Dann tun wir das.«

Er zögerte nicht. Er würde nie zögern. Schließlich ging es zwischen ihnen genau darum. Immer wieder einen neuen Weg zu finden, wie sie in das Leben des jeweils anderen passten. Obwohl er wusste – wusste sie es etwa nicht? –, dass es eigentlich andersherum sein sollte. Man konnte sagen, dass es dort, wo es darauf ankam, tatsächlich andersherum war.

Letztlich war es sowieso nebensächlich. Was Liam betraf, war alles außer ihnen beiden nebensächlich. Was immer Cory wollte, wo immer sie in ihrem Leben Platz für ihn schaffen wollte, er würde diese Rolle einnehmen. Immer.

»Ich will nur, dass du glücklich bist«, sagte er.

Sie beugte sich hinüber und berührte sein Gesicht. Erst mit der Handfläche, dann mit dem Handrücken.

»Komm schon«, sagte sie. »Fang jetzt nicht an zu lügen.«

WER ICH FRÜHER WAR

Es ist 23 Uhr, als ich nach Hause komme. In unserem Schlafzimmer brennt Licht.

Ich öffne die Haustür, stelle die Tasche ab, hole mir in der Küche ein Glas Wasser und setze mich an meinen Zeichentisch. Dann gehe ich die E-Mails des Tages durch und beantworte die, die mir dringend erscheinen. Ich verschiebe ein paar Meetings und beruhige ein paar Kunden, so gut das in einer spätabendlichen Nachricht geht.

Ich gebe mir Mühe, schnell zu machen. Aber als ich die Treppe hochgehe, wird im Schlafzimmer das Licht ausgeschaltet. Ich trete ein und sehe Jack auf der Seite liegen, das Gesicht von mir abgewandt.

Ich gehe auf Zehenspitzen ins Bad, wasche mich, ziehe mich aus und schlüpfe ins Bett, an seine Seite. Ich bin erleichtert, im Warmen zu sein. Ich bin erleichtert, neben ihm zu liegen.

Natürlich ist er noch wach. Ich spüre es an der Art, wie er atmet. Ich merke es seinem Körper an. Vielleicht versucht er, mir noch Zeit vor dem Gespräch zu lassen, das keiner von uns gern führen möchte. Aber es kommt mir eher wie ein Test vor – ein letzter Test –, um zu sehen, ob ich den ersten Schritt mache. Zum ersten Mal seit langer Zeit. Ob ich die Kluft überbrücke.

Schon in der Anfangszeit unserer Beziehung habe ich die ersten Schritte gemacht. Ich wollte ihm einfach näher sein. Das will ich noch immer, aber nicht dringend genug, um gegen den Teil von mir anzukommen, der einfach stillhalten will.

Es gefällt mir nicht, dass ich an unsere Anfangszeit denke. Meiner Erfahrung nach tut man das meistens, wenn man sich einem Ende nähert, das man eigentlich nicht will. Warum sind Anfänge und Enden so kompliziert miteinander verbunden? Vielleicht sind sie gar nicht das Gegenteil voneinander. Eigentlich tragen sie dieselbe DNA in sich. Sie sind die beiden Pole, die wir alle zu meistern versuchen.

Wie auch immer, so beginnt das Scheitern.

* * *

Ich träume von meinem Vater.

Wenn ich eine andere Einstellung zu Leben und Tod hätte – wenn ich mir eine andere Einstellung gestatten würde –, käme es mir weniger wie ein Traum und mehr wie ein Besuch vor.

Ich kann ihn riechen. Seine spezielle Mischung. Pfefferminz und frischer Kaffee und Wald, was der Seife zu verdanken ist, die er immer benutzte. In meinem Traum trägt er Jeans (was er selten tat) und hat sich einen Bart wachsen lassen.

Ich strecke die Hand aus und berühre den Bart. Er ist zottelig und weich und sehr lang. Irgendwie scheint der Bart nicht zu ihm zu gehören. Aber mein Vater küsst mich auf die Stirn. Er ist es.

Hallo, meine Liebe, sagt er.

Ich denke, wir sind auf dem Trockenen, aber dann steigt ganz schnell das Wasser, es steht uns bis über die Knöchel und nähert sich schon den Knien. Wir stehen zusammen auf der Klippe. Der Klippe von Windbreak. Mein Vater nimmt mich an der Hand und geht langsam auf den Abgrund zu.

Dad?, sage ich und ziehe ihn zu mir zurück. *Tu's nicht, Dad.*

Zu nah, sagt er. *Das war zu nah.*

Ich sage, *Ich bin so froh, dass ich dich nicht verpasst habe.*

Er sagt, *Beinahe, Nora-nu. Beinahe hättest du mich verpasst.*

Er sagt, *Verpass das nicht auch noch.*

HUNDERT WEGE FÜHREN ZUM ABSCHIED

Am Morgen treffe ich Jack in der Küche an.

Er erwartet mich in Jeans, ohne Hemd, die Haare noch feucht vom Duschen. Ich spüre eine Woge von Liebe, wenn ich ihn nur sehe, und die Sehnsucht, auf ihn zuzugehen, ihm mit den Fingern durch die Haare zu fahren, seine Haut zu berühren. Aber ich spüre auch die Last des gestrigen Schweigens, seiner unerwiderten Bitte um ein Gespräch, der Tatsache, dass er jetzt auch keinen Schritt auf mich zumacht.

Ich setze mich an die Kücheninsel. Er stellt mir einen Becher Kaffee und einen Teller mit Zimttoast für uns beide hin.

»Ich bin froh, dass du ausgeschlafen hast«, sagt er. »Das hattest du nötig.«

Er bleibt auf der anderen Seite der Kücheninsel stehen, beugt sich aber vor, als ich den Becher in beide Hände nehme und einen Schluck trinke.

»Fährst du noch in die Stadt heute?«, fragt er.

»In die Stadt?«

»Hat Austin heute Morgen nicht seinen Auftritt?«

»Woher weißt du das?«

Es klingt defensiver, als ich gewollt habe, wahrscheinlich weil es meiner Gefühlslage entspricht.

»Aus unserem Kalender.«

Ich schüttele den Kopf. »Sorry. Ja, ich hab's ihm versprochen …«

»Du hast es Austin versprochen?« Es ist eine Frage und auch wieder nicht.

»Ja, Jack. Ich hab es Austin versprochen.«

Er nickt und setzt zu einer Bemerkung an, schluckt sie aber herunter. Ich habe das Gefühl, in die Bresche springen zu müssen.

»Bei dem Auftritt geht es darum, Austin zu unterstützen. Nicht um Elliot.«

»Tatsächlich?«

Er sagt es eher neugierig, nicht so sehr wertend oder feindselig.

»Ja.«

»An welcher Stelle kommt Elliot dann ins Spiel?«

Er wartet auf meine Antwort. Eine richtige Antwort. Aber ich vermute, dass ihm auch klar ist, dass diese Antwort die Lage zwischen uns nicht verbessern würde. Jedenfalls nicht im Augenblick. Vielleicht räuspert er sich deshalb und spricht weiter.

»Ich will dir nur sagen, dass ich eine Entscheidung getroffen habe«, sagt er. »Ich werde Becker helfen.«

Ich brauche einen Moment, um zu begreifen, was er gesagt hat. Becker ist seine Freundin aus der Kochausbildung, die Besitzerin des Zwei-Sterne-Restaurants im nördlichen Kalifornien. Die Freundin, die Jack gebeten hat, während ihres Mutterschaftsurlaubs das Restaurant zu übernehmen.

Jack hat beschlossen, das Angebot anzunehmen. Dreitausend Meilen von hier entfernt.

»Ich habe nach einem guten Zeitpunkt gesucht, es dir zu sagen, aber vielleicht gibt es keinen guten Zeitpunkt«, sagt er.

»Wie lange bist du weg?«

»Ich weiß nicht. Eine Weile.«

»Was ist eine Weile?«

Er schüttelt den Kopf. »Sie muss mich einarbeiten und mich mit dem Team vertraut machen. Da sie in der dreiunddreißigsten Woche ist, muss alles ziemlich schnell gehen …«

Mein Herz rast so schnell, dass ich mich schwertue, zu verstehen, was er sagt. Ich kann kaum glauben, dass wir an diesen Punkt gelangt sind. Aber das sind wir natürlich. Ich habe uns dorthin getrieben, nicht wahr? In eine Ecke, aus der wir beide hinauswollen.

»Komm schon, Jack«, sage ich. »Mit Elliot ist nichts gewesen. Das würde ich dir niemals antun. Uns niemals antun.«

»Es geht nicht um Elliot. Ich meine, er ist sicherlich keine Hilfe, aber ich fühle mich durch ihn nicht bedroht«, sagt er. »Und ich kapiere es ja. All die Verluste. Der Tod deiner Mom hat dich zerrissen. Und jetzt noch dein Vater. Das kommt zu dicht hintereinander. Niemand könnte es so dicht hintereinander verarbeiten.«

»Und deine Antwort darauf ist, dass du weggehst?«

»Meine Antwort ist, dass ich dir ein bisschen Raum gebe«, sagt er. »Denn an meiner Seite funktioniert es für dich nicht.«

»Das ist nicht wahr.«

»Vielleicht ist es einfacher für dich, wenn du allein bist … oder umdenkst. Oder einen neuen Anfang machst.«

»Also geht es doch um Elliot?«

Er antwortet nicht. Aber ich spüre, wie er gegen etwas ankämpft. Er lässt nicht zu, dass ich leugne, was ich im Moment tue. Und er will nicht dabei zusehen, wie ich unsere Beziehung preisgebe.

Ich kämpfe gegen die Tränen an. Er kommt um die Kücheninsel herum und setzt sich neben mich. Dann spricht er mit leiser Stimme weiter, noch leiser und sanfter als sonst. Als würde er sämtliche Energie dafür brauchen, es auszusprechen. Für uns beide.

»Was willst du, Nora?«, fragt er. »Denn ich möchte, dass du es bekommst. Ehrlich. Egal, was es ist.«

Zeit. Das ist meine ehrliche Antwort. Ich will Zeit. Womit ich aber nicht nur meine, dass ich Zeit brauche, um mich besser zu fühlen, um wieder glauben zu können, dass die Welt nicht flüchtig und einsam ist. Ich brauche auch die Zeit, die er mir nicht geben kann, die niemand mir geben kann, die ich niemals mehr haben werde. Die Zeit mit meinen Eltern. Die Zeit mit Jack, als es leichter war, ihn zu lieben, irgendwen zu lieben. Als ich noch nicht in meinem tiefsten Inneren die tiefe und inzwischen reale Angst vor dem Moment spürte, in dem ich auch ihn verliere.

»Ich möchte glauben, dass wir nur in einer Krise stecken«, sagt Jack. »Jedenfalls habe ich mir das bisher gesagt. Aber das war falsch. Denn wenn ich dich nicht mehr erreichen kann, ist letztlich egal, wie ich es nenne.«

»Jack, ich werde daran arbeiten«, sage ich.

»Ich will nicht, dass du daran arbeiten musst. Ich will, dass du es willst. Anders geht es für mich nicht.«

Es ist keine Drohung. Es ist das Gegenteil einer Drohung. Niemand hat Schuld, es geht nicht um Scham. Es ist ein Versprechen.

Er nimmt meine Hand, seine Finger verschränken sich mit meinen.

»Ich will wirklich nicht, dass du gehst.«

»Das ist nicht dasselbe, als würdest du wollen, dass ich bleibe.«

TÖDLICHE STÜRZE

Jack macht sich auf den Weg zum Restaurant, im Haus wird es still.

Ich setze mich aufs Bett und starre zu der Reihe von Fotos auf dem Kaminsims hinüber. Gerahmte Schnappschüsse und Polaroids und Streifen aus dem Automaten, Momentaufnahmen aus unseren gemeinsamen Jahren. Fotos von uns beiden im Garten und auf den Hochzeiten von Freunden, bei einer Fahrradtour durch die Provinz, die wir zusammen mit meiner Mutter unternommen haben. Ich besitze sogar ein gerahmtes Foto von uns beiden, als wir dreizehn waren. Ich habe ein Exemplar unseres Jahrbuchs aus dem achten Schuljahr gefunden, in dem ein im Werkunterricht aufgenommenes Klassenfoto abgedruckt war. Wir standen an den entgegengesetzten Enden der ersten Reihe. Jack lächelte in die Kamera, während ich an der Werkbank entlang zu ihm hinüberschaute. Jack behauptet gern im Spaß, ich hätte Hudson Ricci angeschaut, den Jungen neben ihm, in den alle verknallt waren. Aber ich weiß, dass es um Jack ging. Schon damals wusste ich es.

Ich kann einfach zu ihm hingehen, denke ich. Ich kann alles in Ordnung bringen. Ich muss nur aufstehen. Bei diesem Gedanken werde ich vom Summen meines Handys unterbrochen, auf dem Display erscheint eine unbekannte Nummer. Für einen kurzen Moment rede ich mir ein, dass es Jack ist, der vom Festnetzanschluss des Restaurants aus anruft. Dass es Jack ist, der mir sagt, er werde nicht nach Kalifornien gehen. Jack, der mir sagt, wir finden eine Lösung. Bleib da. Bleib, wo du bist. Ich bin schon auf dem Weg.

Aber am Telefon meldet sich eine Frau. Sie klingt kurz angebunden und ernst.

»Hier ist Dr. Susan Clifton. Ich habe Ihre E-Mail bekommen. Ich arbeite mit Lanie Robertson zusammen.«

Dr. Susan Clifton. Die zweite der beiden Rechtsmediziner.

Ich setze mich gerade auf, konzentriere mich. »Dr. Clifton. Danke, dass Sie anrufen. Ich weiß es wirklich zu schätzen, dass Sie sich melden.«

»Aber natürlich«, sagt sie. »Ich bin nur nicht sicher, inwieweit ich Ihnen helfen kann. Ich habe mir die Unterlagen angesehen, die Sie geschickt haben. Um ganz offen zu sein: Die Verletzungen, die Ihr Vater bei dem Sturz erlitten hat, lassen zum überwiegenden Teil verschiedene Interpretationen zu.«

»Okay …«

»Ich glaube, dass eine Selbsttötung bei den Ermittlungen zu Recht ausgeschlossen wurde«, sagt sie. »Das Muster entspricht den Verletzungen, mit denen bei einem überraschenden Sturz zu rechnen ist, was auch für den Winkel des Aufpralls gilt, wenn Sie meine Direktheit entschuldigen wollen. Aber ich muss sagen, dass mir andere Schlussfolgerungen übereilt erscheinen. Bei tödlichen Stürzen, vor allem aus größerer Höhe, ist es ziemlich schwierig, halbwegs zuverlässig zwischen einem Unfall und Fremdeinwirkung zu unterscheiden. Die Muster ähneln sich stark.«

»Wie sind die Ermittler darauf gekommen, Fremdeinwirkung auszuschließen?«

»Genau das wäre auch meine Frage. Es sei denn, sie hätten über mehr Informationen verfügt als ich. Außerdem finde ich nichts über einen toxikologischen Befund oder eine gründliche Analyse der Blutspritzer und ihrer Verteilung. Ihr Vater wurde verbrannt, ist das richtig?«

»Richtig.«

»Das schränkt unsere Möglichkeiten definitiv ein. Normalerweise kristallisiert sich durch solche Untersuchungen eine bestimmte Geschichte heraus. Aber ohne seine Leiche kann ich nicht viel für Sie tun.«

Eine Geschichte kristallisiert sich heraus. Die Formulierung lässt mich aufhorchen. Und noch etwas anderes.

»Dr. Clifton«, sage ich. »Was meinen Sie mit ›zum überwiegenden Teil‹?«

»Wie bitte?«

»Sie sagten, seine Verletzungen ließen zum überwiegenden Teil verschiedene Schlüsse zu. Gibt es außerdem Verletzungen, auf die das nicht zutrifft?«

»Es gibt auf jeden Fall ein paar Details, von denen ich sagen würde, sie sind …«

»Verdächtig?«

»Eine gründlichere Untersuchung wert.«

»Zum Beispiel?«

»Auf seiner linken Wange gab es eine Prellung, die von einer handgreiflichen Auseinandersetzung vor dem Sturz herrühren könnte. Wenn ich Zugang zur Leiche hätte, könnte ich dem nachgehen und untersuchen, ob unter den Fingernägeln fremde DNA übersehen wurde … auch die Geschwindigkeit des Sturzes deutet darauf hin, dass er gestoßen wurde. Bei einem versehentlichen Sturz hätte er meiner Meinung nach näher am Klippenrand liegen müssen …« Sie hält inne. »Aber um ehrlich zu sein, finde ich es im Moment am auffälligsten, dass alle so tun, als könnten sie eindeutige Schlüsse ziehen, obwohl die Beurteilung der Situation sehr uneindeutig ist.«

»Gibt es ohne die Leiche denn irgendetwas, was ich noch tun könnte?«

Sie zögert, dann antwortet sie: »Als Medizinerin bin ich nicht sicher. Aber als Tochter? Sie könnten noch einmal zum Schauplatz des Sturzes zurückkehren. Manchmal entdeckt man etwas, das man beim ersten oder sogar beim zweiten Besuch übersieht.«

»Sie glauben also, es könnte sich lohnen?«

»Ich kann Ihnen nichts versprechen, aber ich denke schon.«

Einen Moment lang ringe ich um Fassung. »Wenn es um Ihren Vater ginge und Sie eine begründete Vermutung äußern müssten, würden Sie dann glauben, dass er gestoßen wurde?«

»Ich denke schon. Jedenfalls könnte ich nicht das Gegenteil behaupten.«

* * *

Ich rufe auf Sams Handy an, aber Morgan geht an den Apparat. Sie redet sofort los.

»Gott sei Dank sind Sie es. Ich brauche Sie.«

»Erst muss ich mit Sam sprechen. Es ist eine Art Notfall.«

»Sie haben einen Notfall? *Ich* habe einen Notfall! Wir müssen uns so schnell wie möglich am Brownstone treffen. Sam will die Hochzeit verschieben.«

Ich glaube, ich habe falsch gehört. Innerlich bin ich noch mit Dr. Clifton beschäftigt. Mit dem Aufprallwinkel und dem Ort, an dem mein Vater gelandet ist.

»Wir beide müssen also Prioritäten setzen«, sagt Morgan. »Uns auf die Dachterrasse konzentrieren. Ich brauche einen detaillierten Beleuchtungsplan. Außerdem könnten wir vielleicht … eine coole Außentreppe oder eine Leiter anbringen, die die Leute nehmen können, um nach oben zu kommen.«

Ich versuche zu verstehen, was sie mir mitteilen will. »Wovon reden Sie eigentlich?«

»Sie wissen schon, damit die Gäste nicht durch das unfertige Haus gehen müssen. Auf die abschätzigen Blicke kann ich verzichten.«

»Ist Sam da, Morgan? Können Sie ihn bitte holen?«

Sie ruft nach Sam. »Für dich, Nora ist dran!«

Ich höre seine Antwort aus einem anderen Zimmer der Wohnung, es klingt wie ein Echo. »Kein guter Zeitpunkt«, sagt er.

»Kein guter Zeitpunkt?«, frage ich, als könnte er mich hören. »Sagen Sie ihm, er soll endlich drangehen.«

»Er ist schon auf dem Weg«, sagt sie. »Ich schicke Ihnen ein paar Fotos zur Anregung. Morgen früh um zehn am Brownstone, okay?«

Dann legt sie auf.

* * *

Ich sitze an meinem Zeichentisch und gehe im Kopf noch einmal alles durch, was Dr. Clifton gesagt hat. Ihren Verdacht, ihre Unsicherheit. Die Worte: *Eine Geschichte kristallisiert sich heraus.* Genau das habe ich früh in meiner Ausbildung in Bezug auf die Gestaltung eines Raums gelernt. Eine Säule ist nicht einfach eine Säule. Ein Stützpfeiler ist nicht einfach ein Stützpfeiler. Sie müssen nicht nur mit dem Rest des Gebäudes kommunizieren, sondern auch berücksichtigen, wozu dieses Gebäude dienen soll. Wen soll es beschützen, wenn ich mit meiner Arbeit fertig bin? Zu welchem Zweck muss es stabil sein?

Noch einmal gehe ich das Testament meines Vaters durch, die Besitzurkunde und die Unterlagen zu Windbreak. Was entgeht mir? Wen wollte mein Vater beschützen? Wo wollte er für Stabilität sorgen?

Ich konzentriere mich auf Jonathans Namen am Ende mehrerer Dokumente. Jonathan Reed, Noones Chefjustiziar, der eindeutig Zugang zu allem hat. Jonathan, der einzige Mensch, der juristisch verpflichtet ist, die Informationen vertraulich zu behandeln.

Ich schicke ihm trotzdem eine E-Mail. Ich bitte ihn, mich anzurufen, wenn er ins Büro kommt, weil ich ein paar Fragen zu Windbreak hätte. Zu meinem weiteren Vorgehen bei der Übernahme des Hauses. Das sind nicht die Fragen, um die es mir wirklich geht, aber solche, deren Beantwortung er nicht verweigern wird. Fragen, die er in seiner Rolle sicher beantworten muss.

Dann steige ich in die Subway und fahre zu Austins Konzert.

Als ich an der Bleeker Street aussteige, summt mein Telefon. Es ist Jonathan.

Während ich langsam in Richtung von Austins Schule gehe, begrüße ich Jonathan und lausche seiner aufgesetzt munteren Stimme.

»Letztlich ist es ziemlich simpel«, sagt er. »Es steht Ihnen frei, Windbreak jederzeit in Besitz zu nehmen. Wenn Sie aber eher an einen Verkauf denken, kann ich Ihnen bei der Auswahl eines Maklers vor Ort helfen und den Verkauf von hier aus vorbereiten.«

Ich habe nicht vor zu verkaufen, will mich auf diese Diskussion jetzt aber nicht einlassen. Denn natürlich wird er wissen wollen, was ich mit einem Cottage am anderen Ende des Landes anfangen will, und darauf habe ich noch keine gute Antwort. Ich weiß nur, dass ich nicht das Einzige von meinem Vater aufgeben will, das mir anscheinend geblieben ist.

»Jonathan, gab es irgendwann noch jemanden?«

»Wie meinen Sie das?«

Ich meine einen Menschen, dem Windbreak ähnlich viel bedeutet haben könnte wie meinem Vater. Der an jenem Abend dort bei ihm gewesen sein könnte. Der vielleicht dort war, weil mein Vater ihm auf eine Art und Weise wichtig war, die so tief reichte und so schmerzhaft war, dass alles am Klippenrand endete.

»Ich möchte wissen, ob mein Vater immer vorhatte, mir Windbreak zu vermachen, oder ob er an der Stelle seinen ursprünglichen Plan geändert hat.«

Er schweigt, die Stille ist eisig. Und ich frage mich, ob ich sie in die Stille hineininterpretiere oder ob sie wirklich da ist. Die Angst.

»Nora, ich darf Ihnen nicht die ganze Geschichte erzählen.«

»Soll ich das als Ja verstehen?«

Ich bin bei Austins Schule angekommen. Die Türen zur Aula stehen offen, Familien und Freunde strömen hinein. Ich sehe Elliot aus der anderen Richtung zum Eingang eilen, noch im Arztkittel und mit einem Geschenk für Austin in der Hand.

»Falls es Ihnen hilft: Ihr Vater wollte immer, dass für Sie gesorgt ist.«

»Das beantwortet meine Frage nicht, oder?«

»Eine bessere Antwort habe ich nicht«, sagt er. »Ihr Vater wollte immer das Richtige tun, für Sie, für Ihre Brüder, für alle, die er liebte. Loyalität stand für ihn an erster Stelle.«

Ein Lehrer kommt heraus und schließt die großen Türen zur Aula. Ich beende den Anruf und gehe im letzten Moment hinein.

Erst als sich der Vorhang hebt und ich Jonathan nicht mehr fragen kann, wird mir klar, was ich unbedingt wissen will. Was er nicht beantwortet hat. Was niemand beantworten will.

Loyalität gegenüber wem?

VOR 32 JAHREN

»Sieh es als neuen Anfang«, sagte Liam.

»Neuen Anfang wovon?«, fragte sie.

Sie waren draußen in Windbreak. Er hatte das Haus vor über einem Jahr gekauft, aber Cory sah es jetzt zum ersten Mal. Sie standen in seinem noch leeren Wohnzimmer und ließen es auf sich wirken. Liam versuchte, es mit Corys Augen zu sehen.

»So bekommst du es zurück«, sagte er. »Kalifornien. Alles, was dir weggenommen wurde.«

»Mir wurde nichts weggenommen.«

»Wir können hier zusammen alt werden.«

Sie konnte sich ein Lachen nicht verkneifen. »Du bist doch gestört.«

»Ich sage ja nicht, dass wir jeden Tag hier sein werden …«

»Ach, das sagst du nicht?«

Er ignorierte ihren Tonfall. »Ich sage nur, dass wir es auf unsere Weise sein werden.«

Sie warf ihm einen vielsagenden Blick zu. Ihre Gedanken laut auszusprechen, hätte sie nur beide verletzt. Sie war jetzt ein gutes Jahr verheiratet. Und Liam hatte eine kleine Tochter, die er liebte. Er wollte nichts tun, nichts riskieren, was dazu führen würde, dass er von Nora getrennt wäre.

Realistisch gesehen waren er und Cory nie weiter davon entfernt gewesen, zusammen in diesem Haus zu wohnen, als jetzt. Und trotzdem: Jetzt, wo sie hier war, fühlte Windbreak sich für ihn zum ersten Mal real an.

Sie trat in die Mitte des Zimmers und deutete auf das Erkerfenster mit Blick auf den Garten und den Ozean.

»Wenn es mein Haus wäre, würden dort die Bücherregale stehen«, sagte sie. »Ich würde große weiße Bücherregale einbauen, rings um das Fenster, und den ganzen Tag dort sitzen.«

Er lehnte sich gegen die Wand und verschränkte die Arme vor der Brust. Auf diesen Moment hatte er gewartet. Mit Mühe verkniff er sich ein Grinsen.

»Sie sind schon unterwegs«, sagte er.

Sie drehte sich um und sah ihn an. »Du lügst.«

Er zuckte die Achseln, als wäre es keine große Sache. »Maßgefertigte weiße Bücherregale. Wie auf dem Foto, das du mir gezeigt hast.«

»Welches Foto?«

»Das von deinem Zimmer an der Graduate School. Die Bücherregale in der Feuerwache. Du hast gesagt, du fandest sie toll.«

Sie sagte nichts, aber dass ihr die Tränen kamen, entging ihm nicht.

»Diese hier sind ein bisschen schöner, aber im Prinzip sehr ähnlich.«

Schnell und entschlossen trat sie auf ihn zu. Direkt in seine Arme.

»Bevor du dich allzu sehr freust: Ich hab das ganze Budget für Möbel für diese Regale verplant«, sagte er. »Ich hoffe, es macht dir nichts aus, heute Nacht auf dem Fußboden zu schlafen.«

Sie fing an zu lachen. Er spürte, dass sie jetzt Freudentränen weinte.

»Du bist furchtbar, wenn du so selbstzufrieden bist.«

»Ich weiß«, sagte er.

Sie verharrte in seiner Umarmung, ihre Wange lag an seinem Hals. Er rieb ihr über den Rücken und hatte selbst mit den Tränen zu kämpfen. Lag es daran, dass er sie so glücklich sah?

Er liebte es einfach, sie glücklich zu machen. Aber es gab auch die andere Seite – die Traurigkeit, die nun zwischen ihnen herrschte und die er nicht mehr unter Kontrolle hatte. Nicht zu wissen, wann sie das nächste Mal allein so zusammen sein würden.

Er atmete ihren Geruch ein. »Immerhin heißt es, dass es gut für den Rücken ist, auf dem Boden zu schlafen.«

»Wer sagt das?«

»Die Typen, die mir die Regale verkauft haben.«

EIN MUSIKALISCHES ZWISCHENSPIEL

Nach dem Auftritt ist Austin von Menschen umringt.

Ein Haufen Leute sind gekommen, um ihm den Rücken zu stärken. Seine Mutter ist mit ihrem Verlobten da, dazu Vettern, Cousinen und Freunde. Ich umarme ihn und merke, wie er instinktiv nach meinem Vater Ausschau hält. Dem Vater, der mich normalerweise begleitet hätte.

»Bist du allein?«, fragt er.

Noch bevor ich antworten kann, wird Austin rot vor Scham, dass er den Tod meines Vaters vergessen hat. Vielleicht ist er auch nur verwirrt. Ich beuge mich hinunter, schaue ihm in die Augen und küsse ihn auf die Stirn. *Hab kein schlechtes Gewissen*, sage ich stumm. Ich hatte es selbst vergessen. Wir Erwachsenen vergessen gern, woran wir uns nicht erinnern möchten.

»Was meinst du?«, frage ich. »Nächsten Donnerstag Kakao?«

Er nickt, sein Lächeln wird wieder breit. »Abgemacht.«

Ich will gerade zum Hinterausgang hinaus, als ich eine Hand auf dem Rücken spüre. Elliot. Er sieht auf irritierende Weise gut aus, selbst im Arztkittel, selbst mit Zweitagebart, seine Augen wirken müde von der gestrigen Spätschicht.

Zusammen treten wir hinaus auf die Straße. »Hast du Zeit für eine schnelle Tasse Kaffee?«, fragt er.

Ich denke an seine Hand auf meinem Rücken, an mein Verlangen, mich von ihm trösten zu lassen. Dann erinnere ich mich daran, was es mich schon gekostet hat, überhaupt nur daran zu denken.

»Ich kann nicht«, sage ich.

Verneinend schüttele ich den Kopf. Vielleicht liegt es an der Entschlossenheit, mit der ich ihn anschaue, die ihn zurückweichen lässt. Denn er neigt den Kopf zur Seite, anscheinend dämmert ihm, dass ich nicht nur über den Kaffee spreche. Sondern über viel mehr. Über diesen Tanz, den wir aufführen, seit wir wieder Kontakt aufgenommen haben, und über das, was sich daraus ergeben könnte.

Ich muss jetzt einen Schlussstrich ziehen, egal was sonst passiert. Auch wenn ich nicht weiß, wie ich mich Jack wieder annähern kann, ob es vielleicht schon zu spät ist. Das Mindeste, was ich tun kann, ist, mich nicht noch weiter von ihm abzuwenden.

Elliot setzt sich auf die niedrige Mauer, die den Schulhof umgibt, was ein bisschen unbeholfen wirkt. So unbeholfen, wie ein Mann von seiner Statur und seinem Aussehen eben wirken kann. Seine Beine nehmen den halben Bürgersteig ein, die Arme sind um den Oberkörper geschlungen.

»Hast du Probleme?«

»Das liegt nicht an dir«, sage ich.

»Zum Teil wahrscheinlich schon«, widerspricht er.

Er zuckt die Achseln, ich weiß, dass er die Verantwortung dafür, nach dem Tod meines Vaters wieder Kontakt gesucht zu haben, auf sich nehmen will. Aber das spielt keine Rolle. Der Fehler liegt allein bei mir.

Ich setze mich neben ihn und überlege, wie ich es sagen soll. Da gibt es den Teil, der ihm auch klar ist. Wie sehr es mich tröstet, was ich in seinem Blick erkenne. Unsere gemeinsame Trauer. Dass der Verlust uns beiden bewusst ist. Mein Vater war Elliots Freund. Deshalb ist es mir leichter gefallen, mit Elliot zu reden als mit Jack. Deshalb habe ich den Kontakt wieder gesucht. Elliot kannte die besten Seiten meines Vaters. Deshalb wollte ich ihn noch eine Weile in der Nähe wissen.

Dann gibt es noch den anderen Teil, den ich selbst gerade zu verstehen anfange: Manchmal kann ein Abschied sich unvollständig anfühlen. Bei den Abschieden von meinen beiden Eltern war es so. Beide waren von einem auf den anderen Tag verschwunden. Ohne Vorwarnung. Und irgendwie war auch der erste Abschied von Elliot nicht rund. Auch wenn ich damals zu begreifen begann, dass eine Freundschaft die Art von Beziehung war, die am besten zu uns passte, trennten wir uns letztlich deshalb, weil wir das Beste für seine Familie wollten. Wegen der Bitte seiner Frau, es noch einmal zu versuchen. Vielleicht tun wir so etwas auch gerade im Moment: Wir versuchen, die losen Enden so gut wie möglich einzufangen.

Aber das heißt nicht, dass unser Abschied ein Fehler war – weder beim ersten Mal noch jetzt. Auf die ein oder andere Weise mussten wir den Weg hin zu diesem Moment finden. Dem Moment, in dem wir uns von der Idee eines »Wir« verabschieden, auf eine Art, die passt.

»Darf ich dich etwas fragen?«, sage ich.

Er schaut mich auffordernd an.

»Als ich dich neulich angerufen und nach deiner letzten Begegnung mit meinem Vater gefragt habe, hatte ich das Gefühl, du wolltest das Thema eigentlich nicht berühren. Die Frage, worüber ihr gesprochen habt. Irre ich mich da?«

Er hält inne, sein Blick wird ernst, unwillkürlich beißt er die Zähne zusammen. »Nora, es ist nicht so, wie du glaubst …«

»Okay, dann sag mir, was ich nicht verstehe.«

»Na ja. Wir haben ein bisschen über dich gesprochen«, sagt er. »Ihm war klar, dass du etwas Abstand zu ihm brauchtest. Er war selbst ein wenig unglücklich.«

»Wegen meiner Mutter?«, frage ich verwirrt.

»Nein, wegen etwas Anderem. Aber er hat es wirklich verstanden. Ich drücke mich unglücklich aus, weil ich nicht in die Details gehen kann. Aus ethischen Gründen …«

»Aus ethischen Gründen? War er krank? Was war los mit ihm?«

Er schweigt. Mir ist klar, dass er mit etwas hinter dem Berg hält, von dem er glaubt, er dürfe es nicht weitererzählen.

»Er war nicht krank. Ich will … Ich will nur sagen, dass er wusste, wie sehr du deine Mutter geliebt hast«, sagt er. »Er weiß, wie loyal du ihr gegenüber warst. Und das hat er sehr geschätzt.«

Jonathans Worte kommen mir in den Sinn: *Loyalität stand für ihn an erster Stelle.*

»Das Wichtigste ist wohl, dass er dich sehr geliebt hat, Nora«, sagt er. »Er hat dir keine Vorwürfe gemacht, dass du dich zurückgezogen hast. Er hat dir wegen nichts Vorwürfe gemacht.«

»Wem dann?«

»Unter dem Strich? Nur sich selbst.«

VOR DREISSIG JAHREN

»Du verlierst die Orientierung«, sagte Cory. »Sie ist grässlich.«

»Warum sagst du mir nicht, wie du dich wirklich fühlst?«

Sie saßen in einem kleinen Restaurant in der Nähe des Rockefeller Center, auf der Schlittschuhbahn draußen herrschte Hochbetrieb, der Weihnachtsbaum war hell erleuchtet. Cory war gerade zum ersten Mal Sylvia begegnet. Sylvia, die Liam für einen Beitrag über Luxusreisen in ihrer morgendlichen Sendung interviewt hatte und mit der er seitdem zu viel Zeit verbrachte. Es war nicht geplant gewesen, dass Cory und Sylvia sich begegnen. Nicht dass es dann besser gelaufen wäre.

»Ich will ja nicht darauf herumreiten, aber du warst diejenige, die entschieden hat, dass wir nicht zusammen sind«, sagte Liam. »Nicht auf die traditionelle Weise mit Heiraten und allem.«

»Verschon mich damit. Ich wollte dich nicht auf die Weise heiraten, wie du eine Ehe führen kannst. Und anscheinend hab ich damit recht gehabt. Sylvia kann Rachel nicht das Wasser reichen. Wow, was für ein Klischee du doch bist.«

»Mit dir war ich nicht so.«

»Nur weil ich mich dagegen wehre.«

Sie schob ihren Teller weg. Sie hatten eine Schüssel Pasta mit Meeresfrüchten und eine Flasche Hauswein bestellt. Sie rührte nichts davon an. Ihre Haare waren zu einem Bun hochgesteckt, ihre Augen müde und verquollen. Jetzt gerade waren sie zu wütenden Schlitzen zusammengezogen. Trotzdem sah sie wunderschön aus. Unglaublich schön, wie jedes Mal bei den seltenen Gelegenheiten, wenn er das Glück hatte, ihr gegenüberzusitzen. Wenn ihn irgendetwas zum Klischee machte, dann dieses Gefühl.

Sie beugte sich über den Tisch. »Du merkst nicht, was Sylvia mit dir vorhat. Und du wirst es bereuen, bevor du überhaupt richtig kapierst, was los ist.«

»Wir sollten zusammen sein. Wirklich zusammen.«

»Du machst wohl Witze.«

»Ich meine es ernst.«

»Du meinst es ernst? Okay, ich bin verheiratet, du bist verheiratet. Aber du hast für nichts anderes ein Auge als deine neue Freundin, die nicht mehr lange hinnehmen wird, dass du verheiratet bist. Hör auf mich. Und nur um es deutlich zu sagen: Ich werfe Sylvia nichts vor. Du bist derjenige, der es geschehen lässt. Korrektur: Du bist derjenige, der dafür sorgt, dass es geschieht, Liam. Weil das leichter ist, als es zuzugeben.«

»Als was zuzugeben?«

»Ich mache dieses Spiel nicht mit«, sagte sie.

»Als was zuzugeben, Cory?«

»Der Grund, dass es zwischen uns immer noch funktioniert, ist, dass du mir nichts schuldig bist. Wir sind uns gegenseitig nichts schuldig.«

»Da irrst du dich. Du liegst falsch, vielleicht zum allerersten Mal. Wir schulden einander alles.«

Sie machte der Kellnerin ein Zeichen, dass sie die Rechnung wollte. Dann stand sie auf. Sie hatte genug davon, hier mit ihm zu sitzen. Sie hatte genug von diesem Teil des Abends.

»Wo willst du hin?«

»Ins Carlyle«, sagte sie. »Etwas Anständiges trinken.«

»Ich glaube, es liegt an dir«, sagte er. »Ich glaube, du bist diejenige, die uns auf Abstand hält. Weil du denkst, es ist sicherer. Es ist leicht, mir gegenüberzusitzen und meine Entscheidungen zu kritisieren, wenn das Einzige, was ich je wollte, nicht zu haben ist.«

»Wie bequem für dich.«

»Bitte setz dich.«

Sie war schon dabei, sich den Mantel anzuziehen. Sie war dabei, sich von ihm zu entfernen. »Nein. Mit dir zu streiten, ist langweilig«, sagte sie. »Ich liebe dich zu sehr, um hier zu sitzen und zu streiten.«

»Dann hör mir zu.«

Er überlegte, wie er es ausdrücken sollte, damit es bei ihr ankam. Sie wollte es nicht hören, nicht mehr. Sie wollte nicht mehr hören, dass es Zeit war, alles ganz anders zu machen.

»Was, wenn ich bereit bin?«

»Mit streiten aufzuhören?«, fragte sie.

»Cory …«

»Dann kannst du auf einen Drink mitkommen.«

WO ES ANFING, WOHIN DU GEHST

Ich gehe nicht nach Hause.

Ich versuche noch einmal, Sam zu erreichen. Als er nicht drangeht, beschließe ich spontan, die Subway zur Avenue H ins alte Viertel meines Vaters zu nehmen.

Mein Vater hatte nie abgestritten, wie sehr er darauf aus gewesen war, aus Midwood rauszukommen. Er fand es witzig, dass seine einzige Tochter so nahe an einer Welt wohnte, aus der er nur weggewollt hatte. Und dass es mir dort gefiel.

Aber egal, in welchem Tempo er geflohen sein mochte, auch mein Vater schien Flatbush insgeheim ein Stück weit zu lieben. Ich merkte es an der Lebendigkeit, mit der er von Midwood sprach. Außerdem führte er mich gern in seiner alten Gegend herum und zeigte mir Orte, an denen er und Onkel Joe gern gewesen waren, wo sie sich herumgetrieben hatten.

Jetzt gehe ich allein die Bedford Avenue entlang und versuche, mich zu erinnern. Ich komme an seiner Highschool vorbei, wo der Unterricht gerade zu Ende ist. Gleich gegenüber liegt das hübsche, von Bäumen gesäumte Brooklyn College, das Onkel Joe besucht hat. Sie waren die beiden Ersten in der Familie, die aufs College gingen – mein Vater in Yale, Joe zwei Jahre später aufs Brooklyn College.

Nach ihren jeweiligen Abschlüssen zogen die beiden zusammen nach Manhattan. Auf irgendeine Art fanden sie immer wieder zueinander und verbrachten ihr Leben mehr oder weniger Seite an Seite. *Loyalität stand für deinen Vater an erster Stelle.*

Wenn er irgendjemandem gegenüber loyal gewesen war, dann doch Joe, oder?

Ich biege auf die Twenty-Eighth Street und nähere mich dem Haus, in dem mein Vater aufgewachsen ist. Das kleine gelbe Gebäude mit den grünen Fensterläden und den Pflanzen auf der Außenveranda.

Ich bin nie drin gewesen. Jetzt gehe ich zur Tür und klingele. Eine junge Mutter im Tanktop öffnet. Über ihren rechten Arm zieht sich das Tattoo einer Rose, auf der linken Hüfte hat sie ihr Baby. Sie mustert mich von oben bis unten. Eine unangemeldete Besucherin ist das Letzte, was sie heute braucht.

Sie lässt die Fliegengittertür geschlossen. »Wenn Sie etwas verkaufen wollen, sind Sie an der falschen Adresse«, sagt sie.

»Nein, das will ich nicht. Und es tut mir wirklich leid, dass ich Sie störe. Aber mein Vater hat hier gewohnt.«

»Oh. Dann sind Sie Mr. O'Malleys Tochter.«

»Nein, die Tochter von Liam Noone. Seine Familie hat das Haus an die O'Malleys verkauft.«

»Das muss dreißig Jahre her sein.«

Ich nicke. Es waren eher zwanzig als dreißig, aber ich will sie nicht korrigieren. Die Hypothek seiner Eltern abzubezahlen, gehörte zum Ersten, was mein Vater tat, als er es sich leisten konnte. Als sein Vater dann immer größere Knieprobleme bekam, überzeugte er ihn, sich zur Ruhe zu setzen. Dann kaufte er für seine Eltern (und für Joes Mutter) eine Eigentumswohnung in Naples, Florida. Endlich hatte er Midwood ein für alle Mal hinter sich gelassen.

»Wäre es sehr eigenartig, wenn ich frage, ob ich kurz reinkommen darf? Mir sein altes Zimmer ansehen?«

»Allerdings, ja«, sagt sie.

Ich drehe mich um und mache mich auf den Weg. Da höre ich, wie die Tür quietschend aufgeht.

»Aber kommen Sie trotzdem rein.«

* * *

Oben gibt es nur zwei Schlafzimmer.

Ich schaue ins kleinere, in dem jetzt das Baby und seine ältere Schwester wohnen. Ich versuche, mir vorzustellen, wie es ausgesehen hat, als mein Vater noch hier wohnte – ein Etagenbett, wo jetzt das Gitterbett steht, ein kleiner Holzschreibtisch anstelle der aufblasbaren Matratze. Durch das Fenster dringt nicht viel Licht, aber man hat einen Blick auf die Straße, wo ein rostiger Basketballring hängt, vor dem zwei Kids hoch konzentriert Eins gegen Eins spielen und so wild herumlaufen, dass kein Auto vorbeikommt.

Die Schranktür steht offen, der Geruch von Babyseife und frischen Windeln schlägt mir entgegen. Ich schalte das Licht ein und bemerke die Kerben in der Seitenwand des Schranks. Jemand hat seine Größe markiert. Vielleicht mein Vater. Vielleicht die Kinder, die nach ihm hier gewohnt haben. Ich entdecke keine Initialen, die verraten, wessen Größe hier gemessen wurde, keine Namen neben den Strichen. Trotzdem fahre ich mit den Fingern über die Markierungen, bis ich den obersten Strich erreiche.

Dann sehe ich es, direkt darüber. Eine winzige Zeichnung im Holz. Zwei kleine Herzen, die zwei Namen umrahmen:

Cory & Liam

Mit den Fingern streiche ich über das Relief, ziehe seinen Namen nach.

Dann höre ich, wie die junge Mutter sich räuspert. Sie steht in der Tür.

»Ich habe gerade Ihren Vater gegoogelt. Er hat tatsächlich hier gewohnt.«

»Dachten Sie, ich lüge?«

»Ich dachte, Sie brauchen ziemlich lange.«

Ich deute auf die Markierungen im Holz. »Es ist schön, dass Sie das so belassen haben. Dieses Brett mit den ganzen Markierungen.«

Sie zuckt die Achseln. »Schränke sind teuer.«

Am liebsten würde ich ihr einen Handel vorschlagen. Ich entwerfe einen größeren Schrank für sie und baue ihn ein, wenn ich dafür dieses Brett mitnehmen darf. Die Größenmarkierungen, die vielleicht von meinem Vater stammen. Das kleine Liebessymbol. Aber ich will nicht nur das Brett. Es geht um die Atmosphäre des Hauses, des Zimmers. Um das, was unter der Oberfläche lebt, in der Geschichte – ganz unabhängig davon, wie weit er von hier geflohen ist. Um ihn.

»Ihr Vater kommt mir bekannt vor«, sagt sie. »Ich glaube, er war auch hier. Vor nicht allzu langer Zeit.«

Ich drehe mich um und schaue sie überrascht an. »Wann?«

»Vor sechs Monaten vielleicht. Es könnte aber auch ein bisschen länger her sein. Ich erinnere mich nicht mehr so genau. Und ich könnte auch nicht beschwören, dass er es war.«

»Wollte er sich das Haus ansehen?«

»Wahrscheinlich schon. Aber er hat sich nicht vorgestellt. Er stand eine Weile draußen auf dem Bürgersteig herum. Zusammen mit einer Frau.«

»Mit einer Frau?«

Sie nickt. »Ich bin an die Tür gegangen, aber da waren sie schon weg.«

Ich wende mich wieder dem Schrank zu, lese noch einmal die Namen Cory & Liam und zerbreche mir den Kopf darüber, was mein Vater hier wollte. Wer ihn begleitet hat.

Wieder räuspert sie sich. »Mein anderer Sohn kommt gleich vom Fußballtraining zurück, da brauche ich das Kinderzimmer wieder. Es sei denn, Sie bieten uns zum Schlafen eins der Hotelzimmer Ihres Vaters an.«

NICHT JEDES HAUS IST AUCH EIN ZUHAUSE

Ich nehme mir vor, zu Fuß nach Hause zu gehen.

Erst halte ich mich auf der Ocean Avenue, dann weiche ich auf Nebenstraßen aus. Aber als ich das Haus sehe, sind alle Lichter ausgeschaltet. Jack erwartet mich nicht. Also gehe ich weiter.

Vielleicht liegt es daran, dass Jack noch im Restaurant ist. Vielleicht daran, dass ich nicht weiß, ob er heute Abend überhaupt nach Hause kommt. Das sähe ihm jedenfalls ähnlich. Nachdem er den schwierigen Teil hinter sich gebracht und mir von seinem Plan erzählt hat, könnte es sein, dass er nicht zurückkommt, wenn ich auch im Haus bin. Er würde nichts tun, um es für uns beide schwieriger zu machen.

Also gehe ich zur Tilden Street und winke ein Taxi heran. Wir nehmen den Tunnel und fahren zur Perry Street. An der Wohnung meines Vaters steige ich aus. Der Pförtner hat eine Liste mit zugelassenen Besuchern, auf der ich stehe. Er bringt mich nach oben und schließt mir auf. Ich trete ein.

Die Wohnung hat riesige Fenster mit direktem Blick auf den Hudson River. Aber sie fühlt sich leer an. Auf den Tischen finden sich keine Erinnerungsstücke, keine Familienfotos. Die Kunstwerke an den Wänden sind neutral gehalten, die Möbel wirken unberührt. War die Atmosphäre schon so, als er noch hier gewohnt hat?

Die Eingangstür wird geöffnet. Als ich mich umdrehe, sehe ich

Inez, die dritte Frau meines Vaters, mit einer Trolley-Tasche hereinkommen. Sie ist immer wunderschön, aber heute Abend ganz besonders. Sie trägt einen Hosenanzug, ist sorgfältig geschminkt und hat ihr langes dunkles Haar zu einem Pferdeschwanz gebunden.

»Nora!«, sagt sie. »Keiner hat mir gesagt, dass du hier oben bist.«

Sie stellt die Tasche an die Wand und kommt mit ausgebreiteten Armen auf mich zu. Seit sie und mein Vater sich getrennt hatten, wohnt Inez nicht mehr hier. Deshalb bin ich ein wenig überrascht, sie in der Wohnung zu sehen. Aber nicht völlig überrascht, denn die beiden waren bis zuletzt gute Freunde. Warum hätte er etwas dagegen haben sollen, dass sie kommt, wann sie will?

Sie umarmt mich. Dann tritt sie einen Schritt zurück und betrachtet mich neugierig. Als sie noch mit meinem Vater zusammen war, standen wir beide uns nicht besonders nahe. Was zum Teil an meinen schlechten Erfahrungen mit Sylvia lag. Aber seit der Trennung hat sich etwas verändert – auch durch die Begegnung mit ihrer jetzigen Ehefrau Elizabeth. Mit den beiden als Paar habe ich mehr Zeit verbracht als vorher mit Inez und meinem Vater.

»Ich war uptown zum Abendessen«, sagt sie. »Ich will hier nur übernachten.«

»Natürlich, dann störe ich dich nicht weiter.«

Sie winkt ab. »Keine Eile. Ich mache uns einen Drink.«

Sie geht zum Wagen mit den Getränken hinüber und schenkt zwei kleine Gläser Whiskey ein.

»Luna hat ein Magen-Darm-Virus, deshalb ist Elizabeth bei ihr zu Hause geblieben«, sagt sie. »Aber um ehrlich zu sein, bin ich nicht gern allein hier in der Wohnung.«

Sie reicht mir eins der Gläser, ich nehme einen tiefen Zug.

»Ich hatte dasselbe Gefühl, bevor du reingekommen bist«, sage ich. »Es wirkt anders, als ich es in Erinnerung habe.«

»Inwiefern?«

»Hat jemand die Sachen meines Vaters aus der Wohnung geholt? Ich finde es hier ziemlich …«

»Bedrückend?«

Ich lache. »Ich hätte ›kahl‹ gesagt.«

»Ich weiß nur, dass er in letzter Zeit nicht oft hier war.«

»Sondern in Windbreak?«

Sie nickt. »Meistens in Windbreak. Wenigstens soweit ich weiß.«

»Inez, darf ich dich etwas fragen? Hat mein Vater mit dir jemals über Cece Salinger gesprochen?«

»Kaum. Soweit ich mich erinnere, war sie vor einer Weile ziemlich interessiert daran, die Firma zu kaufen.«

»Aber er hegte keine romantischen Gefühle für sie?«

»Für Cece? Keine Ahnung. Ich glaube nicht. Soweit ich es von deinem Vater gehört habe, war das alles Schnee von vorgestern. Als sie zwanzig waren. Es sei denn, es gibt noch etwas, von dem wir nichts wissen. Was bei deinem Vater wahrscheinlich immer möglich ist.« Sie trinkt einen Schluck. »Warum fragst du?«

»Ich versuche nur herauszufinden, warum er so viel Zeit in Windbreak verbracht hat. Sie wohnt nicht so weit entfernt. Ich habe das Gefühl, dass es da irgendeinen Zusammenhang gibt …«

»Ich kann mir nicht vorstellen, dass es irgendwas mit Cece zu tun hatte«, sagt sie. »Ich glaube, er war einfach am liebsten dort. Ich meine, war das nicht schon immer so? Es war sein Zuhause.«

Sein Zuhause mit wem?, würde ich am liebsten fragen. *Und was soll mir der Umstand sagen, dass es jetzt mir gehört?*

Sie mustert mich mit besorgtem Blick. »Alles in Ordnung?«

»Klar.«

»Du siehst aber nicht so aus.«

»War er in seiner letzten Phase mit jemandem zusammen? Einer Frau, von der ich nichts wusste?«

»Dein Vater?«

Ich nicke. Wenn er eine neue Beziehung angefangen hätte,

wären Inez und Elizabeth sicher vor mir im Bilde gewesen. Sie setzt zu einer Antwort an, hält aber inne und schüttelt den Kopf.

»Was ist?«, frage ich. »Bitte sag es mir.«

Sie stellt den Drink ab, kommt auf mich zu und drückt mir sanft die Hand. »Ich werde dir verraten, was dein Vater sagen würde, wenn er jetzt hier wäre. Er hat dich geliebt. Er hat uns alle geliebt, so gut er konnte. Ich glaube, es ist besser, es dabei zu belassen.«

»Besser für wen?«

Sie zuckt die Achseln. »Das ist immer die Frage.«

BILDFORMAT

»Ich dachte, wir treffen uns morgen am Brownstone«, sagt Morgan.

Ich stehe vor der Tür des Lofts, in dem sie mit Sam wohnt. Komplett geschminkt und in einem fast durchsichtigen Minikleid und den blauen Stiefeln sieht sie aus, als wäre sie für ein Fotoshooting zurechtgemacht.

»Ich suche Sam«, sage ich. »Ist er da?«

»Wir wollen eigentlich gerade gehen.«

In diesem Moment taucht Sam hinter ihr auf und legt ihr einen Arm um die Taille. Auch er hat sich in Schale geschmissen: dunkelblauer Anzug und Weste. Er macht einen rundum ausgeruhten und aufgeräumten Eindruck. Das macht mich noch wütender als der Umstand, dass er meine Anrufe nicht beantwortet hat. Keinen der fünf.

»Warum bist du so verschwitzt?«, fragt er.

»Ich bin gelaufen.«

»Von Flatbush bis hier?«

Ich verschränke die Arme und funkele ihn an. Morgan schaut zwischen uns hin und her.

»Morgan, könntest du uns bitte einen Moment allein lassen?«, sage ich.

Er küsst sie sanft auf die Wange. Liebevoll. »In fünf Minuten bin ich so weit, Babe.«

Morgan verschwindet in der Wohnung, Sam wendet sich mir wieder zu.

»Was ist mit dir los?«, frage ich.

»Was ist mit dir los?«

»Warum rufst du den ganzen Tag nicht zurück?«

Er deutet in Morgans Richtung. »Ich war beschäftigt«, sagt er. »Und wir wollen gleich zu einem Benefizabend …«

Ich ignoriere seine Bemerkung.

»Wir müssen noch mal nach Windbreak«, sage ich.

»Wovon redest du?«

»In Dads Wohnung ist nichts zu finden. Ein paar Familienfotos, ja, aber nichts richtig Persönliches. Seine Erinnerungsalben, die Fotos, alles, was *ihn* ausgemacht hat – unabhängig von uns, von seinen Familien –, war in Windbreak. Dorthin hat er alles gebracht, was ihm wichtig war.«

»Wir waren da.«

»Dann haben wir etwas übersehen.«

»Du bist noch schlimmer als ich.«

»Wir müssen zurück.«

»Auf keinen Fall.«

»Außerdem war ich in Midwood«, sage ich. »Und weißt du, was verrückt ist?«

»Dass du in Midwood warst?«

»Dass es dort mehr gab, was an unseren Vater erinnert hat – in dem Haus, in dem er seit seiner Teenagerzeit nicht mehr war. Mehr als in der Wohnung, in der er bis vor einem Monat gelebt hat. Ergibt das irgendeinen Sinn?«

»Nein«, sagt Sam. »Er hat es gehasst, in Midwood aufzuwachsen.«

»Es gibt letztlich nur eine Erklärung.«

»Nämlich?«

»Wir sehen den roten Faden noch nicht. Den Faden, der damals begonnen hat und an dem Abend auf der Klippe endet.«

»Du klingst verrückt«, sagt er. »Das ist kein ausreichender Grund …«

»Wie wäre es mit diesem Grund: Die Rechtsmedizinerin hat sich gemeldet. Sie glaubt, du könntest recht haben. Auch sie findet die Umstände verdächtig. Mehr als verdächtig.«

»Nora.«

»Sam, was immer es war, welchen Teil seiner Geschichte auch immer er anscheinend nicht loslassen konnte: Darin liegt der Schlüssel zu allem Weiteren.«

Er wird zappelig, tritt von einem Fuß auf den anderen. Dann schaut er zurück in die Wohnung, in der Morgan verschwunden ist.

»Ich rufe dich morgen an, okay?«

»Nein, nicht okay. Hast du nicht gehört, was ich gesagt habe?«

Er schüttelt den Kopf. »Du kapierst es nicht. Ich hab mich geirrt. Du hattest recht. Ich habe herauszufinden versucht, wer unser Dad war. Vielleicht konnte ich auch bloß nicht akzeptieren, dass ich ihn zu seinen Lebzeiten nicht so gut gekannt habe, wie ich es gewollt hätte. Aber an dem Abend auf der Klippe ist nichts passiert.«

»Glaubst du das wirklich?«

»Ich glaube, ich habe mich mitreißen lassen.«

»Wovon?«, frage ich.

»Von allem …«

Er hält inne, als wäre er verletzt. Als würde ich ihm wehtun, wenn ich ihn zwinge, es auszusprechen. Ihn zwinge, sich genauer die Sache anzuschauen, deren Existenz er plötzlich leugnen will.

»Ich hab gestern kein Auge zugetan«, sagt er. »Der Tag hat mich völlig aus der Bahn geworfen. Der ganze Mist, den du mir im Auto erzählt hast. Ich habe einen Weg für mich gewählt, weißt du? Das alles stellt mein Leben auf den Kopf.«

»Oh, jetzt ist es also meine Schuld.«

»Nein, meine. Aber ich muss damit aufhören.«

»Warum? Damit du eine Frau heiraten kannst, die du kaum

kennst? In einem Beruf arbeitest, der dich nicht so inspiriert wie früher dein Sport? Damit du dich heute Abend auf einer schicken Party betrinken kannst, von der du nicht zugeben würdest, dass sie dich nervt?«

»Wofür hältst du dich, dass du mir erzählen willst, was mich nervt?«

»Für jemanden, der dir zugehört hat.«

Daraufhin will er die Tür schließen.

Ich halte sie mit einer Hand auf. »Nein. So nicht. Du hast mich in das alles reingezogen, und jetzt willst du dich einfach verpissen?«

»Überrascht dich das? Ist das nicht die Stelle, an der du sagen solltest, dass es dich nicht überrascht?«

Ich mustere ihn und kann es sehen – was mit ihm los ist, was er so verzweifelt wegschließen will. Er will nichts von dem wissen, was er über sich selbst in Erfahrung bringen würde. Weil er die unbequemc Arbeit vermeiden will, die automatisch ansteht, wenn man akzeptiert, dass sich etwas ändern muss. Die automatisch ansteht, wenn man merkt, dass es nötig ist, auf ganz neue Art für sich selbst Verantwortung zu übernehmen.

Aber ich weigere mich, ihn dafür zu verurteilen. Weil ich ihn anschaue und noch etwas anderes sehe. Nämlich, dass er mit meinem Urteil rechnet. Wie sollte es auch anders sein? Die ganzen Jahre, in denen wir Abstand zueinander hatten und ich nichts getan habe, um auf ihn zuzugehen – die Hand nach ihm auszustrecken –, hat er diese Rolle auch schon gespielt. Die Rolle, die am bequemsten ist. Die Rolle dessen, dem es nichts ausmacht. Also suche ich einen anderen Zugang.

»Okay, lass uns anders miteinander umgehen, ja? Lass uns einfach beschließen, dass wir es von jetzt an anders machen. Füreinander und für Dad.«

Er sieht mich an, sein Blick wird weicher. Ich glaube schon, ihn erreicht zu haben. Ich glaube, ich habe meinen Bruder erreicht. Aber er schüttelt den Kopf und wendet sich ab.

»Mehr kann ich nicht tun«, sagt er.

Dann schließt er die Tür und lässt mich allein im Hausflur stehen.

VOR 24 JAHREN

»Das wird nicht gut«, sagte Liam.

»Wer um alles in der Welt hat dich gefragt?«

Liam lachte, Cory holte mit einem Pinsel nach ihm aus. Sie waren in Windbreak, gerade war ein heftiger Regenguss zu Ende gegangen. Sie waren beide beruflich in Los Angeles gewesen und hatten einen Vorwand gefunden, sich hier für ein paar Tage zu treffen. (Endete es nicht immer damit, dass sie einen Vorwand fanden, sich hier für ein paar Tage zu treffen?) Cory tapezierte gerade das Wohnzimmer. Mit einer Tapete mit Vogelmuster.

Sie wollte seine Hilfe nicht, also stand Liam am Fuß der Leiter, sah ihr beim Arbeiten zu, sah, wie die Tapete eine immer größere Fläche bedeckte. Er mochte sie nicht besonders. Die Vögel kamen ihm wild und gefährlich vor. Hatte seine Mutter nicht immer gesagt, dass Vögel in einem Haus Unglück bringen? Aber egal. Cory fand die Tapete toll, also kam sie an die Wand.

Cory stieg eine weitere Stufe nach oben und strich die Tapete glatt. »Ich finde, das sieht ziemlich gut aus.«

»Da sind wir schon zwei.«

Sie lächelte und griff nach ihrem Rasiermesser.

»Also«, sagte er, »die Bücher, die Aussicht, die hässlichen Vögel … Mir scheint das der perfekte Raum für dich, um dort zu schreiben.«

Er spürte, wie sie sich versteifte. »Das wäre er wahrscheinlich. Aber es ist nicht mein Zimmer.«

»Die Tapete sagt etwas anderes.«

Sie lachte.

»Denkst du je daran zu schreiben?«

»Liam ...«

»Was ist?«

»Glaubst du, ich merke nicht, in welche Richtung das Gespräch läuft? Dass Sylvia verdächtig viel Zeit mit ihrem Personal Trainer ...«

»Er ist nicht ihr Personal Trainer. Sondern der Personal Trainer ihrer Freundin.«

»Entschuldige bitte. Aber dass Sylvia sich wie Sylvia benimmt, berechtigt dich noch lange nicht dazu, meine grundsätzlichen Lebensentscheidungen zu hinterfragen.«

»Ich finde deine Lebensentscheidungen toll. Jede einzelne Entscheidung, die dazu geführt hat, dass du jetzt immer noch in diesem Zimmer stehst, auf dieser Leiter, mit diesem anbetungswürdigen Overall und der Alte-Damen-Brille ... wundersamerweise bist du irgendwie noch nicht ganz mit mir durch.«

»Oh, glaub mir, ich komme der Sache näher.«

Er grinste. Ihm war klar, dass er vorsichtig sein musste. Ihre Arbeit war immer ein potenzieller Konfliktstoff zwischen ihnen. Am liebsten hätte er sie daran erinnert, dass es bei ihrem Vorstellungsgespräch bei Sally eigentlich um einen befristeten Job gegangen war. Die Geschäftswelt, die langen Arbeitszeiten, der Stress in ihrem Job – all das war nie der langfristige Plan gewesen. Inzwischen hatte sie einen Haufen Geld verdient und konnte tun, was sie wollte. Was hinderte sie also daran?

»Man könnte meinen, dass ich einen Nerv getroffen habe«, sagte er.

»Nimm dich nicht so wichtig«, entgegnete sie. »Außerdem: Wer sagt, dass ich nicht trotzdem schreibe?«

Das erwischte ihn auf dem falschen Fuß. »Wirklich?«

»Ja. Wirklich.«

»Warum wusste ich nichts davon?«, fragt er.

»Es gibt eine Menge, was du nicht über mich weißt.«

Er legte die Hände auf die Leiter. Sie stieg mehrere Stufen herunter und drehte sich zu ihm um, sodass seine Hände direkt über ihrem Kopf lagen und ihn einrahmten. Sein Gesicht war nur Zentimeter von ihrem entfernt. Nur sie beide waren da, teilten sich die Luft, die sie umgab.

»Ich bete jeden Tag, dass das nicht stimmt«, sagte er mit ernster Stimme.

»Okay. Gut.« Sie schaute ihm in die Augen. »Erinnerst du dich an Mrs. Dixon?«

»Mrs. Dixon?«

»Englisch im zweiten Jahr. Hatte immer eine Menge Schildkrötenkrimskrams dabei.«

Er hatte sie nie als Lehrerin gehabt, suchte aber trotzdem in seinen Erinnerungen, um sie irgendwie einzuordnen. Vertrauen ist, wem du deine Geschichten erzählst. Er spürte, wie wichtig es war, dass er jetzt präsent war.

»Die mit den roten Haaren, stimmt's?«, fragte er. »Die Joe vor die Wahl gestellt hatte, ein Referat in Literatur zu halten oder durchzufallen?«

»Genau. Sie hatte einen Kurzgeschichtenautor des *New Yorker* eingeladen, der einen Vortrag halten sollte. Er setzte sich vor die Klasse auf den Boden und sagte uns, er würde beim Schreiben einer Geschichte immer denken, dass sie ein Liebesbrief an eine bestimmte Person sei. Ein Liebesbrief, auf den andere Leute nur zufällig einen Blick werfen.« Sie zuckte die Achseln. »Beim Schreiben denke ich bis heute daran. Dann verschwindet sie jedes Mal.«

»Wer verschwindet?«

»Die Vorstellung, dass ich für irgendjemand anderen als mich selbst schreibe.«

»Und für diese Person.«

»Ja. Und für diese Person.«

»Wer ist die Person?«

Sie lächelte nur. »Komm nicht vom Thema ab.«

»Also gut. Was ist das Thema?«

»Ich weiß, dass dein liebster Zeitvertreib darin besteht, dich auf das zu konzentrieren, was hätte sein können, aber ich mag das nicht. Es ist Zeitverschwendung. Und ehrlich gesagt kommt es mir wie ein weiteres Hindernis auf dem Weg vor, es zu finden. Und es festzuhalten.«

»Was?«

»Das Glück.«

»Warum geht es jetzt plötzlich um mich?«

»Du hast mich beim Tapezieren unterbrochen.«

»Dann denkst du nie über ein anderes mögliches Leben nach?« Er zuckte die Achseln. »Das Leben, in dem ich jeden Tag bei dir sein könnte und unsere Babys herumkrabbeln, die wir zusammen großziehen. In dem du in diesem Zimmer Tag und Nacht schreiben könntest, in dem ich dir Tee bringen und mich auf diesen Stuhl da setzen würde. Und dir bei der Arbeit zusähe.«

»Ich mag mein Leben«, sagte sie. »Außerdem siehst du mir gerade zu. Was mich ziemlich nervt.«

»Du beantwortest meine Frage nicht«, stellte er fest.

Er schob ihr die dichten Locken aus dem Gesicht und strich an ihrer Wange entlang.

Sie neigte ihm den Kopf entgegen, seinen Fingern. »Der Sonnenuntergang ist bestimmt wunderschön, wenn es aufgeklart hat. Reservier einen Platz auf der Klippe, und wenn du mich nicht mehr so nervst, komme ich vielleicht zu dir raus.«

»Du schickst mich ins Exil? In den Regen?«

»Du hast doch Stiefel.«

Sie küsste sein Handgelenk und den Rand seiner Handfläche. Dann wandte sie sich ab und stieg wieder auf die Leiter.

Er sah zu ihr hoch. »Nebenbei bemerkt, bin ich glücklich«, sagte er. »Ich bin immer glücklich, wenn ich mit dir zusammen bin.«

»Schön zu hören. Und jetzt raus mit dir.«

»Ich meine es ernst, Cory. Wie lange geht das jetzt so? Fast dreißig Jahre, und noch immer macht mich nichts glücklicher als du.«

»Oh, bitte. Immer wirst du so, wenn wir hier zusammen sind.«

»Das liegt daran, dass es unser Ort ist.«

»Das stimmt nicht.«

Er ließ ihr ihren Willen und machte sich auf den Weg zur Veranda, in den Sonnenuntergang. »Wenn das stimmt, reiße ich die Tapete herunter, sobald du weg bist.«

BONUSMEILEN SIND AUCH NICHT MEHR DAS, WAS SIE MAL WAREN

Ich sitze in der letzten Reihe der Maschine.

Es gab keine andere Möglichkeit, wenn ich gleich den ersten Flug nehmen wollte. Ich sitze zwischen einer Mutter auf dem Fensterplatz, die ihr weinendes Baby hält, und einem Mann auf dem Platz am Gang, der um acht Uhr morgens Wodka pur trinkt. Dabei wirft er dem Baby bitterböse Blicke zu, als würde das irgendetwas besser machen.

»Es könnte helfen, wenn ich an ihren Ersatzschnuller käme«, sagt die Mutter. »Besser gesagt: den Ersatz des Ersatzschnullers. Die anderen liegen schon auf dem Boden.«

»Ich kann das Kind gern halten, solange Sie ihn suchen«, sage ich. »Wenn das für Sie in Ordnung …«

Bevor ich meinen Satz zu Ende bringen kann, drückt sie mir das Baby in die Arme. Ich halte die Kleine dicht an meinem Körper und lege eine Hand um das süße Köpfchen. Inzwischen springt die Mutter von ihrem Platz auf und klettert über mich und den Kerl am Gang hinweg, der sich natürlich weder aufsetzt noch in irgendeiner Weise die Beine einzieht.

Die Mutter wühlt in der Wickeltasche im Gepäckfach nach dem Schnuller. Dann zwängt sie sich zurück auf ihren Platz. Aber erstaunlicherweise ist ihr Baby geräuschlos in meinen Armen eingeschlafen.

»Wow«, sagt sie. »Beeindruckend.«

»Anfängerglück.«

Sie streckt die Arme aus, um ihre Tochter zurückzunehmen, aber in ihrer Miene lese ich die Angst, dass die Kleine bei der geringsten Bewegung aufwacht.

»Eigentlich macht es mir gar nichts aus, sie zu halten, während sie schläft. Falls Sie damit kein Problem haben …«

»Sind Sie sicher?«

Ich lächele und will gerade Ja sagen, als unser griesgrämiger Sitznachbar sich einmischt. »Ja, bitte! Herrgott noch mal! Halten Sie das Kind!«

Ich werfe ihm einen bösen Blick zu. »Wir schaffen das schon. Aber vielen Dank für den Tipp.«

Er schüttelt den Kopf und schaut weg. Dann wende ich mich der Mutter zu.

»Ich mache es gern, ehrlich.«

Die Mutter nickt und berührt das Baby zärtlich am Arm. »Danke«, sagt sie und stößt ein erleichtertes Seufzen aus, das erste auf diesem Flug.

Sie lächelt mich dankbar an. »Sie haben bestimmt Kinder.«

»Noch nicht.«

»Aber Sie hätten gern eins?«

Ich nicke. »Ja.«

»Hm. Haben Sie die richtige Person dafür?«

»Vielleicht habe ich ihn gerade verloren.«

»Na, das kann ja ein heiteres Gespräch werden.«

Sie lacht leise. Aber vielleicht doch ein bisschen zu laut, denn beim verheißungsvollen Klang seiner Mutter beginnt das Baby auf meinen Armen zu glucksen. Die Mutter legt ihm die Hand auf den Rücken, und es beruhigt sich wieder.

»Der Daddy von dieser Kleinen tut sich schwer mit der Elternrolle, also reise ich für eine Weile zu meiner Schwester und lasse ihm ein bisschen Raum.«

»Das klingt nach einer dringend nötigen Reise.«

»Hoffentlich bringt es etwas. Meine Schwester ist so ziemlich der klügste Mensch, den ich kenne. Sie hat gesagt, ich soll mich ins Flugzeug setzen. Sie meint, wenn man nicht die Antworten findet, die man sucht, muss man die Frage ändern.«

Verblüfft wird mir klar, wie recht sie hat. »Das klingt, als hätte Ihre Schwester ordentlich Lebenserfahrung.«

»Sie wohnt mit fünf Leuten zusammen, die alle arbeitslos sind …«, sagt sie. »Ein ziemlich gemischter Haufen.«

Ich lächele und ändere meine Sitzposition ein wenig, damit das Baby es weiter gemütlich hat. »Und? Wie lautet Ihre neue Frage?«

»Wird meine Abwesenheit ihm diese Seiten austreiben, die ich an ihm nicht verstehe?«

Ich nicke. Dagegen kämpfen wir alle, nicht wahr? Gegen die Seiten an einem anderen Menschen, die wir nicht verstehen. Die Seiten, die wir mit dem Rest in Einklang zu bringen versuchen. Drehen meine derzeitigen Fragen, so groß und unmöglich sie erscheinen, sich nicht um dasselbe Thema? Was ist mit meinem Vater geschehen, ohne dass ich es mitbekommen habe? Welche Teile seiner Persönlichkeit sind mir entgangen? Wo kommen diese Dinge zusammen?

Und noch etwas: Welche anderen Fragen muss ich stellen, um zu einem klareren Bild dessen zu gelangen, was an dem Abend auf der Klippe passiert ist? Damit ich weiterkomme. Meredith Cooper fällt mir ein: *Wenn man trauert, gibt es keine sonderbaren Fragen.* Jonathan: *Loyalität stand für ihn an erster Stelle.* Inez: *Er hat uns alle geliebt, so gut er konnte.*

Meine Mutter: *Oh, du meine Güte … Kennst du deinen Vater denn überhaupt nicht?*

Vielleicht nicht. Vielleicht doch. Vielleicht ist es nicht nur die Frage, wer mein Vater war. Vielleicht ist etwas anderes viel wichtiger, für uns alle: Wer hätte unser Vater letztlich sein wollen?

»So«, sagt sie. »Jetzt sind Sie dran. Ich habe schon viel zu viel geredet. Was ist so dringend, dass Sie auf den letzten Drücker quer durchs ganze Land fliegen?«

»Woher wissen Sie, dass es auf den letzten Drücker ist?«

»Letzte Reihe, mittlerer Platz. Was ist los?«

Genau in diesem Moment gluckst das Baby lauter. Plötzlich ist die Kleine wach und sieht mich an: eine Frau, zu der sie nicht gehört. Sie streckt die Ärmchen nach ihrer Mutter aus, ihr Weinen geht in lautes Schreien über.

»Vergessen Sie es«, sagt die Frau. »Jetzt haben Sie Ruhe vor mir.«

EIN WINTERLICHER STRAND ERZÄHLT EINE GESCHICHTE

In Windbreak angekommen, gehe ich zum Strand.

Ich starre zu Loon Point hinüber und halte mich zuerst nach Osten, wie der Jogger in der fraglichen Nacht. Dann gehe ich zum Grundstück der Velasquez, betrachte den abendlichen Strand aus diesem Blickwinkel und mache mich auf den Rückweg nach Windbreak, in dieselbe Richtung wie die Coopers. Den Bereich, in dem mein Vater gefunden wurde, nehme ich genauer unter die Lupe: ein höher gelegenes Stück Sand, fünf Meter entfernt vom Fuß der wackligen Treppe, die zu seinem Grundstück hochführt. Ich lasse den Blick die Klippe hinaufwandern, betrachte die Treppe von unten, die hohe Wand des Nachbarn, die relativ niedrige Palisade meines Vaters.

Ich versuche, es zu rekonstruieren, das Muster, den Ablauf.

Was genau ist an dem Abend passiert? Wenn ihn jemand gestoßen hat, wohin ist diese Person dann gegangen, wenn nicht die Stufen hinunter zu ebendiesem Strand? Oder ist sie über den Zaun zum Nachbargrundstück geklettert? Das wäre auf den Aufnahmen der Überwachungskamera zu sehen gewesen. Wenn sie Windbreak durchs Tor verlassen hätte, wäre auch das zu sehen gewesen. Es sei denn, jemand hätte gewusst, wie man die Aufnahmen löscht.

»Nora?«

Ich drehe mich um und sehe einen älteren Mann mit Baseballkappe und einem weißen Schnurrbart, der farblich zu den unter der Kappe hervorschauenden Haaren passt. Zwei große Hunde laufen in weiten Kreisen um ihn herum.

Er kommt mir vage bekannt vor, aber ich kann ihn erst einordnen, als er zur Begrüßung die Hand auf die Brust legt.

»Dachte ich mir doch, dass Sie es sind«, sagt er. »Ben King.«

Ich lächele ihn an, als ich mich erinnere. Ben, der College-Freund meines Vaters. Der Grund, warum mein Vater vor drei Jahrzehnten überhaupt in die Padaro Lane gekommen ist, Windbreak zum ersten Mal gesehen hat.

»Ben, natürlich«, sage ich. »Tut mir leid, dass ich Sie nicht erkannt habe.«

»Schon gut«, sagt er. »Ist ja ein paar Jahre her. Ich glaube, Sie haben damals gerade das College abgeschlossen.«

»Dann ist es tatsächlich ewig her.«

»Wir werden alle nicht jünger.« Er lächelt mit einem leichten Achselzucken. »Es hat mir sehr leidgetan, als ich vom Tod Ihres Vaters gehört habe. Ich hoffe, Sie kommen halbwegs zurecht.«

Er läuft rot an, was für mich inzwischen eine vertraute Reaktion ist. Ich habe gemerkt, dass es vielen so geht, wenn sie versuchen, ihr Mitgefühl auszudrücken. Als könnte das Benennen des traurigen Anlasses alles wieder aufwühlen und den Schmerz, der sonst vergessen wäre, wieder verstärken. Umso netter, wenn jemand das Risiko eingeht und es trotzdem wagt.

»Danke«, sage ich. »Das weiß ich sehr zu schätzen.«

»Bleiben Sie eine Weile hier?«

»Nur eine Nacht, glaube ich.«

»Berühmte letzte Worte«, sagt er. »Der Ort hier lässt einen so schnell nicht los.«

Ich lächele ihm zu. Und er winkt mir zum Abschied. Dann setzt er seinen Weg fort, hebt einen Stock auf und wirft ihn für seine Hunde, die sofort losstürmen.

Ich sehe ihm einen Moment nach, diesem Mann, der so entspannt und glücklich wirkt. Wollte mein Vater nicht genau so sein? Ein Mann, der sich keine Sorgen macht, woher er die nächste Mahlzeit bekommt. Der in einem Haus an der Klippe lebt und sein altes Leben (die wechselnden Rollen, die er verkörpert hat) hinter sich gelassen hat. Aber das konnte nicht das Ideal gewesen sein, nach dem mein Vater gestrebt hatte, oder? Nicht wenn er so intensiv liebte, wie er es tat. Nicht wenn er Joe mit hierherbrachte. Wenn er darauf achtete, seine Familien um sich zu haben. Nicht wenn Loyalität bei ihm an erster Stelle stand.

Nein. Die Geschichte hat noch eine andere Note. Sie dreht sich um einen Mann, der mit derselben Macht festhält, mit der er auch zu fliehen versucht. Aber mit welchem Ziel? In diesem Moment wird es mir klar.

Cece. Cece ist an diesem sagenumwobenen Winkel der Küste gelandet. Hatte sie nicht gesagt, ihr Mann würde immer noch hier wohnen, nicht weit von Onkel Joe? Nicht weit von meinem Vater?

Ich nehme mein Handy und starte eine Suche nach ihrem Ex-Mann, Davidson Salinger. In einem Immobilienregister finde ich seine Adresse in der Sand Point Road, mit dem Auto fünf Minuten von hier. Davidson Salinger ist in Los Angeles geboren und hat einen Abschluss von der Yale University, wo er seine erste Frau kennengelernt hat, Cece Kayne.

Yale. Nicht sonderlich überraschend. Cece hat gesagt, dass sie und mein Vater zusammen zur Schule gegangen seien, was ich auf die Midwood High bezogen habe. Wie bin ich darauf gekommen? Wahrscheinlich, weil sie auch gesagt hat, die beiden wären zusammen aufgewachsen. Oder irre ich mich?

Ich gehe zurück zum Grundstück, wobei ich immer zwei Treppenstufen auf einmal nehme. Oben öffne und schließe ich das Tor und laufe quer über das Gelände zur Haustür.

Drinnen ist es kalt, noch sind keine Lichter an. Ich habe Clark vorhin angerufen und ihn gebeten, alles einzuschalten. Er muss dafür an einen verschlossenen Sicherungsschrank. Das will ich unbedingt selbst lernen.

Aber plötzlich will ich nicht mehr warten. Ich gehe ins Wohnzimmer, geradewegs zu den Bücherregalen, und nehme mehrere persönliche Gegenstände herunter: einige Theaterprogramme, die Jahrbücher, ein paar Fotoalben. Damit gehe ich zum Fenster, wo es hell und von der spätnachmittäglichen Sonne warm ist.

Eins der Jahrbücher stammt aus seinem letzten Jahr in Midwood, auf einem anderen steht *Yale Banner*, es ist aus seinem dortigen Abschlussjahr. Zuerst suche ich im Register des *Banner* nach Fotos meines Vaters. Außer seinem offiziellen Porträt gibt es keine. Also blättere ich durch die Fotoalben, manche sind auf der ersten Seite datiert. Ich suche nach den späten 1970er- Jahren, der Zeit vor seinem Collegeabschluss.

Im zweiten Album stoße ich auf ein großes Gruppenfoto. Mehrere seiner männlichen Freunde sind darauf zu sehen, nicht aber Ben King. Auch sonst erkenne ich auf den ersten Blick niemanden, nur meinen Vater: jung und kräftig, die Arme vor der Brust verschränkt und breit lächelnd. Die Ähnlichkeit mit Sam ist verblüffend.

Ich blättere um und sehe ein weiteres Gruppenbild. Mein Vater steht in der Mitte, mehrere Freunde um ihn herum. Auf diesem Foto erkenne ich noch zwei andere Personen. Ganz links steht mein Onkel Joe. Rechts von der Mitte entdecke ich die einzige Frau auf dem Bild. Die junge und wunderschöne Cece Kayne. Sie steht zwar neben meinem Vater, aber ein anderer junger Mann legt den Arm um sie. Vielleicht Davidson Salinger. Oder jemand völlig anderes.

So oder so: Cece lehnt sich an meinen Vater an, obwohl der andere Mann sich an sie anlehnt.

Ich nehme das Foto aus dem Album, starre die Gesichter an, halte sie mir dicht vor die Augen.

Ich betrachte sie – ihn – noch gründlicher und frage mich, was es genau ist, das ich doch beinahe sehe.

VOR ACHTZEHN JAHREN

»Ich will nicht mehr darüber reden …«

Cory und Liam standen an Gleis 28 in der Grand Central Station. Cory wartete auf den 17:55-Uhr-Zug nach Dobbs Ferry, wo sie und ihr Mann seit ein paar Monaten wohnten. Er war Gastdozent am Sarah Lawrence College, und sie hatten für das Semester ein altes viktorianisches Haus angemietet. Cory liebte dieses Haus. Es stand in einer Straße, von der Cory sich vorstellen konnte, dauerhaft dort zu leben. Sie arbeitete inzwischen weniger und besuchte einen Abendkurs in Poesie. Gerade wollte sie in den Zug steigen, um an diesen Ort zurückzukehren, der sie im Augenblick glücklicher machte als Liam. Ihm blieben dreizehn Minuten, um sie zur Änderung ihrer Meinung zu bewegen.

»Mit Cece läuft nichts«, sagte er.

»Oh, bitte! Glaubst du, mir geht es darum?«

Sie war so wütend, dass ihm klar war, dass es ihr zumindest zum Teil darum ging, auch wenn sie es nicht zugeben würde. Weder ihm noch sich selbst gegenüber. Cece war ein Streitpunkt zwischen ihnen gewesen, seit sie und Cory sich während Liams letztem Jahr am College begegnet waren. Cece und Liam waren vom ersten Jahr an im selben Wohnheim untergebracht und kurz ein Paar gewesen, bevor Cory und Liam wieder zusammengefunden hatten. Trotzdem waren sie Freunde geblieben. Freunde, aber enge.

Cory war von Natur aus nicht eifersüchtig, aber Liam spürte, wie sie auf Cece reagierte. Es lag nicht nur daran, dass Cece (höchstwahrscheinlich) die schönste Frau war, der Cory je begegnet war.

Oder daran, dass Cece nicht verbarg, dass sie noch Gefühle für Liam hegte, obwohl sie seit Kurzem mit jemand anderem zusammen war. Vor allem aber hatte sich Cece gegenüber Cory herablassend verhalten. Vielleicht, weil sie sich von ihr bedroht gefühlt hatte.

Unter dem Strich war sie jedenfalls nicht nett gewesen. Damals nicht und auch nicht bei späteren Begegnungen.

Und ausgerechnet heute war Cory zu früh für ihren Zug gekommen und hatte Liam und Cece zusammen in der Oyster Bar gesehen. Sie saßen ein bisschen zu nahe beieinander und tranken Martinis, Cece neigte sich zu ihm hinüber.

»Cece hat ein Angebot für die Firma abgegeben. Ich musste sie anhören.«

»Und?«

»Und ich habe es abgelehnt.«

»Glaubst du, dafür verdienst du einen Orden?«, fragte sie.

»Natürlich nicht.«

Cory schüttelte den Kopf. »Du verschwendest Zeit.«

»Ihre?«

»*Meine.*« Sie schaute ihm in die Augen. »Meine Zeit. Ich dachte, du kommst erst nächste Woche aus San Francisco zurück.«

So war es ursprünglich geplant gewesen. Er wollte ein Hotel nicht weit vom Pfeiffer Beach eröffnen, ein umwerfend schönes Resort mit zwanzig Baumhäusern hoch über dem Ozean. Sie boten einzigartige Blicke über Felsen, Wasser und die wilde Küstenlinie. Außerdem – was mindestens genauso wichtig war – konnte er sich dort verstecken. Im Augenblick versteckte er sich auf mehr als eine Weise. Am offensichtlichsten natürlich vor Sylvia, seiner zukünftigen Ex-Frau, und der zweiten Familie, die er im Stich ließ. Er versteckte sich sogar vor Cory. Was bedeutete, dass er sich vor sich selbst versteckte.

»Ich hab versucht, dich zu erreichen, sobald ich gelandet bin«, sagte er. »Check mal dein Handy.«

»Ich checke mein Handy nicht. Wenn du sagst, du hast angerufen, hast du angerufen.«

»Ich bin wegen Sams Spiel hier, es ist morgen. Sie haben es bis in die staatliche Endrunde gebracht, da kann ich nicht fehlen.«

Sie musterte ihn schweigend, als wolle sie entscheiden, ob sie ihm glaubte. Das war das Schlimmste.

»Wir haben keine Geheimnisse voreinander. Das war immer die Abmachung.«

»Daran hat sich auch nichts geändert«, sagte er. »Der einzige Grund, warum ich Cece nicht erwähnt habe, ist, dass sie kein Thema ist.«

»Um es ganz klar zu sagen: Es ist mir egal, ob du an Cece verkaufst. Aber mir hast du gesagt, du würdest die Firma nie an jemanden verkaufen, vor allem nicht an einen Konzern wie die Salinger Group, der alles, was du dir aufgebaut hast, komplett umkrempelt, bis du es nicht mehr wiedererkennst.«

»Ich weiß.«

»Du solltest mich nicht brauchen, um dich daran zu erinnern.«

Das Gespräch lief in die falsche Richtung, aber Liam wusste nicht, wie er es aufhalten sollte. Denn hier ging es um Cece und um mehr als Cece. Es ging um die Entscheidungen, die Liam in dieser Phase traf, wo seine zweite Ehe in den letzten Zügen lag.

Der Schaffner forderte die Reisenden zum Einsteigen auf, und Cory wandte sich zum Gehen. Er griff nach ihrem Arm, versuchte, sie aufzuhalten. Aber sie wollte nichts davon wissen.

»Kannst du bitte den späteren Zug nehmen? Können wir uns irgendwo hinsetzen und alles in Ruhe besprechen?«

»Verrätst du mir dann, warum du wirklich etwas mit ihr getrunken hast?«

»Was?«

»Man kann am Telefon Nein sagen, Liam. Dafür sind Telefone da.«

Er antwortete nicht. Was sollte er auch sagen? Sie hatte recht. Er musste es auch vor sich selbst einräumen. Ein Teil von ihm, ein winziger Teil, hatte wissen wollen, was Cece zu sagen hatte.

Cory zog ihre Handtasche höher auf die Schulter und drehte sich um. Wieder griff er schnell nach ihrem Arm und zog sie an sich. Seine Haut berührte ihre. Sein Mund war dicht an ihrem Ohr.

»Bitte geh nicht.«

Noch bevor sie den Mund aufmachte, wusste er, dass sie Nein sagen würde. »Ich will meinen Kurs nicht verpassen«, sagte sie. »Abgesehen davon führt das hier zu nichts …«

»Ich versuche ja, es in Ordnung zu bringen«, sagte er.

Sie machte sich auf den Weg zum Zug. »Perfekt«, stellte sie fest. »Vielleicht hörst du eines Tages damit auf, die falschen Dinge in Ordnung zu bringen.«

ZU FRÜH UND ZU SPÄT

Bei Ceces Anruf sitze ich auf der rückwärtigen Veranda und betrachte den Sonnenuntergang.

Mit einer Tasse Tee in den Händen lausche ich den Wellen. Ich habe keinen Grund, in friedlicher Stimmung zu sein. Trotzdem fühle ich mich friedlich genug, um das Telefon zuerst zu überhören. Ich genieße das weiche Licht und den Klang der Wellen, dabei denke ich an Jack. Ich wünschte, er wäre hier bei mir, denn auch er wüsste die friedvolle Atmosphäre zu schätzen. Kurz überlege ich, zum Telefon zu greifen und ihn spontan anzurufen, aber ich habe das Gefühl, ich sollte es besser nicht tun, solange ich ihn nur vermisse. Lieber warte ich, bis ich noch mehr zu sagen habe.

Als das Telefon zum zweiten Mal klingelt, glaube ich für einen Moment, dass es Jack ist. Aber die Vorwahl der unbekannten Nummer, die auf meinem Handy erscheint, ist 805. Ich gehe dran und höre Ceces Stimme, sie klingt knapp und besorgt.

»Ich hoffe, es ist in Ordnung, dass ich anrufe«, sagt sie. »Von deinem Onkel Joe habe ich erfahren, dass du in Windbreak bist.«

»Und woher weiß mein Onkel Joe das?«

Sie antwortet nicht. Nach einer kurzen Pause fährt sie fort: »Vielleicht könnten wir morgen Abend zusammen essen. Und ein paar Dinge besprechen.«

»Ist Onkel Joe auch dabei?«

»Ich hab ihm nicht gesagt, dass ich dich anrufe. Ich hoffe eigentlich, wir beide können allein reden ...«

Ich höre ein Klopfen an der Fliegengittertür. Als ich aufblicke, sehe ich Clark.

»Ich mache mich jetzt auf den Weg«, sagt er.

»Du, Cece, ich rufe gleich zurück, okay?« Dann beende ich das Gespräch und wende mich Clark zu.

»Danke, dass Sie gekommen sind.«

»Aber natürlich. Schön, dass mal wieder jemand hier ist.«

Ich lächele ihn an, stehe auf und gehe zu ihm hinüber. Dann greife ich in die Tasche, wobei ich immer noch Ceces Stimme im Kopf habe. »Darf ich Ihnen etwas zeigen, bevor Sie fahren?«

»Klar.«

Ich halte ihm das Gruppenfoto mit meinem Vater und Onkel Joe hin. Und mit Cece.

»Vermutlich wollen Sie auch nach seinem Tod noch diskret bleiben, und das verstehe ich, aber … Waren mein Vater und diese Frau irgendwann zusammen hier?«

Er greift nach dem Foto, anfangs zögerlich, und räuspert sich. Dann wirft er einen Blick darauf, schaut sich die Gruppe an und landet zuerst bei meinem Vater.

»Wow, da sieht Liam so jung aus«, sagt er.

»Ich weiß.«

»Und er ähnelt Ihrem Bruder sehr.«

»Das finde ich auch.«

Er hält sich das Foto dichter vor die Augen und betrachtet es aufmerksam. Dann schüttelt er den Kopf.

»Die Frau … Ich glaube nicht, dass ich sie kenne.«

»Ich kann Ihnen online ein aktuelleres Bild zeigen.«

»Nein. Nicht nötig.« Er reicht mir das Foto zurück. »Ich hab ihn hier nie mit jemandem gesehen. Mit Ihnen und Ihren Geschwistern natürlich, aber meistens war Ihr Vater allein hier.«

Ich nicke. »Ja. Das dachte ich mir.«

Clark berührt den Türrahmen, streicht mit den Fingern daran

entlang. Dann wendet er sich zum Gehen, kehrt mir den Rücken zu. Seine Stimme ist so leise, dass ich sie gerade so höre.

»Er hat über Sie gesprochen«, sagt er. »Er wollte, dass Sie hier wohnen.«

»Danke, dass Sie mir das sagen.«

Ich schaue dankbar zu Boden. Zu dankbar eigentlich. Es bedeutet mir zu viel, dass mein Vater mich hier haben wollte. Zu hören, dass es ihm wichtig war.

»Es gab nur eine Frau, mit der er hergekommen ist.«

Ich hebe den Blick wieder und frage mich, ob ich richtig gehört habe. »Wie bitte?«

Er dreht den Kopf und schaut mich schulterzuckend an. »Wenigstens bin ich nur einer begegnet. Sonst niemandem.«

Ich halte seinem Blick stand, mein Herz rast. Er sagt nicht mehr, weil es nicht nötig ist. Er meint eine Frau außer den Ehefrauen meines Vaters. Außerhalb seiner Familien. Eine Frau, von der Clark denkt, sie hätte nicht hier sein sollen.

Ich sehe es ihm an. Er ist unsicher, ob es ein Verrat ist, mir davon zu erzählen, oder ob er das Richtige tut – oder vielleicht beides zugleich.

»Ich habe sie nur ein paarmal gesehen und war nicht sicher, ob sie seine Freundin war.«

»Kam sie Ihnen wie seine Freundin vor?«

»Ja. Und nein.«

»Wissen Sie zufällig ihren Namen?«

Er zögert nicht. Jetzt, wo er sich einmal durchgerungen hat, besteht kein Grund mehr dazu. »Cory«, sagt er. »Er hat sie mir als Cory vorgestellt.«

Cory. Warum klingt das vertraut? Das war der Name, der in den Schrank gekerbt war. Cory & Liam. Kann es dieselbe Cory sein?

Clark klopft an den Türrahmen, als suchte er nach seiner Enthüllung Halt. Ich strecke die Hand aus und berühre seinen Arm. »Danke«, sage ich.

Dann ziehe ich mich zurück. Ins Wohnzimmer, zu den Erkerfenstern und der Vogeltapete, zu den Alben und Theaterprogrammen und Jahrbüchern, die ich auf dem Boden ausgebreitet habe und wieder zurückstellen muss.

Cory & Liam.

Ich rufe Cece an, aber sie nimmt nicht ab. Also hinterlasse ich ihr eine Nachricht.

Dann schnappe ich mir das älteste Fotoalbum – es sieht nach Highschool aus. Oder noch älter.

Und ich fange zu blättern an.

VOR ELF JAHREN

Draußen waren es minus zwölf Grad.

Liam hatte an der Straßenecke auf sie gewartet. Durch den Wind wirkte es noch viel kälter, der Schnee wurde von Böen umhergewirbelt. Trotzdem würde er warten, bis sie auftauchte. Er war von einer Besprechung mit Drinks aufgebrochen und fühlte sich fiebrig vom Scotch und der Hoffnung, sie bald zu sehen. Er wusste, welche Subway sie von Midtown zu ihrer Wohnung nahm, und wartete an der Haltestelle in der Nähe ihres Büros.

Dann war sie plötzlich da: Sie eilte in einem langen Trenchcoat und einer Kaschmirstrickmütze auf ihn zu, unter der ihre Locken hervorschauten, die Wangen waren vom Frost gerötet.

»Was zum Teufel machst du hier?«, fragte sie. »Willst du dich zu Tode frieren?«

Aber sie lächelte. Setzte ein Lächeln auf, das ihm direkt durch die Poren drang. Sofort war die Kälte vergessen.

Er lächelte zurück. »Dir auch hallo.«

»Du wirkst übermütig.«

»Ich hab dich vermisst«, sagte er.

»Wir sehen uns doch.«

»Nicht oft genug.«

Sie schüttelte den Kopf. »Wie ist das möglich?«

So lief es in letzter Zeit zwischen ihnen. Liam bemühte sich um Cory, und Cory gab meistens nach. Dafür gab es Gründe. Bei Cory stand ein großer Hochzeitstag an, und sie und ihr Mann überlegten, für ein Jahr nach Paris zu ziehen. Sie konnten beide von dort aus arbeiten. Und sie konnten dort, was noch wichtiger war, an ihrer Ehe arbeiten. Cory verriet Liam nicht, dass darin der eigentliche Zweck lag. Sie musste es ihm nicht sagen. Sie wollten in der Wohnung eines Freundes im sechsten Arrondissement wohnen, ganze Tage im La Grande Épisserie verbringen und nach London fahren, damit sie sich Theatervorstellungen im West End anschauen konnte. Ihr Mann würde sie begleiten. Er würde alles tun, um sie zu halten.

Das war Liam klar. So wie ihm klar war, dass es nicht ewig gut gehen würde. Natürlich nicht. Aber die Reise bedeutete, dass er eine Zeit lang nicht in der klirrenden Kälte vor der Subway stehen konnte. Nur um sie zu überraschen.

Er zog das Theaterprogramm und zwei Tickets für *The Goodbye Girl* aus der Manteltasche. Eine Neuinszenierung. Sie betrachtete das Programm, auf dem in großen Buchstaben der Name Neil Simon stand.

»Ich glaube es nicht«, sagte sie.

»Plätze in der ersten Reihe.«

»Ist das mein Trostpreis kurz vor deiner dritten Hochzeit?«

Er lachte. Was sollte er sonst tun? Er heiratete wieder. Noch einmal, vielleicht zum letzten Mal. Sie hieß Inez. Sie war achtzehn Jahre jünger als Liam, als käme es darauf an. Worauf es wirklich ankam, war, dass sie es offiziell machen wollte. Ihre Mutter war krank. Er wusste, dass Inez die alte Dame zur Hochzeit einladen wollte, solange es noch ging. Außerdem wusste er, dass Inez gern eigene Kinder wollte. Er wollte das tun, was ihr wichtig war. Sie hatte es verdient. Es gab viele gute Gründe für eine Hochzeit. Aber wenn er Cory jetzt ansah, fielen sie ihm nicht mehr ein.

»Es tut mir leid, dass ich die Hochzeit verpasse«, sagte sie.

»Wirklich?«

»Nein, eigentlich nicht«, räumte sie ein. »Aber Inez mag ich. Um ehrlich zu sein, ist sie zu gut für dich.«

»Da widerspreche ich dir nicht.«

Sie hängte sich bei ihm ein. Im Gleichschritt gingen sie in Richtung Theater. Plötzlich (und wie üblich) übernahm Cory die Führung.

»Es ändert nichts daran, dass du überlegen solltest, dir das Heiraten abzugewöhnen«, sagte sie.

»Du glaubst also nicht, dass aller guten Dinge drei sind?«, fragte er.

»Dazu erlaube ich mir kein Urteil.«

»Gott sei Dank ist das nicht wahr.«

»Ich sage nur, dass die Entscheidung ziemlich bald gefallen ist, nachdem du gehört hast, dass ich mit meiner Familie ins Ausland gehe«, sagte sie. »Womit ich nicht behaupten will, es dreht sich um mich.«

»Fast alles dreht sich um dich, also …«

Sie lächelte.

»Was sie angeht, bin ich dir gegenüber ehrlich gewesen«, sagte er. »So ehrlich ich sein kann.«

»Bei *sein kann* würden meine Fragen ansetzen.«

Sie legte den Kopf an seine Schulter. Er spürte, wie sie leicht ausatmete. Als sei sie erleichtert. Als sei sie glücklich.

»Danke für die Tickets. Das brauche ich heute.«

»Dann wirst du dich auch freuen, dass ich ein paar geschmuggelte Junior Mints in der Tasche habe. Ich weiß ja, dass du sie nicht gern im letzten Moment besorgst.«

»Auch Twizzlers?«

»Gehe ich zum ersten Mal ins Theater?«

Er zog die rote Süßigkeitenverpackung aus der Tasche und reichte sie ihr.

»Also«, sagte sie, »das ist jetzt aber Angeberei.«

KEINE SPRACHE IST BEDEUTUNGSLOS

Ich schlafe ein. Auf dem Boden.

Als ich aufwache, ist mir schrecklich kalt. Es muss mitten in der Nacht sein. An Armen und Beinen habe ich Gänsehaut.

Ich habe die Fotoalben durchgesehen. Sein Highschooljahrbuch aus der Abschlussklasse. In seinem Jahrgang gab es 630 Mädchen, aber keine Cory. Auch keinen Jungen namens Cory. Ich konnte mich noch nicht aufraffen, auch die 3 000 anderen Schüler durchzugehen. Schließlich weiß ich nicht, was ich tun würde, wenn ich eine Cory fände.

Also stehe ich auf, um das Fotoalbum wieder an seinen Platz im Regal zu stellen. Und alles, was ich mir noch angesehen habe, wieder zu den gerahmten Fotos zu legen.

In diesem Moment entdecke ich etwas im Regal. Ein dünnes Buch. Ein dünnes Buch, auf dem eins der Fotos steht. Ein dünnes Buch, das ich fast übersehen hätte.

Ich nehme es vom Regal und starre auf den kastanienbraunen Einband.

Jabberwocky – Literarische Zeitschrift der Midwood Highschool.

Ich blättere die ersten Seiten um, bis ich beim Inhaltsverzeichnis lande. Dort halte ich nach dem Namen meines Vaters Ausschau, nach einer Kurzgeschichte oder einem Essay, die er geschrieben haben könnte. Nach einer Erklärung, warum er die Zeitschrift so lange aufbewahrt hat.

Ich finde den Namen meines Vaters nicht, dafür aber einen Joseph D. Goddard. Mein Onkel Joe, er hat eine Kurzgeschichte mit dem Titel *The Shortstop* beigetragen.

Beim Gedanken an Onkel Joe als Autor einer Erzählung muss ich grinsen. Es kommt mir so abwegig vor, dass ich sie fast schon lesen will. Dann aber springt mir ein anderer Name ins Auge.

Ein anderer Name, der meine Aufmerksamkeit weckt. Ein Gedicht und eine Kurzgeschichte stammen von einer Cordelia Ryan.

Beim Namen Cordelia halte ich inne. Cory könnte für Cordelia stehen, oder? Die Autorin könnte Cory sein. Oder auch nicht.

Näher dran war ich bisher nicht, und so blättere ich zu Seite acht vor, um ihre Geschichte zu lesen. Sie heißt *The Children Go. Die Kinder gehen.*

Direkt unter dem Titel entdecke ich eine Notiz, die ich mir genauer ansehe. Sie ist kurz, handschriftlich und ausschließlich in Kleinbuchstaben. Außer den Initialen. Außer den Initialen meines Vaters.

> LSN –
> für den Fall, dass ich es später nicht sage,
> sie sind alle für dich

Mit rasendem Herzen blättere ich die Zeitschrift durch. Bis ich das Impressum finde.

Dort entdecke ich es. CORDELIA G. RYAN. CHEFREDAKTEURIN.

Unter ihrem Namen sehe ich ein Foto. Das kleine Schwarz-Weiß-Foto einer jungen Frau auf einer Bank. Sie trägt eine Brille mit Drahtgestell und lächelt in die Kamera. Sie trägt ein Wickelkleid und hat lange, widerspenstige Haare. Auf dem Foto ist das Gesicht klein und zum Teil von den Locken verdeckt. Ich will das Licht einschalten, um sie deutlicher sehen zu können.

Aber ich erkenne ihr Gesicht, ihr hübsches und vertrautes Gesicht, noch bevor das Licht angeht. Ich erkenne sie, bevor mir überhaupt klar wird, dass ich sie erkenne.

Grace.

TEIL III

Ein Gebäude hat mindestens zwei Leben –
eins in der Vorstellung seines Schöpfers
und eins, das es danach lebt. Und die
beiden sind immer verschieden.

Rem Koolhaas

JE NACH STANDORT SIEHT DER SONNENAUFGANG VERSCHIEDEN AUS

Plötzlich sind sie wieder da.

Schnappschüsse. Schlecht entwickeltes Filmmaterial. Eine Geschichte schaukelt in den Bäumen. Die Dinge (so viele Dinge), die du nur halb registriert hast, weil du nicht nach ihnen gesucht hast. Warum um alles in der Welt hättest du auch nach ihnen suchen sollen?

Du warst jung. Du hattest vor allem dich selbst im Blick.

Du bist acht, und sie sitzt bei der Aufführung deines Schultheaters neben ihm; als du zwölf bist, macht sie mit dir und deinem Vater ein Picknick im Central Park, sie liegen im Gras und lachen. Sie lachen auf eine Art und Weise, in der du deinen Vater nie mit jemandem hast lachen sehen. Du bist vierzehn, achtzehn und 22. Im Büro deines Vaters, in *ihrem* Büro, hörst du sie bei deinem Anruf im Hintergrund; ihr leuchtend blaues Kleid; seine Augen, die sie beobachten.

Du bist 27 oder 28. Was sagt deine Mutter zu dir, als ihr beide Grace und ihrer Tochter Jenny in Brooklyn Heights über den Weg gelaufen seid? Was sagt deine Mutter zu Grace, als ihre Wangen sich berühren: *Ich liebe dich.* Was flüstert dein Vater ihr auf der Geburtstagsfeier für Onkel Joe zu? Nachdem sie deine Schulter gedrückt hat und auf ihn zugeht, auf ihn und Onkel Joe. Dein Vater berührt ihre Hand, als sie zu ihm tritt: *Da bist du ja.*

Letztes Jahr noch. Nachdem du deine Mutter verloren hast, die letzte Begegnung mit Grace. Jack ist bei dir, als du ihr über den Weg läufst. Sie spaziert mit deinem Vater durch Midtown. Ihr freundliches Lächeln. Ihr Glück.

Was siehst du, als du ihnen hinterherschaust? Sie sehen sich an, die Hand deines Vaters gleitet an ihre Hüfte, als gehöre sie dorthin.

Denn so war es offensichtlich immer gewesen.

* * *

Als Erstes rufe ich Sam an.

Der Anruf geht sofort auf die Mailbox. Ich höre den Piepton, bevor ich überhaupt weiß, was ich sagen soll.

Sam, ruf mich an. Sam, ich brauche dich.

Dann versuche ich es bei Elliot. In New York ist es kurz vor neun am Morgen. Wahrscheinlich ist er schon im Krankenhaus. Vielleicht hat er schon Patienten. Aber eigentlich brauche ich ihn sowieso nicht, damit er mir bestätigt, was ich mir längst selbst zusammengereimt habe. Was Elliot mir zu sagen versucht hat, ohne es wirklich auszusprechen. Worüber er mit meinem Vater bei ihrem letzten gemeinsamen Essen gesprochen hat, was er mit ethischen Gründen meinte, was er nicht sagen durfte, weil es eine Patientin betraf. Es ging um Grace. Deswegen hing mein Vater (mein todunglücklicher Vater) so sehr an Elliot, zumindest in gewisser Hinsicht. Elliot unterstützte Grace. Am Rande vielleicht, in einer Beraterrolle, aber trotzdem so weit mit ihrer Behandlung vertraut, dass er das Gefühl hatte, nicht darüber sprechen zu dürfen. Er konnte nicht über eine Frau sprechen, für die er sich eingesetzt hatte, als wäre sie seine Patientin. Jedenfalls nicht mit mir.

Elliot durfte mir nicht verraten, was mein Vater noch bei diesem letzten gemeinsamen Essen fragte, womit er noch immer zu kämpfen hatte: Wie konnte Grace' Herz ein zweites Mal aussetzen, obwohl es so engmaschig überwacht wurde? Mein Vater konnte nicht anders, als sich diese Frage immer wieder zu stellen. Als würde die Tatsache, dass Grace nicht mehr da war, irgendwie leichter werden, wenn er die Gründe verstand. Als würde das an seinem Verlust etwas ändern.

Elliot nimmt nicht ab, auch hier geht der Anruf auf die Mailbox. Bei Onkel Joe dasselbe. Bei keinem der beiden hinterlasse ich eine Nachricht. Stattdessen rufe ich Jonathan an.

Inzwischen bin ich draußen. Ich bin am Rand des Grundstücks, die Sonne zeichnet sich als dünner goldener Streifen scharf vor dem Horizont ab.

»Nora«, begrüßt er mich. »Was kann ich für dich tun?«

»Ist es Grace?«

Er schweigt. Ich muss ihm zugutehalten, dass er nicht fragt, wovon ich eigentlich rede. Cordelia G. Ryan. Cory, Grace.

Jonathan versucht es erst gar nicht mit einer Lüge. Ich schaue hinunter auf den weißen Felsen und das Wasser. Ich konzentriere mich auf das schimmernde Gold, das langsam den Himmel erleuchtet, kristallklar und wild und bereit.

Ich konzentriere mich. In meinen Gedanken konkretisiert sich eine zeitliche Abfolge: der Verlust von Grace vor einem knappen Jahr (hat Paul nicht von acht Monaten gesprochen?), die anschließende tiefe Trauer meines Vaters, die Sehnsucht, sich von allem zu trennen – von allem, das ihn an sie erinnerte, sogar von der Firma. Warum hätte er sie nicht Cece überlassen sollen? Warum sie nicht einfach abstoßen? Bis ihm klar wurde, dass es an seinem Verlust nichts ändern würde. An seinem gebrochenen Herzen.

»Es ist Grace, stimmt's? Er wollte ihr die Firma vermachen.«

Er zögert, das Schweigen wird immer dichter. »Lass uns einen Termin ausmachen, und du kommst ins Büro, okay? Wir besprechen das besser persönlich.«

»Ich will es aber jetzt besprechen.«

»Tut mir leid, ich muss dich später zurückrufen«, sagt er und legt auf.

Ich mache ihm keinen Vorwurf. Aber akzeptieren werde ich es auch nicht.

Ich rufe noch einmal an.

Deshalb höre ich nicht die Schritte, die sich hinter mir nähern.

Deshalb höre ich nicht, dass noch jemand hier ist, jemand, der schnell auf mich zukommt.

Ich bemerke ihn erst, als er direkt hinter mir steht und sich nur ein bisschen vorbeugen müsste, um mich zu stoßen.

Seine Hand berührt meine Schulter und lässt mich zusammenzucken. Es verschlägt mir den Atem, ein Schrei bleibt mir in der Kehle stecken. Ich drehe mich um.

Ich drehe mich um und sehe meinen Bruder.

»Du hast mich fast zu Tode erschreckt.«

»Tut mir leid.«

Sam trägt einen Hoodie und eine alte Jeans, Converse-Sneakers mit offenen Schnürsenkeln. Sein ganzes Outfit wirkt zerknittert und unordentlich.

»Ich hab den ersten Flug genommen«, sagt er. »Hier draußen sollte niemand allein sein.«

Ich nehme ihn in die Arme. Ich nehme ihn ganz fest in die Arme, als würden wir es immer so machen.

»Es war Grace«, sage ich.

»Was war Grace?«

»Alles.«

DIE SAN YSIDRO ROAD FÜHRT DICH NACH HAUSE

Das für die Westküste zuständige Büro von Noone Properties liegt im Upper Village von Montecito, einer stillen Enklave in Santa Barbara. Nicht weit von Windbreak, nicht allzu weit von The Ranch. Das holzgetäfelte Büro liegt im ersten Stock eines kleinen Backsteinhauses. Um die Eingangstür herum wächst Efeu, im kleinen Wartebereich stehen Blumentöpfe. Jedes einzelne Fenster bietet einen Ausblick auf Berge und Baumwipfel.

An der Rezeptionistin vorbei gehen wir direkt in Joes Büro.

Er sitzt am Schreibtisch und telefoniert. Als er uns sieht, legt er die Hand auf den Hörer.

»Wäre es zu viel verlangt, dass ihr vorher eine SMS schickt?«, fragt er.

»Wollte er die Firma Grace vermachen?«, fragt Sam.

Aber es ist eigentlich keine Frage, wir kennen die Antwort längst. Ich lege das Exemplar von *Jabberwocky* auf Joes Schreibtisch.

»Was zum Teufel ist das?«, fragt er.

»Wir wissen Bescheid, Joe«, sage ich. »Und wir wissen, dass du beteiligt warst.«

»Ich muss später zurückrufen«, sagt er ins Telefon.

Er legt auf und blättert durch die Zeitschrift. Dann schüttelt er verblüfft den Kopf. Vielleicht kann er nicht glauben, dass mein Vater sie aufbewahrt hat. Vielleicht kann er nicht glauben, dass sie jetzt vor ihm liegt.

Er schaut uns an und deutet auf die Stühle ihm gegenüber. »Dann setzt euch.«

»Wir stehen gut«, sage ich.

»Dann müsst ihr eine ganze Weile stehen. Wenn ihr die ganze Geschichte hören wollt …«

»Die ganze Geschichte wollten wir letzte Woche hören«, erwidere ich. »Wir wollten die ganze Geschichte hören, bevor wir entdeckt haben, dass es eine ganze Geschichte gibt.«

»Kommt schon, ihr wisst, dass es nicht an mir war, euch diese Geschichte zu erzählen.«

»Nein, da hast du völlig recht«, erklärt Sam. »Natürlich war es viel besser für uns, alles selbst herauszufinden.«

Er verschränkt die Arme vor der Brust. Wütend. Verletzt.

Joe schaut ihm seufzend in die Augen. Dann kommt er um den Schreibtisch herum auf unsere Seite und setzt sich auf die Kante.

»Okay, was wollt ihr wissen?«

Alles, würde ich am liebsten sagen. Wie es angefangen hat, was dann geschehen ist, wie es hier in Kalifornien geendet hat.

»Waren sie in der Highschool zusammen?«, frage ich. »Grace und Dad?«

»Definier ›zusammen‹.«

»Definier du es.«

»Okay, also gut. Zuerst waren Grace und ich ein Paar«, sagt er. »Für sehr kurze Zeit.«

»Und dann die beiden?«

Er nickt. »Viel weniger kurz.«

»Aber du wusstest davon?«, fragt Sam.

»Von den beiden? Klar. Seit ungefähr fünfzig Jahren.«

»Also hatten sie eine Beziehung?«, frage ich. »Die ganze Zeit über.«

Er schüttelt den Kopf, als wolle er die Frage lieber nicht beantworten. Als wolle er keine Antwort geben, die mich verletzen könnte. Denn was würde das dann bedeuten? Im Hinblick auf die Gefühle meines Vaters für meine Mutter? Und letztlich für mich?

Aber irgendwie fühlt es sich an, als hätte es nichts mit mir zu tun, als ginge es um etwas anderes. Etwas Trauriges, Unbearbeitetes, Endgültiges.

Von seinen Gefühlen überwältigt, reibt Sam sich die Augen. »Dann hatte Dad immer vor, die Firma Grace zu vermachen?«, fragt er. »Die ganze Zeit?«

»Ja.«

Joe redet nicht um den heißen Brei herum und lässt Sam Zeit, es sacken zu lassen. Ich drehe mich zu meinem Bruder um und rechne damit, dass ihm der Schmerz ins Gesicht geschrieben steht. Stattdessen scheint er damit beschäftigt zu sein, es zu verarbeiten. Und ich sehe so etwas wie Erleichterung.

»Ihr müsst verstehen, dass euer Vater und Grace … sich schon ewig kennen.«

»Den Teil haben wir verstanden«, sagt Sam.

»Er hat sie zu Hayes geholt, kurz nachdem er die Firma übernommen hat. Nicht allzu lange nach mir«, sagt er. »Sie war gerade aus Kalifornien zurückgekommen, und es sollte nur ein befristeter Job sein. Aber kaum war sie da, war klar, dass es nicht dabei bleiben würde.«

»Warum nicht?«, frage ich.

»Dein Vater wusste genau, wie er diese Hotels haben wollte. Es war eine Nische, die bis dahin noch niemand besetzt hatte. Er hatte die Vision. Aber wenn es um die praktische Umsetzung und darum geht, dass jedes Hotel für sich Erfolg haben soll, spielt die Außendarstellung eine enorme Rolle. Und Grace … Sie konnte Geschichten erzählen, versteht ihr? Sie wusste, wie man sie nach außen hin erzählt. Wahrscheinlich wusste sie es besser als euer Vater. Jedenfalls glaubte er das.«

Er macht eine Pause. Ich muss an das denken, was Sam mir im

Auto erzählt hat – wie lebendig mein Vater bei der Arbeit wirkte. Plötzlich dämmert mir, dass die Gründe dafür woanders liegen, als ich dachte. Es ging nicht nur um das, was er machte, sondern auch darum, mit wem er es machte.

»Was letztlich darauf hinausläuft, dass sie in ihrem Job großartig war. Nicht nur im Marketing, auch im Branding. In allem, was mit Außendarstellung zu tun hatte. Und sie sorgte dafür, dass auch er besser darin wurde.«

»Wann hast du es herausgefunden?«, fragt Sam.

»Was?«

»Wann hast du herausgefunden, dass er ihr die Firma vermachen wollte?«

»Offiziell? Vermutlich vor fünf oder sechs Jahren. Ungefähr um die Zeit, aber ich hab schon immer damit gerechnet.«

»Du hast damit gerechnet?«

»Ja, Sam, ich hab damit gerechnet. Wie gesagt, er brauchte sie. Auch wenn das nach einer Einbahnstraße klingt. Aber so war es nicht. Es beruhte auf Gegenseitigkeit. Sie waren … eine Einheit. Mir war immer klar, dass euer Vater es so würde regeln wollen.«

»Bist du sicher, Joe?«

»Worauf willst du hinaus, Junge?«

»Dad ist an dem Abend nicht gestürzt«, sagt Sam. »An dem Abend, an dem er gestorben ist.«

»Was redest du da?« Er schaut zwischen uns hin und her. »Glaubst du, dass ihm jemand etwas angetan hat? Willst du darauf hinaus?«

Dann verengen sich seine Augen. Anscheinend wird ihm gerade klar, was Sam angedeutet haben könnte.

»Und ihr glaubt, ich könnte etwas damit zu tun haben?«

»Ich weiß es nicht, Joe«, sagt Sam. »Du hast dieser Firma dein Leben gewidmet, aber sie hätte nie dir gehört. Vielleicht hat dich das wütend gemacht. Dass sie nicht an dich gehen sollte, sondern an eine Frau, mit der du zuerst …«

»Oh, du willst mich wohl auf den Arm nehmen. Ich wusste, was er vorhatte. Und ich wusste seit fünfzig Jahren über die beiden Bescheid. Die ganze Zeit. Weißt du, wie viele Freundinnen ich in der Highschool hatte?«

»Also ist es purer Zufall, dass du ihn überreden wolltest, die Firma an deine jetzige Freundin zu verkaufen?«

»Dabei ging es nicht um mich. Sondern um euren Vater. Er wollte die Firma nicht ohne Grace weiterführen. Er wollte ohne sie überhaupt nicht mehr viel. Ich habe ihm nicht davon abgeraten, aber es ging vor allem darum, dass er es nach dem Tod von Grace einfacher haben wollte. Er musste die Firma hinter sich lassen. Und Cece hätte sie gern übernommen. Sie hatte schon immer Interesse gehabt. Ob ich den Vermittler gespielt habe? Natürlich. Auf Wunsch eures Vaters.«

»Und du warst nicht wütend, als er es sich im letzten Moment anders überlegt hat?«, fragt Sam. »Dass deine letzte Chance dahin war, die Leitung zu übernehmen?«

Joe steht auf und stellt sich direkt vor Sam, nur Zentimeter von ihm entfernt. Sam kommt ihm das letzte Stück entgegen, sodass sich ihre Nasenspitzen fast berühren. Sam ballt die Fäuste, Onkel Joe spannt die Armmuskeln an.

»Fick dich, Junge.«

Ich trete zwischen die beiden, lege jedem eine Hand auf die Brust und schiebe sie auseinander.

»Immer mit der Ruhe«, sage ich. »Entspannt euch.«

Sam schaut mich an und zieht sich zurück. Onkel Joe schüttelt immer noch den Kopf, aber auch er beruhigt sich.

Er setzt sich zurück auf die Schreibtischplatte und wendet sich Sam zu.

»Ich weiß, dass es schwer zu akzeptieren ist, aber es ging nicht um dich und Tommy oder eure Eignung oder irgendwas in der Art«, sagt er. »Er … konnte einfach nicht anders. Alles, was er machte, machte er ihretwegen. Die Arbeit war das Einzige, was er jeden Tag mit ihr zusammen tun konnte. Und er konnte nicht damit weitermachen, nicht ohne sie. Das Einzige, was euer Vater sein Leben lang nicht hingekriegt hat, war, ohne sie auszukommen.«

Er legt eine Pause ein und schaut zwischen uns hin und her. Ich kann den Schmerz beinahe spüren, den es meinem Vater bereitet hat – ihm und Grace bereitet hat –, dass sie zusammen und doch nicht zusammen waren. Warum hatten sie sich für dieses Modell entschieden? Aber ich höre die Antwort innerlich, ohne dass Joe sie aussprechen muss, als müsste überhaupt jemand sie aussprechen: Die Gründe, aus denen man sich vor Menschen zurückzieht, die man liebt, sind manchmal genau die Gründe, aus denen man sich wünscht, auf sie zugehen zu können.

»Am Ende kam er zu dem Schluss, dass es nicht fair war. Er entschied, dass du und dein Bruder die Chance haben solltet, mit der Firma zu machen, was ihr wollt.«

»Vielleicht auch nicht. Vielleicht ist ihm die Zeit einfach knapp geworden«, sagte Sam. »Warum sollte er sonst an dem Abend Cece angerufen haben?«

»Ausschließen kann ich es nicht. Aber er wirkte ziemlich zufrieden mit seiner Entscheidung. Abgesehen davon gibt es für die Anrufe eine viel einfachere Erklärung.«

»Nämlich?«, fragt Sam.

Ehe Onkel Joe etwas sagen kann, nehme ich die Antwort vorweg.

»Er hat versucht, dich zu erreichen.«

Er nickt. »Er hat versucht, mich zu erreichen. In Ceces Haus hab ich schlechten Empfang. Er muss irgendetwas von mir gewollt haben.«

Dann deutet er auf mich.

»Ich hätte euch das alles erzählen sollen«, sagt er. »Jedenfalls hat Cece es so gesehen. Aber um ehrlich zu sein, hab ich mich dagegen gesträubt. Wahrscheinlich wusste ich nicht, wie ich es hätte sagen können, ohne die Dinge preiszugeben, die er meiner Meinung nach für sich behalten wollte …«

Ich sehe die Trauer in seinen Augen und verstehe plötzlich, was Onkel Joe bis zum letzten Moment versucht hat, nämlich unseren Vater zu schützen. Er versucht es immer noch, auf die einzige Art, die er kennt.

»Du hast es«, sage ich.

»Was habe ich?«, fragt Joe.

»Sein Handy.«

Er starrt mich eine Minute schweigend an. Dann geht er noch einmal um den Schreibtisch herum, öffnet die unterste Schublade und nimmt ein Handy heraus.

»Als ich am nächsten Morgen nach Windbreak kam, hab ich es im Schlafzimmer gefunden«, sagt er. »Dein Vater und Grace hatten so viel dafür getan, ihre Beziehung für sich zu behalten. Ich wollte nicht … Ich hatte das Gefühl, das Mindeste, was ich tun konnte, war, dafür zu sorgen, dass sie auch jetzt nicht herauskommt.«

Er dreht das Gerät um, sodass wir das Display sehen können. Auf dem Startbildschirm erkenne ich ein Bild von Windbreak – die Aussicht von der Veranda. Ich sehe die über dem Ozean untergehende Sonne und den Rand seines Lieblingsstuhls. Es ist eindeutig das Handy meines Vaters. Unseres Vaters.

»Nehmt es. Ihr scheint ganz offensichtlich zu glauben, dass ich euch etwas verheimliche, also nehmt es. Schaut euch das Ding komplett an. Überzeugt euch selbst.«

Als er mir das Gerät geben will, mache ich eine abwehrende Handbewegung. Ich habe nicht mehr vor, darin herumzuschnüffeln. Ich will nicht sehen, was mein Vater für sich allein behalten wollte. Und für sie.

Sam sieht es offenbar anders. Sein Blick durchbohrt mich, er nimmt das Telefon aus Joes Hand.

»Ich nehme es, danke.«

Ich werfe einen Blick auf das Handy, auf das Foto von Windbreak.

»Ich versuche zu ignorieren, wie beleidigend der Gedanke ist, ich könnte auf die Idee kommen, eurem Vater etwas anzutun«, sagt Joe. »Schließlich weiß ich besser als jeder andere, wie leicht man Trauer und Schuldgefühle verwechseln kann.«

Ich hebe den Blick und schaue Joe an. Seine Worte gehen mir unter die Haut. Trauer und Schuldgefühle verwechseln. Er hat nicht unrecht. Es war nicht schwer zu glauben, dass Onkel Joe eine Schuld verbarg. Sein Verhalten verdächtig zu finden – seine Traurigkeit als schlechtes Gewissen zu interpretieren.

Denn wenn man trauert, schwingen im Kummer auch Schuldgefühle mit, oder? Sie sind ein unglücklicher Nebeneffekt, weil man etwas versäumt hat. Man hat den Menschen nicht festhalten können, der einem am wichtigsten ist.

»Du glaubst es also auch?«, fragt Joe. »Dass an dem Abend etwas vorgefallen ist?«

Mit neuer innerer Klarheit schaue ich ihm in die Augen.

»Ja«, sage ich.

Und das ist die Wahrheit. Irgendetwas lauert in meinem Hinterkopf und wartet darauf hervorzukommen. Ich erinnere mich an die Worte meines Vaters an unserem ersten gemeinsamen Abend in Windbreak, als wir auf der Klippe standen. *Windbreak gehört mir nicht allein.* In diesem Moment begreife ich es.

»Joe, was ist mit Windbreak? Wollte er es ihr ursprünglich auch vermachen? Grace, meine ich?«

Er nickt. »Vor sehr langer Zeit einmal. Aber seitdem war es immer für dich gedacht.«

»Warum?«

»Grace war so ungern ohne ihn dort wie umgekehrt.« Er zuckt die Achseln. »Und deinem Vater war klar, dass jeder andere es verkaufen würde. Bei dir glaubte er das nicht. Er glaubte, du wüsstest vielleicht, was du damit anfangen kannst. Dass du etwas so Schönes bauen würdest wie die Landschaft ringsum.«

»Hat er dir das gesagt?«

»Ja. Das hat er mir gesagt.«

Ich nicke. Eine Erinnerung meldet sich. Ich denke an eins der letzten Gespräche mit meinem Vater. Er wollte, dass ich nach Windbreak komme und mich nach meiner Meinung zu seinen Renovierungsplänen fragen. *Ich möchte ein paar Veränderungen vornehmen.* Jetzt wird mir klar, warum ihm plötzlich an meiner Meinung gelegen war – er wollte mich für Windbreak begeistern, ich sollte anfangen, es als meins zu sehen. Weil es sein gemeinsamer Ort mit Grace gewesen war. Jetzt, wo Grace nicht mehr da war, hatte Windbreak für ihn nicht mehr dieselbe Bedeutung gehabt.

Auf einmal begreife ich alles, was ich wissen wollte. Alle Teile finden ihren Platz. Jetzt, wo die Hinweise miteinander verbunden sind, ergeben sie ein kompliziertes Muster, das um ein gemeinsames Kraftzentrum kreist. Um Grace.

Grace. Cory. Das A und O im Leben meines Vaters. Der einzige Mensch, mit dem er je zusammen sein wollte. Wie simpel und gleichzeitig wahr.

In diesem Moment wird mir klar, dass es noch einen anderen Menschen gibt, der Anspruch auf Grace erheben konnte. Den Anspruch, dass das, was sie sich aufgebaut hatten, die Liebe war, die mehr zählte. Sicher kann man die Trauer eines Menschen für Schuldgefühle halten, aber das gilt auch andersherum.

Man kann auch Schuldgefühle für Trauer halten.

Genau das habe ich kürzlich in einem Gesicht gelesen, nicht wahr? Schuldgefühle. Er fühlte sich schuldig für das, was er gewollt hatte.

Er fühlte sich schuldig, wenn er daran dachte, wohin es ihn geführt hatte.

An den letzten Ort, an dem er hätte sein sollen.

An den Rand einer Klippe.

Eine Klippe, eine Liebe, ein letzter Abschied, der trotz des Rings an seinem Finger doch nicht ihm gehörte.

Ich wende mich meinem Bruder zu. »Ich weiß, wer an dem Abend dort war.«

VOR FÜNF JAHREN

»Ich sollte dir wohl sagen, dass ich sie dir vermache.«

Sie waren spätabends im Büro und teilten sich chinesisches Essen und eine Flasche Sam Adams Utopias, die Liam von jemandem geschenkt bekommen hatte. Alle anderen hatten längst Feierabend gemacht. Jonathan, Tommy und die Assistenten.

Joe war heute erst gar nicht reingekommen. Er feierte immer noch seinen Geburtstag. Es war der dritte Abend, an dem er feierte: Den ersten hatte er mit seiner Tochter Diana verbracht, den zweiten auf der Party in der Perry Street, die Liam für ihn geschmissen hatte. Jetzt (Abend Nummer drei) war er nur mit der Frau zusammen, mit der er sich seit einer Weile traf. Auch wenn Joe nicht gern darüber redete, war sie seit Jahrzehnten die erste Frau, für die er derartige Gefühle hegte. Sie war noch nicht lange von ihrem Mann getrennt. Joe fürchtete im Stillen, sie könne zu einer endgültigen Trennung noch nicht bereit sein. Liam wusste, dass es um Cece ging, auch wenn Joe es bisher noch nicht ausgesprochen hatte. Er würde es vielleicht aussprechen, wenn es sich fester und stabiler anfühlte. Wenn es sich richtig anfühlte.

»Was hast du gerade gesagt?«

»Ich sagte, ich vermache sie dir. Natürlich.«

Cory legte die Essstäbchen hin und sah ihn verwirrt an. »Darum habe ich nicht gebeten.«

»Warum solltest du mich darum bitten müssen?«, erwiderte er. »Ich hab alles zusammen mit dir aufgebaut. Ohne dich wäre es niemals geworden, was es ist. Es ist genauso deins wie meins.«

»O mein Gott. Wenn du das tust …«

»Ich hab es schon getan. Du wirst Mehrheitseignerin, CEO und Vorstandsvorsitzende. Ich will nur, dass du es weißt.«

»Deine Söhne werden ausrasten.«

»Das glaube ich nicht. Sie werden Minderheitseigner und bekommen einen Platz im Vorstand. Und natürlich hoffe ich, dass du, wenn du in Rente gehst, darüber nachdenkst, ihnen die Leitung zu überlassen. Aber das entscheidest du.«

Sie sah ihm direkt in die Augen, um ihn zum Zuhören zu zwingen. »Wenn du das tust, Liam, kommt auf die ein oder andere Weise alles über uns heraus. Das ist dir doch klar, oder? Alle werden Fragen stellen.«

Er musterte sie. »Sollen sie doch.«

»Du hast leicht reden.«

Auch wenn er das Ganze nicht als so kompliziert empfand, konnte er ihren Standpunkt nachvollziehen. Er und Inez waren schon getrennt. Was, so trivial es klang, für sie beide am besten war. Sie standen sich jetzt näher als in der Zeit, als sie versucht hatten, etwas zu sein, das nie richtig funktioniert hatte. Er war dankbar, dass Inez in ihrer gemeinsamen Zeit zumindest herausgefunden hatte, was sie wirklich wollte. Und dass ihm selbst endgültig klar geworden war, dass es nur einen Ort gab, an den er gehörte (als hätte ihm das noch klar werden müssen) – hierhin, zu Cory.

»Was ist mit dir?«, fragte er. »Wirst du deswegen Probleme bekommen?«

Ohne den Blick von ihr abzuwenden, wartete er ab. Sie setzte zu einer Antwort an, bremste sich aber wieder. Paul verbrachte mehr und mehr Zeit in Kalifornien, im Süden von Kalifornien, den sie vorzog, wie er wusste. Paris hatte nicht die erhoffte Verbesserung gebracht, wobei nicht ganz klar war, was sie sich von einer rein äußerlichen Veränderung versprochen hatten. Sie waren weiterhin Freunde. Gute Freunde. Mehr bedeutete er ihr nicht mehr. Was sie aber nicht mit Liam besprechen wollte, jedenfalls nicht in den Einzelheiten. Liam wusste, dass sie dazu erst bereit sein würde, wenn Paul mit der Situation im Reinen war.

»Nein, darüber mache ich mir keine Sorgen«, sagte sie. »Eigentlich nicht.«

»Dann ist ja alles klar.«

Nachdenklich neigte sie den Kopf. »Vielleicht sollte ich beleidigt darüber sein, dass in all der Zeit niemand Verdacht geschöpft hat«, sagte sie dann. »Wahrscheinlich war es ganz nützlich, dass du so beschäftigt damit warst, andere Frauen zu heiraten.«

»Wir können nicht wissen, wer welchen Verdacht hatte. Joe hat sicher eine Ahnung.«

»Ja, wahrscheinlich.«

Sie lächelte ihn an. Wie sehr er dieses Lächeln doch liebte. Was es mit ihren Augen machte, mit ihrer Haut.

»Warum erzählst du es mir jetzt?«, fragte sie.

Er war sich nicht sicher. Vermutlich spielten mehrere Dinge eine Rolle. Das Ende seiner dritten Ehe. Joes runder Geburtstag. Der Umstand, dass er auf nüchternen Magen zu viel von diesem teuren Bier getrunken hatte. Das alles und nichts davon.

»Ich hab es dreißig Jahre lang für mich behalten. Das kommt mir lange genug vor.« Er zuckte die Achseln. »Außerdem werde ich nicht jünger.«

»Immer mit der Ruhe. Du bist nur zwei Jahre älter als ich …«

»Zweieinhalb«, sagte er.

»Ich will damit sagen, dass ich nicht weiß, wie viel Sicherheit es dir verschafft, wenn du mir die Leitung überträgst.«

Er schüttelte den Kopf. »Darauf kommt es nicht an.«

»Worauf kommt es nicht an?«

»Wenn dir etwas zustößt, war's das für mich«, sagte er. »Dann breche ich meine Zelte ab.«

Sie lächelte. »Tatsächlich?«

»Tatsächlich.«

Er nickte. Plötzlich wurde er ganz ernst, sein Blick klar und schmerzvoll. »Ich habe keine Lust, ohne dich zu leben.«

»Mein Lieber, für einen Dienstagabend nimmt das Gespräch gerade eine ziemlich morbide Wendung.«

»Worüber möchtest du lieber reden?«

»Ich will über gar nichts reden«, sagte sie. »Ich habe Hunger und würde gern in Ruhe essen, bevor wir mit Hawaii telefonieren. Wahrscheinlich lässt es sich nicht vermeiden, dass wir nächste Woche hinfliegen, aber Sam macht wirklich gute Arbeit.«

Er seufzte. »Klar. Trotzdem bin ich nicht davon überzeugt, dass es die richtige Arbeit für ihn ist. Aber bei dem Thema macht er dicht.«

»Vielleicht wird die Zeit es zeigen, so oder so …«

»Vielleicht.«

Er griff nach dem Bier und schenkte ihnen beiden nach. Aber sie nahm seinen Arm und schaute ihm in die Augen.

»Nur fürs Protokoll: Ich habe auch keine Lust, ohne dich zu leben«, sagte sie.

»Wo ist dieses Protokoll?«, fragte er.

»Schenk mir den Rest Bier ein, vielleicht verrate ich es dir dann.«

NEW YORK CITY VERMISST DICH

Als wir in New York landen, machen wir uns sofort auf den Weg zu seiner Wohnung.

Die kunstvollen Schnörkel begrüßen uns, die chromblitzende Lobby, der vertraute Portier. Er hilft einer Bewohnerin bei der Bestellung ihres Abendessens und winkt uns zu, als wir vorbeigehen.

»Bist du sicher, dass wir das Richtige tun?«, fragt Sam.

»Nein«, antworte ich.

Paul öffnet die Tür in Sweatshirt und Cargohose. Er ist barfuß. Wahrscheinlich glaubt er, der Tag liegt hinter ihm. Er ist zu Hause, wo er sich sicher fühlt, und hält schon einen Bourbon in der Hand.

»Wir wissen, dass Sie es waren, Paul.«

Ich warte nicht mal, bis er Hallo gesagt hat.

»Sie wissen, dass ich was war?«

»Wir wissen, dass Sie an dem Abend auf der Klippe waren«, sage ich.

Paul sieht mich an, dann wandert sein Blick zwischen uns hin und her. Er wirkt ehrlich überrascht. Ehrlich verwirrt. Einen Moment, einen kostbaren letzten Moment lang glaube ich, mich geirrt zu haben. Ich glaube, dass auch Meredith Cooper sich geirrt hat, als ich ihr ein Foto von Paul geschickt habe und sie in ihm den Jogger am Strand erkannt hat. Ich glaube, dass Onkel Joe sich geirrt hat, als er meinte, Paul würde ein Haus in Malibu besitzen, oben in Point Dume, in dem er mindestens die Hälfte seiner Zeit verbringe.

In diesem letzten Augenblick glaube ich, dass sämtliche Hinweise, die mich hierhergeführt haben, eigentlich auf einen anderen

Ort hätten deuten sollen. Dass ich mich bei Paul aufrichtig entschuldigen und auf den Heimweg machen muss.

Aber dann sehe ich es. Seine Hand zittert. Die Hand mit dem Bourbon. Die Hand, an der er immer noch den Ehering trägt.

»Es ist Ihre Entscheidung, wie es jetzt weitergeht«, sage ich. »Wir können direkt zur Polizei gehen, die sich dann weiter um alles kümmert. Oder Sie lassen uns rein.«

Er schweigt und senkt den Blick.

Dann, ganz plötzlich, tritt er zögernd zur Seite.

* * *

»Sie müssen wissen, dass nichts von alledem mit mir angefangen hat«, beginnt Paul.

Paul und ich sitzen uns auf Ledersofas gegenüber. Sam steht an den Fenstern, den riesigen Fenstern, in der Ferne ist Manhattan zu erkennen. Seit wir die Wohnung betreten haben, seit er Paul von Angesicht zu Angesicht begegnet ist, hat Sam kein einziges Wort mehr gesagt. Ich weiß, dass er nur mit äußerster Selbstbeherrschung die Ruhe bewahrt. Seine Energie ist quer durch den Raum zu spüren. Ich versuche, beruhigend auf ihn einzuwirken, indem ich seinen Blick suche und ihn wortlos bitte, mir zu vertrauen. Ich sehe, wie er durchatmet, und wende mich wieder Paul zu.

»Ich kenne Grace schon seit der Graduate School. Sie studierte Kreatives Schreiben, ich machte meinen Master in Fotografie. Aber sie wohnte mit Freunden aus meinem Studiengang zusammen, sodass wir uns im ersten Jahr oft über den Weg gelaufen sind. Tatsächlich waren wir uns schon einige Male begegnet, ohne dass sie sich an mich erinnern konnte, was mich wahrscheinlich neugierig gemacht hat …«

Den Rest muss er nicht aussprechen: dass die meisten Leute sich an ihn erinnern, sobald sie einmal im selben Raum mit ihm waren. Und plötzlich begegnete er jemandem, der ihm null Interesse entgegenbrachte.

»Jedenfalls saßen mein Freund und ich eines Abends im Wohnzimmer und tranken etwas. Es war nicht mal spät, halb neun oder so, und Grace kam aus ihrem Zimmer und sagte, wir sollten woanders weiterfeiern. Sie machte kein großes Theater, meinte es aber offensichtlich ernst. Ich war platt. Auf der Stelle total verliebt. Ein seltsamer Grund, sich zu verlieben, okay. Aber das war sowieso egal. Sie hatte kein Interesse, und das machte sie auch sehr deutlich, also wurden wir einfach Freunde. Bis sie nach New York zurückzog, um sich um ihre Familie zu kümmern. Da riss unser Kontakt ab …«

Er räuspert sich.

»Als ich dann später in New York landete, nahmen wir wieder Verbindung auf. Grace war anders. Wie eine Erwachsene. Vielleicht ist das aber keine gute Beschreibung, weil sie schon immer ziemlich erwachsen gewesen war. Jedenfalls schien sie sich in ihrer Haut wohler zu fühlen. Sie arbeitete inzwischen bei Ihrem Vater und war glücklich. Sie liebte ihren Job oder liebte es, für ihn zu arbeiten. Oder beides. Wir fingen an, mehr Zeit miteinander zu verbringen. Ich wusste Bescheid, sie hat mich nie angelogen. Sie sagte, die Beziehung zu Ihrem Vater sei … kompliziert. Ich weiß nicht, ob ich darin eine Herausforderung sah. Hoffentlich nicht, aber ich kann es nicht sagen.« Er hält kurz inne. »Ich habe sie einfach geliebt. Und wahrscheinlich glaubte ich, ich sei besser für sie als er. Wie hätte es auch anders sein sollen? Schließlich bot ich ihr alles, was ich war. Welche Dreistigkeit zu glauben, dass man diese Art Logik auf die Liebe anwenden kann. So etwas spielt überhaupt keine Rolle.«

Ich beobachte ihn.

»Letztlich will ich wohl sagen, dass ich Grace keinen Vorwurf mache. Das wäre unfair. Ich habe mich mit offenen Augen darauf eingelassen. Ich wusste Bescheid. Ich hatte nur die Hoffnung, dass nach und nach mehr daraus werden könnte. Aus meiner Loyalität zu ihr. Manchmal fühlte es sich auch so an. Sobald wir uns fest gebunden hatten, änderte sie in der Beziehung zu Ihrem Vater die Parameter. Wenigstens eine Zeit lang. Glaube ich. Aber das änderte nichts an ihrer Verbundenheit. An der Art, wie sie ihn ansah. Ich weiß nicht … Was bedeutet Treue, wenn man sowieso einen anderen liebt? Loyalität sticht Liebe auf längere Sicht nicht aus.«

Ich spüre ihn in meinem Bauch, in meiner Seele. Den Schmerz, als Paul nach und nach bewusst geworden sein muss, welche Position er in diesem Dreieck einnahm. Mit der eigentlichen Liebesgeschichte hatte er nichts zu tun.

»Was ist an dem Abend passiert, Paul?«, fragt Sam.

»In ihrem Testament hatte Grace darum gebeten … Sie hatte darum gebeten, dass ihre Asche in Windbreak verstreut wird. Ich hatte es hinausgezögert.« Er atmet tief durch. »Am Ende waren wir getrennt. Ihr Herzinfarkt machte es für eine Weile kompliziert, aber um der Wahrheit willen sollte gesagt werden, dass wir bei ihrem Tod fast zwei Jahre getrennt waren. Freunde waren wir immer noch. Gute Freunde. Am Ende war es wieder so wie ganz zu Anfang …« Er denkt nach. »Aber das machte die Trauer – schon den bloßen Gedanken an Trauer – noch komplizierter. Damit will ich nur sagen, dass es lange gedauert hat, bis ich mich auf den Weg nach Windbreak gemacht habe. Um ihren Wunsch endlich zu erfüllen.«

Er hebt den Blick und schaut mich an.

»Trauer verleitet zu verrückten Dingen«, sagt er. »Was natürlich keine Entschuldigung sein soll.«

»Es ist bloß eine Tatsache.«

Er nickt. »Es ist bloß eine Tatsache.«

»Wie sind Sie hineingekommen?«, fragt Sam.

Wir wenden uns beide zu ihm um, als hätten wir seine Anwesenheit bis gerade eben vergessen. Seine Augen sind rot und feucht.

»Über die Treppe vom Strand. Grace hatte mich vor langer Zeit einmal mitgenommen. Außerdem hatte sie den Code notiert. Er lag bei ihren Anweisungen zum Testament …« Er macht eine Pause. »Ihr Vater sollte an dem Abend nicht dort sein. Deshalb habe ich den Zeitpunkt gewählt. Er sollte bei einem Event sein, das Inez veranstaltet hat. Das wusste ich, weil ich auch eingeladen war. Ich habe extra nachgefragt, ob Ihr Vater hingeht. Wenn Sie sich in seinem Büro erkundigen, wird man Ihnen bestätigen, dass ich angerufen habe.«

Ich nicke, es ist wahr. Da weiß ich schon von Inez. Unser Vater hat sich im letzten Moment zur Absage entschlossen. Stattdessen ist er an seinen Lieblingsort geflogen.

»Er muss mich gesehen haben, als ich gerade mit dem Verstreuen der Asche fertig war. Er tauchte hinter mir auf und erschreckte mich. Dann stritten wir uns. Eigentlich nicht, weil ich da war. Als ich ihm den Grund erklärte, war er nicht überrascht. Aber er wirkte … so gebrochen. Es machte mich wütend. Ich war einfach furchtbar wütend. Als wir jünger waren, war ich wütend auf ihn, weil er sich nicht für sie entschieden hatte. Ich hatte nie verstanden, warum er nicht alles dafür gegeben hatte, mit ihr zusammen sein zu können. Vielleicht hat sie selbst es gar nicht so gesehen, aber ich hatte immer das Gefühl, er hätte sich nicht für sie entschieden. Für sie allein. Und für niemanden sonst. Das kotzte mich an … Nur dass ich, als ich dort mit ihm stand, begriff, dass ich mich geirrt hatte.«

»In welcher Hinsicht?«, frage ich.

Er zuckt die Achseln. »Er war ihr gegenüber loyal. Er war ihr so ergeben wie sie ihm.«

Er wendet den Blick ab. Plötzlich sehe ich die Szene vor mir. Ein regnerischer Abend. Ein Mann nimmt zwei Stufen auf einmal hoch zu dem Ort, an dem er am wenigsten sein will. Trotzdem ist er da. Weil er den letzten Wunsch seiner Frau erfüllen will. Seinen eigenen Gefühlen zum Trotz, will er die Asche seiner Frau dort verstreuen, wo sie es wollte. Denn er weiß, was er nie an sich hat heranlassen wollen. Was er eigentlich immer schon gewusst hatte. Er weiß, wo sie hingehört.

»Wir haben uns ein bisschen gestritten«, sagt Paul. »Ich kann mich nicht mal mehr an die Worte erinnern. Er war wütend darüber, dass ich einfach so aufgetaucht war. Ich war wütend, weil er nicht hätte da sein sollen. Weil ich nicht mal diesen Moment für mich haben konnte, ohne ihn. Mein ganzes Leben lang hatte dieser Typ im Hintergrund gelauert … Jedenfalls drehte ich mich um und wollte verschwinden. Ich ging los. Aber Ihr Vater … rief mir hinterher. Ich glaube, er wollte sich entschuldigen oder die Begegnung nicht im Unfrieden enden lassen. Er sagte, wie wichtig ich für Grace gewesen sei. Als hätte ich ihn nötig gehabt, um das zu wissen. Aber offensichtlich war es so. Denn es brachte mich zur Ruhe. Es brachte mich absolut zur Ruhe. Also ging ich zu ihm zurück.«

Er schüttelt den Kopf und lacht ungläubig. Sam entfernt sich vom Fenster. Er nähert sich uns, nähert sich mir. So als wisse er, dass wir jetzt zusammen sein müssen. Bei diesem letzten Teil müssen wir zusammen sein.

»Ich denke immer wieder darüber nach, was ich ihn habe sagen hören. Er sprach sehr leise, weil er irgendwie nicht mit mir persönlich sprach. Aber er brauchte es, dass ihm jemand zuhörte. Und sie war nicht mehr da, um es zu hören. Er sagte: *Ich weiß nicht, wie ich ohne sie leben soll.* Und das war schlimmer als alles andere. Der Schmerz. Die Sinnlosigkeit des Ganzen … Und ich … Es ist einfach über mich gekommen, verstehen Sie? Die ganze Zeit hatte ich ihm die Schuld gegeben. Und irgendwie war es noch schlimmer, sie ihm nicht mehr geben zu können. Da habe ich ihn gestoßen. Ja, ich habe ihn gestoßen. Aber ich wollte ihn nicht über die Kante stoßen. Ich wollte ihn nicht umbringen. Ich wollte nicht …«

Paul wischt sich über das Gesicht, Tränen laufen ihm über die Wangen. Er will sie aufhalten, diese Tränen, von denen er glaubt, er hätte nicht das Recht, sie zu vergießen. Aber es funktioniert nicht. Er weint so heftig, dass er nicht weitersprechen kann.

Sam macht ein paar Schritte von ihm weg, von uns beiden weg, und ballt die Fäuste so fest, dass seine Handknöchel weiß werden. Auch seine Augen füllen sich mit Tränen, wobei ich sehe, wie er gegen sie ankämpft. Tränen der Wut laufen ihm übers Gesicht.

Ich wende mich zu Paul um. Und sehe den Rest des Abends vor mir, ohne dass jemand darüber reden muss – ohne dass Paul darüber reden muss. Den Schock. Die plötzliche Leere, die mein Vater hinterlassen hat. Pauls rasendes Herz, das niemand hören kann.

Der Nachhall. Mein Vater ist im Nachthimmel verschwunden. Was ist da gerade passiert? Wie ist es passiert? Was hat er getan? Die Welt bewegt sich auf bizarre Weise im Zeitlupentempo. Und gleichzeitig doppelt so schnell wie je zuvor. Paul eilt die Treppe zum Strand hinunter, wählt die 911. Erreicht meinen Vater, erreicht *die Leiche* kurz nach dem Paar. Dem Paar mit dem laut bellenden Hund. Auch sie haben den Notruf gewählt. Die Rettungssanitäterin fühlt meinem Vater den Puls, schüttelt den Kopf. Sieht ihren Mann mit diesem Kopfschütteln an.

Paul läuft los, ohne überhaupt zu merken, dass er läuft. Ohne klar denken zu können. Verschwinde hier. Er hat eine schwangere Tochter. Grace' schwangere Tochter. Bald wird er sein erstes Enkelkind bekommen. Er kann nichts tun, wenn er bleibt. Die Sanitäterin berührt die Brust meines Vaters, ihr Mann spricht in sein Handy. Wir haben keinen Puls. Wir haben einen gebrochenen Schädel und eine Hirnverletzung. Er kann nichts mehr tun. Er kann überhaupt nichts mehr tun. Aber um seiner Tochter und seiner Enkelin willen – um *Grace'* Enkelin willen – kann er hier verschwinden.

Er sieht mich an, weil er sichergehen will, dass ich die nächsten Sätze höre. »Ich tue, was immer Sie wollen. Wir können zusammen zur Polizei gehen. Wobei ich Ihnen diese Last nicht aufbürden möchte. Aber wenn Sie es wollen, werde ich es tun …«

Was kann ich ihm sagen? Es wäre wahrscheinlich nicht das, was er hören will: dass ich merke, wie schwer das Wort *Last* aus seinem Munde kommt. Dass ich die Schwere spüre, die ihn umgibt, dass ich sie in seiner Haut, seinen Haaren, seinem Geruch wahrnehme. Den Verlust eines Menschen, den er nie richtig hatte.

Dass ich, wenn ich ihn anschaue, die Trauer spüre, die wir alle in uns tragen, diese kleine, runde Leerstelle. Wir können jemanden lieben, aber derjenige liebt jemand anderen. Wir können ein Leben lang versuchen, eine Person zu verstehen, ohne je zu akzeptieren, dass wir sie nicht verstehen können. Wir können einem Menschen geradewegs in die Augen schauen, ohne ihm wirklich ins Innerste zu sehen – in den Bereich, den er für sich behalten will.

Aber jetzt kenne ich ihn. Ich kenne den Bereich, den mein Vater für sich behalten wollte. Ich weiß, was ihn antrieb, ihn in Bewegung hielt, ihn atmen ließ.

Sie hat dich geliebt, Dad. Nicht wahr? Das war ihr Leben. Und trotz aller Nebengeräusche, all der schönen und notwendigen Nebengeräusche, war sie zu lieben dein Leben.

Also tue ich, was du tun würdest, wenn du noch hier wärst. Was du für sie tun würdest.

Ich strecke langsam den Arm aus und nehme seine Hand.

DER EAST RIVER ZEIGT DIR ALLES

Wir machen einen langen Spaziergang.

Um irgendetwas anderes zu tun, sind wir zu benommen. Also gehen wir langsam durch die baumbestandenen Straßen von Brooklyn Heights, um hinter uns zu lassen, was wir gerade miterlebt haben. Die erste Zeit schweigen wir beide, als könnte etwas zerbrechen, wenn wir es laut aussprechen. Als könnte es real werden.

»Glaubst du ihm?«, fragt Sam nach einer ganzen Weile.

Wir sind gerade in einem Bogen zur Promenade gelangt. Die Brooklyn Bridge liegt nicht weit vor uns, der East River, Pier 6 und das nächtlich erleuchtete Downtown Manhattan.

Ich denke an das, was ich in Pauls Augen gesehen habe, an den Kummer und das Bedauern. Was passiert ist, war das Letzte, was er wollte. Das alles war das Letzte, was er wollte.

»Ich glaube ihm«, sage ich. »Falls dadurch irgendetwas besser wird.«

»Was heißt besser?«, fragt er.

Dann aber seufzt er laut. Denn es ist tatsächlich ein bisschen besser. Es ist jetzt leichter, unseren Vater in Frieden ruhen zu lassen. Leichter, die entscheidenden Puzzleteile zusammenzufügen.

Teile sind nützlich. Sie helfen dabei, einen vollständig zu machen. Sie nehmen dem Schock seine Macht. Stück für Stück, langsam aber sicher, bis der Schock nicht mehr alles ist, was einen ausmacht. Auch wenn man das, was man im tiefsten Inneren will – was mein Bruder und ich immer noch wollen –, nicht haben kann. Dass unser Vater mit all seinen Geheimnissen noch da wäre. Näher und gleichzeitig weiter entfernt.

»Ich vermisse ihn einfach«, sagt Sam.

Ich wende mich ihm zu und begegne seinem Blick.

»Es erwischt mich immer noch auf dem falschen Fuß, wie sehr ich ihn vermisse.«

Ich nicke. »So geht's mir auch.«

»Wird es irgendwann leichter?«

Ich denke an meine Mutter, die schon länger nicht mehr da ist. Ich denke daran, dass das Leben ohne sie sich anfühlt wie ein Leben ohne Haut. Vielleicht spürt man den Schmerz nur, wenn man etwas berührt. Aber irgendetwas berührt man immer.

»Irgendwie schon«, sage ich.

»Du bist solch eine Lügnerin. Aber ich bin dir dankbar dafür.«

Ich lache, er lehnt sich ans Geländer.

»Paul wusste Bescheid, nicht wahr?«, fragt Sam. »Er hat selbst gesagt, dass er sich mit offenen Augen darauf eingelassen hat. Aber wahrscheinlich musste er … es doch aus der Nähe sehen.«

»Was?«

»Wo er stand.«

Das haut mich um. Denn ich glaube, Sam hat recht. Außerdem glaube ich, dass er nicht mehr nur von Paul spricht.

»Vielleicht hat er sie einfach geliebt«, sage ich. »Und er wollte bloß nicht darüber nachdenken … über das, was ihm im Wege stand.«

»Da kann ich ihm keinen Vorwurf machen. Wer will schon über das nachdenken, was ihm im Weg steht?«

Niemand, würde ich am liebsten sagen. Niemand will darüber nachdenken, was ihm im Weg steht. Und in der Liebe, wenn man für sie einsteht und versucht, einen Menschen zu lieben, dann steht man sich auch selbst im Weg. Unsere Schmerzen, unsere Vergangenheit und unsere Vorstellungen davon, wie die Dinge sein sollten. Unser tiefster Schmerz steht uns im Weg wie eine lebendige Barrikade, die den Raum ausfüllt zwischen dem Ort, wo wir stecken geblieben sind, und dem, wohin wir am liebsten wollen.

Sam wird wieder still und schaut hinaus auf den Fluss. Ich kenne ihn inzwischen gut genug, um zu wissen, was in ihm vorgeht. Dass er über unseren geteilten Kummer hinaus weiß, was ihm im Weg steht. Wie viel Mut es ihn kosten wird, dorthin zu gelangen, wohin er wirklich will. Weil es nicht nur um eine einzige Entscheidung geht, sondern um eine Vielzahl. Eine Vielzahl, die sich erst jenseits dessen offenbaren wird, was er aufgeben müsste. Seine Stellung in der Firma, seine Verlobung, den Traum vom festen Boden. Von jetzt an gibt es nur noch Schritte auf unsicherem Boden. Das zu akzeptieren, könnte möglicherweise für sich schon ein Segen sein. Für Sam. Und für mich.

Loyalität sticht Liebe nicht aus. So hat Paul es ausgedrückt, wenn ich mich richtig erinnere. Aber ist es nicht unglaublich selten und wertvoll, wenn man beides hat? Loyalität und Liebe, die umeinander herumwirbeln? Was habe ich getan? Außer vor dem fliehen zu wollen, dem man nicht entfliehen kann? Denn wenn man beides hat, kann man alles verlieren. Und irgendwann wird man es verlieren. Man wird einander verlieren. Das ist der Preis dafür, jemanden zu lieben. Daraus folgt nicht, dass man es lässt. Man tut es trotzdem. Und man hofft.

»Ich ziehe nicht nach Brooklyn, stimmt's?«, fragt Sam.

Ich schüttele den Kopf. »Nein. Niemals.«

»*Niemals* klingt ein bisschen dramatisch, aber im Prinzip hast du recht.«

Ich lächele ihn an. Dass sein Gesicht dem meines Vaters so stark ähnelt, macht es für mich nicht leicht. Jedenfalls im Moment noch nicht. Trotzdem betrachte ich ihn ausgiebig, weil mir schon dämmert, wie ich ihm dorthin helfen kann – an einen besseren Ort.

Letztlich ist es egoistisch. Denn in diesem Moment, in dieser wiedergefundenen Hoffnung beginnt mein eigener Kummer sich zu lösen.

Sam betrachtet Manhattan, solange er es noch von hier aus sehen kann. Ich trete näher an ihn heran.

»Haben wir heute Abend das Richtige getan?«, fragt er.

Es ist eine Frage und auch wieder keine. Aber ich lege den Kopf auf die Schulter meines Bruders, als wäre es für uns das Selbstverständlichste. Plötzlich kommt mir die Idee, dass es das in Zukunft werden könnte.

»Wir haben das einzig Mögliche getan«, sage ich.

Auf diese Weise kommen wir überein, dass es Zeit ist, nach Hause zu gehen.

VOR EINEM JAHR

»Lass uns hier verschwinden«, sagte er.

Cory schaute zu ihm hinüber. Sie standen auf dem Bordstein vor seinem Elternhaus, neben dem Briefkasten. Eigentlich waren sie auf dem Weg zur Highschool, wo Liams fünfzigster Jahrestag gefeiert wurde, aber Liam hatte auf dem Weg dorthin hier vorbeischauen wollen. Er hatte die Familie, die jetzt dort wohnte, bitten wollen, sie für einen Moment ins Haus zu lassen, damit er Cory mit in sein altes Zimmer nehmen und dort nachschauen konnte. Am Schrank. Cory & Liam. Er wollte sehen, ob es noch da war. Neben der Tür, an der er ihr zum ersten Mal begegnet war. Er wollte sich in den Türrahmen stellen. Er wollte ihre Hand halten.

»Warte, was redest du da? Willst du auf den Besuch im Haus verzichten? Oder auf das Klassentreffen?«

Durch das kleine Wohnzimmerfenster betrachtete Liam die Familie dort drinnen. Eine Familie mit kleinen Kindern, die sich Zeichentrickfilme anschauten. Er kannte sie nicht. Es war nicht die Familie, die Liams Eltern das Haus abgekauft hatte. Es war die Familie nach dieser Familie. Seit sie dort wohnte, war er kein einziges Mal im Haus gewesen.

»Beides. Keins von beiden. Ja.«

Cory verkniff sich ein Grinsen. »Aber dir ist klar, dass du dieses unausgegorene Abenteuer vorgeschlagen hast?«

»Das weiß ich wohl, ja.«

»Und was habe ich dir gesagt, als du es vorgeschlagen hast?«

»Dass ich es mir anders überlegen würde.«

Sie lachte. »Schau an, wer auf seine alten Tage berechenbar wird.«

Lächelnd drehte er sich zu ihr um. »Du siehst heute Abend sowieso ziemlich müde aus.«

»Das hört eine Frau gern.«

»So hab ich es nicht gemeint«, sagte er, beugte sich vor, nahm ihre Hand und küsste sie auf die Handfläche. »Verzeih mir«, flüsterte er.

Und plötzlich redete er nicht mehr nur über den Abend. Er griff in seine Manteltasche und holte einen Ring hervor. Den Ring, den er schon besorgt hatte, bevor er sich am Abend vor ihrem Aufbruch zur Graduate School mit ihr verloben wollte. Den Ring, den er seit damals ein Dutzend Mal fast aus der Tasche gezogen hatte.

»Was hast du vor?«

»Dir einen Heiratsantrag machen.«

»Oh, Herrgott noch mal. Du musst damit aufhören. Es geht mir *prima.*«

Er schwieg. Sie wollte ihn nicht erhören. Aber sie sah wirklich müde aus. Doch diesen Kampf verschob er auf später. Er würde ihren Arzt anrufen. Und auch mit Elliot reden. Er würde darauf bestehen, dass sie sich mehr Freizeit gönnte.

Er lächelte sie an. »Es ist noch nicht zu spät.«

»Ich will nichts davon hören. In diesem bedauernden Tonfall. Sagen wir einfach, wir haben das Beste daraus gemacht. Und dabei belassen wir es.«

»Willst du nicht jetzt schon damit anfangen?«

»Womit?«

»Ich will jeden Tag mit dir aufwachen«, sagte er. »So viele Male, wie uns noch bleiben.«

Sie durchbohrte ihn mit Blicken. »Müssen wir das … wie oft … alle sechs Monate durchziehen? Jedes Jahr?«

»Ich wünschte, du würdest es nicht bagatellisieren …«

»Du bist hier der Bagatellisierer, wenn du dauernd vorschlägst, wir sollten unser Leben ändern.«

Er suchte ihren Blick und überlegte, wie er sein Anliegen am besten vorbringen sollte. Wie könnte er es ihr erklären? Es ging nicht darum, dass sich zwischen ihnen etwas ändern sollte. Sondern darum, dass er sie brauchte. Immer schon.

»Frag mich, wann ich den Ring gekauft habe.«

»Nein.«

»Bitte, frag mich.«

Sie neigte den Kopf und sah ihn fragend an. »Nein. Du wirst mir bloß eine Antwort geben, die mich dazu bringt, nicht mehr sauer auf dich sein zu wollen. Und ehrlich gesagt habe ich gerade Lust, sauer auf dich zu sein. Hier draußen ist es kalt, und ich hab die falschen Schuhe angezogen. Außerdem beobachtet die Familie uns durchs Fenster. Die Mom wirkt misstrauisch. Und schau dir den kleinen Jungen an. Er will wissen, was zwei alte Spinner vor seinem Haus zu suchen haben. Wir bringen ihn noch zum Weinen.«

Sie trat vom Bordstein hinunter. Dann streckte sie die Hand aus und strich mit dem Finger über den Ring. Er war nicht mit einem Diamanten besetzt und machte eigentlich nicht viel her. Bloß ein einfacher Ring. Ein vergoldeter Ring. Nicht mal reines Gold. Mr. Parker hatte ihm aus Mitleid einen Rabatt gewährt.

»Er ist perfekt«, sagte sie.

Dann zog sie die Hand weg.

Er streckte ihn ihr entgegen. »Um Himmels willen, Grace, ich hab ihn schon ein halbes Jahrhundert. Jetzt nimm das verdammte Ding.«

Sie lächelte. Er nannte sie niemals Grace, jedenfalls nicht, wenn sie allein waren, nur dann, wenn er sich über sie aufregte.

»So verlockend es ist, Ehefrau vier zu werden, habe ich nicht vor, dich zu heiraten, mein Lieber.«

»Na, vielen Dank.«

»Gern geschehen.«

Er schloss seine Finger um den Ring und sagte nichts. Hinter ihr lag die laternenbeleuchtete Straße seiner Kindheit. Seine Vergangenheit, seine Gegenwart. Wie unzureichend doch die Feststellung wäre, dass sie von alledem eingehüllt wurde. Sie *war* all das.

»Ich hatte sowieso keine Lust auf das Klassentreffen«, sagte sie. »Das ist also kein Verlust. Aber jetzt, wo ich mich deinetwegen in Schale geschmissen habe, sollten wir etwas unternehmen. Vielleicht bei Sheet Music etwas essen gehen? Ich würde Jack gern kennenlernen.«

»Bist du ihm noch nicht begegnet?«

»Nur das eine Mal auf der Straße …«

»Du wirst ihn mögen. Er ist ein netter Kerl. Wirklich.«

Auf dem Rückweg zum Auto hängte sie sich bei ihm ein. »Das ist ein ziemlich nichtssagendes Lob.«

»Nein, das ist ja nicht alles. Er ist genau der Richtige für sie, kein Zweifel.« Er zuckte die Achseln. »Obwohl ich Elliot immer noch sehr mag.«

»Hm«, sagte sie. »Für Nora oder für dich?«

Er lachte. »Touché.«

Als er die Wagentür öffnete, setzte Cory einen Fuß hinein. »Außerdem muss ich diese Erdbeerpizza probieren, von der alle reden.«

»Also los, dann holen wir dir eine.«

Liam wollte den Ring gerade wieder in seine Manteltasche stecken, als sie die Hand ausstreckte.

»Ich nehme ihn, vielen Dank.«

Sie nahm das Schmuckstück und legte es in ihre Handfläche. Sie steckte ihn nicht an den Finger, jedenfalls nicht jetzt, aber sie nahm ihn an. Dann schenkte sie ihm ein Lächeln. Dieses besondere Lächeln.

»Keine Hochzeit, das wäre ein Rohrkrepierer«, sagte sie. »Aber zusammen im selben Haus? Das könnten wir machen.«

Er nickte. »Ich glaube, das Haus haben wir schon.«

Grace ließ sich auf dem Beifahrersitz nieder und zog ihr Kleid an sich. »Also dann.«

Sie sagte es so lässig daher, dass er es hätte überhören können. *Also dann.* Nach all der Zeit, als wäre es so einfach.

Vielleicht war es so einfach. Konnte Liebe nicht so einfach sein? Ob es nun eine Minute oder ein ganzes Leben dauert, bis es so einfach wird. Letzten Endes ist es einfach besser, wenn man zusammen ist.

Er beugte sich hinunter, berührte ihre Nase mit seiner und atmete ihren Geruch ein.

»Gut zu wissen, dass du mich noch nicht leid bist …«, sagte sie.

»Nein. Noch nicht«, sagte er. »Und dabei bleibt es.«

DAS FRÜHLINGSMENÜ

Das Restaurant ist wunderschön.

Ein kleines, an einer Schotterstraße stehendes schindelverkleidetes Haus, umgeben von Gemüsegärten und Bienenstöcken, dazu eine Feuerstelle. Diejenigen, die das Glück hatten, eine Reservierung zu ergattern, sitzen an dieser Feuerstelle und trinken ihren Aperitif.

Ein kleines Holzschild am Zugang mit der Aufschrift »Seit 2012« ist der einzige Hinweis darauf, dass man nicht vor einem Privathaus, sondern vor einem Zwei-Sterne-Restaurant steht.

Ich sitze an der Bar und bestelle mein Abendessen. Vier Gänge werden serviert. Alle perfekt. Mein Lieblingsgericht steht offenbar erst seit Kurzem auf der Karte. Ein doppelt gebackenes Fladenbrot mit frittierten Tomaten, würzigem Gemüse und knusprig gebratenen Sardellen. Was einerseits das raffinierteste Salat-Tomaten-Sandwich ist, das ich je essen durfte. Gleichzeitig ist es etwas völlig anderes.

Entscheidend ist: Mein Lieblingsgericht ist, wie immer, seins.

Nach dem Dessert frage ich, ob ich den Chefkoch sprechen darf. Ich sage, ich möchte meine Wertschätzung persönlich zum Ausdruck bringen.

»So etwas hat er nicht so gern«, sagt der Kellner.

»Können Sie ihm vielleicht sagen, dass ich ihn kenne?«, fordere ich den Kellner auf. »Ich bin Stammgast im Sheet Music. Und sagen Sie ihm, wenn er möchte, dass ich gehe, werde ich das tun.«

Die Küche ist umwerfend. Nordisches Design mit Dekton-Arbeitsplatten, ein niedriges Giebeldach.

Jack steht vor den Fenstern auf der anderen Seite der Küche und wäscht sich die Hände in einer riesigen Bauernhausspüle. Er trägt seine weiße Kochmontur und eine Baseballkappe. Außerdem hat er sich einen schrecklichen Bart wachsen lassen. Ihn vor mir zu sehen, raubt mir fast den Atem.

Der Kellner ruft ihn.

Als Jack mich sieht, macht er einen Schritt nach vorn, dann scheint er es sich anders zu überlegen und tritt wieder zurück.

»Du bist es«, stellt er fest.

»Ich bin's.« Ich trete auf ihn zu.

Er nickt dem Kellner zu, der sich daraufhin zurückzieht und uns allein an der Spüle neben den großen Fenstern stehen lässt. Der Abstand zwischen uns beträgt dreißig Zentimeter. Er könnte auch eine Meile betragen. Oder gar nicht da sein.

»Das Essen war ausgezeichnet«, sage ich.

»Ein weiter Weg für eine Mahlzeit,« stellt er fest.

»Ich hab eine Weile in Windbreak gewohnt, das hat es ein bisschen einfacher gemacht.«

»Windbreak?«

Ich nicke. »Ich arbeite an mehreren Projekten in Santa Barbara und in Ventura … Und in der Nähe renoviere ich ein Haus. Für meinen Bruder.«

»Wie ist die Sache gelaufen?«, fragt er.

Ich kann ehrlich sagen, dass sie gut gelaufen ist. Auch Sam geht es gut. Er hat ein Vorstellungsgespräch bei den San Francisco Giants, die einen Talentscout suchen. Er will zurück nach New York, um Tommys Babys zu sehen, die in den nächsten Tagen erwartet werden. Wir beide wollen hin.

»Gut«, sage ich. »Und … es war besser, als ohne dich zu Hause zu sitzen.«

Er deutet ein Lächeln an. Kaum merklich, aber es ist da. Dann beißt er sich auf die Lippe, das Lächeln verschwindet.

Er schaut mich fragend an. Offensichtlich wartet er ab, was ich ihm zu sagen habe. Auf der achtstündigen Fahrt hierher hatte ich reichlich Gelegenheit, mir zu überlegen, wo ich anfangen soll.

Acht Stunden, vier Gänge, und jetzt steht Jack wieder vor mir.

Ich frage mich bloß, möchte ich sagen. Ich frage mich, ob du mir verzeihen kannst. Und ob du überhaupt der Meinung bist, dass es etwas zu verzeihen gibt. Ich frage mich, ob du nach Windbreak kommen und sehen willst, ob du dort eine Zeit lang mit mir leben willst. Unten am Strand könnten wir Sheet Music West eröffnen. Bleib, solange du willst. Oder bleib, solange wir beide leben.

Bevor ich auch nur ein Wort herausbringe, muss er begriffen haben, dass ich all das sagen will. Denn er schaut mich wieder mit diesem Blick an, der signalisiert, dass er zum Zuhören bereit ist. So ist er. So sind wir beide miteinander. Und mir wird klar, wenn es nicht funktioniert, wenn er es nicht noch einmal versuchen will – wenn diesmal er derjenige ist, der nicht weiß, wie er die Kluft überbrücken soll –, dass es dann zwischen uns trotzdem weiter so sein wird. Auch in zehn oder zwanzig Jahren. Er wird immer der Mensch sein, dessen ich mir sicher bin, bevor ich weiß, warum. Er wird immer der Mensch sein, den ich erkenne, bevor ich weiß, wen ich vor mir habe.

Also halte ich es schlicht.

»Ich frage mich bloß, ob du nach der Arbeit vielleicht Lust hast, irgendwo ein Eis zu essen.«

Er lacht leise. Dann wischt er sich die Hände an dem Geschirrtuch ab, das an seiner Schürze hängt. Und er kommt auf mich zu.

Seine Stimme ist tief, dicht, sanft: »Wahrscheinlich müssen wir ein ganzes Stück fahren«, sagt er. »Wenn wir einen Laden finden wollen, der noch offen hat.«

»Gegen eine Autofahrt hab ich nichts einzuwenden.«

Er legt eine Hand an meine Wange und drückt sein Gesicht an meins. »Nein?«

Ich schüttele den Kopf. Ich spüre seine Haut an meiner, seine Stirn an meiner. Ich sorge dafür, dass es so lange wie möglich so bleibt. So lange Erde, Sonne und Himmel mich lassen. Sogar noch länger, wenn ich herausfinde, wie das geht.

»Das klingt gut«, sagt er. »Das klingt perfekt.«

DANKSAGUNG

Mit der Arbeit an diesem Buch habe ich 2021 angefangen. Aber über die Geschichte von Liam und Cory hatte ich viele Jahre nachgedacht. Ich bin sehr dankbar für den Enthusiasmus, mit dem Suzanne Gluck und Marysue Rucci reagiert haben, als ich meinen Weg gefunden hatte, die Geschichte zu erzählen. Danke für euer Verständnis, eure Anleitung, euer scharfsinniges Feedback. Für unsere mittwöchlichen Telefonate und die zahllosen Hinweise, die jede einzelne Seite mutiger und besser gemacht haben.

Größten Dank schulde ich Simon & Schuster sowie Marysue Rucci Books, die meinem Roman ein so großartiges Zuhause bieten. Danke vor allem an Jonathan Karp, Libby McGuire, Richard Rhorer, Elizabeth Breeden, Jackie Seow, Jessica Preeg, Clare Maurer und Emma Taussig; an Selina Walker und mein wunderbares britisches Verlagsteam bei Century. An Laura Bonner, Matilda Forbes Watson, Lane Kizziah, Paige Smucker und Ari Greenburg bei WME; an Jamie Feldman; und an Liz Biber und Meredith O'Sullivan bei Lede.

Sylvie Rabineau, auch nach zwanzig Jahren hoffe ich immer noch, so zu werden wie du, wenn ich groß bin. Danke, dass du so viele Träume hast Wirklichkeit werden lassen.

Vieles in diesem Buch verdanke ich Scott Dunlap von NBBJ, der mich an seinem Wissen über Neuroarchitektur hat teilhaben lassen; außerdem Brandon Sampson und Liz Leber; Katherine Eskovitz für juristische Expertise; sowie Kate Capshaw, die mich in einem entscheidenden Moment auf den Dokumentarfilm *My Architect: A Son's Journey* aufmerksam gemacht hat.

Außerdem möchte ich mich bei den Teams von Wildflower Farms, San Ysidro Ranch, Ventana Big Sur, Hotel Jerome und Las Ventanas für Inspiration und Hilfe bei der Recherche bedanken. Und bei Noah Kahan, dessen fantastische Songs mir beim Schreiben Gesellschaft geleistet haben.

Für das Lesen früherer Fassungen und aufmerksame Hinweise danke ich: Emily Usher, Allison Winn Scotch, Lawrence O'Donnell Jr., Wendy Merry, Stephanie Abram, Liz Squadron, Jonathan Tropper, Shauna Seliy, Jennifer Garner, Dana Forman, Allegra Caldera, Sasha Forman, Emma Destrubé, Lexi Eskovitz und Brenda Serpas. Und ganz besonders Kira Goldberg, die früh an diesen Roman geglaubt hat.

Danke an die Familien Dave und Singer und meine wunderbaren Freundinnen und Freunde, die einzelne Abschnitte gelesen und mir nachgesehen haben, wenn ich überall lose Manuskriptseiten bei mir hatte, und mir so viel Liebe und Unterstützung geschenkt haben. Außerdem den Leserinnen und Buchhändlern, Bloggerinnen, Kritikern und Bibliothekarinnen, die meine Bücher fördern. Danke, dass ihr über Bücher, Theaterstücke und Lyrik diskutieren wollt, danke, dass ihr Buchläden zu meinen Lieblingsorten macht. Euch allen gilt meine tief empfundene Dankbarkeit.

Zuletzt zu meinen Liebsten.

Jacob, mein Lieblingsjunge, Lieblings-Recherchekollege, Lieblings-Alles. Nichts auf der Welt macht mich glücklicher, als dir beim Baseball zuzuschauen. Höchstens, dir dabei zuzuschauen, du selbst zu sein. Ich finde es wunderbar, dein sicherer Hafen zu sein. Und ich liebe alles an dir.

Josh, ich kann die Arbeit machen, die ich liebe, weil du der Ehemann und Vater bist, der du bist. Danke dafür. Danke für deinen Glauben an mich. Und vor allem dafür, dass du mir all deine Geschichten erzählst. Ich werde auf sie – und auf dich – Acht geben mit allem, was ich habe. Für immer.